신곡

천국

THE DIVINE COMEDY first published by Alma Classic Ltd in 2012
Translation, note and extra material © J. G. Nichols, 2012
Korean translation copyright © 2022 Makingbooks

이 책의 한국어판 저작권은 저작권사와 독점 계약한 메이킹북스에 있습니다.
저작권법에 의해 한국 내에서 보호를 받는 저작물이므로 무단 복제 및 무단 전재를 금합니다.

신곡 천국

초판 1쇄 발행 2022년 3월 31일

지은이 알리기에리 단테
영역 J.G 니콜스
삽화 보티첼리
옮긴이 진영선
펴낸이 장현수
펴낸곳 메이킹북스
출판등록 제 2019-000010호

디자인 장지연
편집 장지연
교정 안지은
마케팅 정지윤

주소 서울특별시 구로구 경인로 661, 핀포인트타워 912-914호
전화 02-2135-5086
팩스 02-2135-5087
이메일 making_books@naver.com
홈페이지 www.makingbooks.co.kr

ISBN 979-11-6791-135-3
ISBN 979-11-6791-072-1(세트)
값 12,000원

ⓒ 메이킹북스 2022 Printed in Korea

잘못된 책은 구입하신 곳에서 바꾸어 드립니다.
이 책의 전부 또는 일부 내용을 재사용하려면 사전에 저작권자와 펴낸곳의 동의를 받아야 합니다.

홈페이지 바로가기

메이킹북스는 저자님의 소중한 투고 원고를 기다립니다.
출간에 대한 관심이 있으신 분은 making_books@naver.com로 보내 주세요.

신곡

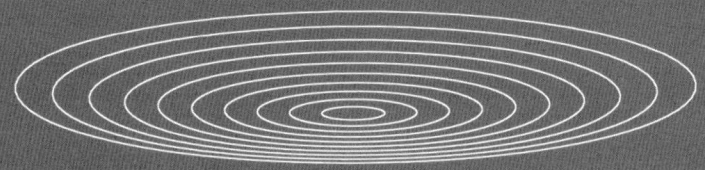

천국

알리기에리 단테 저
J.G 니콜스 역
보티첼리 그림

진영선 옮김

메이킹북스

차 례

1곡 제1천국 · 7
2곡 제1천국 달 천국1 · 19
3곡 제1천국 달 천국2 · 31
4곡 제1천국 달 천국3 · 41
5곡 제2천국 · 52
6곡 제2천국 수성 천국1 · 64
7곡 제2천국 수성 천국2 · 77
8곡 제3천국 · 89
9곡 금성 천국 · 101
10곡 제4천국 · 113
11곡 태양 천국1 · 126
12곡 태양 천국2 · 137
13곡 태양 천국3 · 149
14곡 제5천국 · 160
15곡 화성 천국1 · 171
16곡 화성 천국2 · 182
17곡 화성 천국3 · 195
18곡 제6천국 · 206

19곡 목성 천국1 ・217

20곡 목성 천국2 ・229

21곡 제7천국 ・240

22곡 토성 천국 ・252

23곡 제8천국 ・264

24곡 항성 천국1 ・277

25곡 항성 천국2 ・288

26곡 항성 천국3 ・299

27곡 제9천국 ・311

28곡 원동 천국1 ・323

29곡 원동 천국2 ・334

30곡 지고 천국1 ・346

31곡 지고 천국2 ・358

32곡 지고 천국3 ・369

33곡 지고 천국4 ・381

J. G. 니콜스의 신곡 해설 ・392

일러두기

1. 이 책은 단테의 『신곡』을 영국의 이탈리아 문학가 J.G. 니콜스 NIchols가 2012년 영역 출간한 책을 우리말로 옮겼다. 지옥, 연옥, 천국, 세 권이다. 이를 옮길 때 크게 참고한 단테의 『신곡』 영역 책들은 다음과 같다. 알렌 만델바움의 『신곡』, C.H. 시손의 『신곡』, 덜링과 마르테네즈의 지옥, 연옥이다.

J.G. Nichols, The Divine Comedy, Alma Classics in 2012.
Allen Mandelbaum, The Divine Comedy, Bnatam in1982.
C.H. Sisson, The Divine Domedy, Oxford Univ. Press in 1980.
Robert M. Durling & Ronald L. Martinez, The Divine Comedy; Vol. 1 Inferno & Vol. 2 Purgatorio, Oxford Univ. Press in 1996 and 2003.

2. 본문의 주는 니콜스에게 의지하면서 옮긴이 의견에 따랐다.
3. 외국어 한글 표기는 가능한, 이탈리아 현지 발음에 따랐다.

1곡

제1천국

단테가 베아트리체의 빛나고 힘찬 눈을 바라본 찰나의 응시로 첫째 하늘 달에 진입. 이러한 천국 여행 과정의 회상으로 시작. 단테 시대 천동설, 우주는 텅 비어 투명하고 중심이 같은 아홉의 하늘들이고, 그런 하늘에 별들이 있어, 서로 다른 비율로 우주 실체 중심인 지구를 돈다는 이론. 단테가 이런 우주 가설에다 태양계의 별들 이름을 붙여서 천국 여행을 상상으로 전개.

그분께서는 모든 걸 영광으로 움직여
우주를 눈부신 빛으로 채우시지만
더 밝은 데도 덜 밝은 데도 있다.

그분의 빛을[1] 최대한 받는 그 하늘에 내가
있었는데 거기서 내려온 자라도,
어떤 누구라도 회상도 기술도 할 수 없으니

---

1 최고천인 엠피리언(지구에서 가장 바깥쪽) 하늘, 순수한 빛.

지금 나의 그런 욕망에 끌릴수록
마음이 심연으로 가라앉아서
이에 대한 기억을 좇을 수 없게 한다.

모든 걸 그렇게 잃었음에도   10
내 마음은 축복의 왕국에서 보물을 쌓아서
지금 내 노래의 소재가 되리라.

선한 아폴로여, 이 왕관을 쓸 임무를 위해
그리도 가치 있는 당신 그릇으로 나를 택해서
사랑스런 당신 월계관을 쓰길 간청합니다.[1]

파르나소스 봉우리들 중 하나로도
이제까진 충분했으나 궁극의 이 싸움에선
나에겐 둘[2] 다 긴요합니다.

당신이 영의 숨결로 내 가슴에 들어오길,
당신이 마르시아스 육신을 관절 밖으로,   20

---

1 시의 신 아폴로에게 호소하나, 실은 천국 편을 완성함으로써 하나님 영광을 나타내려는 단테의 시인으로서의 자부심 어린 소망.
2 파르나소스 산의 두 봉우리 중 하난 신성한 시의 여신들, 하난(키르하) 아폴로 자신.

칼집에서 끌어냈듯이[1] 말입니다.

거룩한 덕성이여, 당신 자신이 날 허용하여
내 기억에 주재한 축복받은 왕국에 관한
이상향을 수행하게 해주시면

당신이 나를 잡아 사랑스런 그 나무 아래서[2]
나 스스로 그 잎들의 왕관을 쓰게 해 주시오.
당신이 그 주제로 나를 맞이했기 때문이오.

그런 축하를 받도록 선택된 황제나 시인이
승리하는 사실이 극히 드문 건 인간 의지의
수치스러운 결함에 있으니까   30

기쁨의 델피 신전 안에서[3] 그 페네이안 잎이[4]
기쁘게 새싹을 내야만 하는 건 이를 위하여
목마른 누군가를 그가 볼 때입니다.

---

1 숲의 신 마르시아스는 노래 경연에 감히 아폴로에게 도전, 징벌로 산 채로 가죽 벗기는 죽음.
2 '당신의 사랑하는 월계관'(위의 15절). 요정 다프네는 아폴로에게 쫓기자 월계수로 변함.
3 아폴로의 신탁은 델피에서 이루어짐.
4 다프네는 강의 신 페네우스의 딸.

불티 하나가 큰 화재의 서곡이 될 수 있으니
내 뒤를 좇아서 더 좋은 소리들이 나오면
그들의 기원에 키르하[1]가 답하는 걸 볼 겁니다.

죽을 인간을 위하여 세계의 위대한 등불을 켠
다양한 지점들에서 그러나 이런 밖에서도
네 개의 원이 세 개의 십자가와 만나는 때

더 좋은 과정과 더 좋은 별들이 만나   40
이를 쌓을 수 있고 찍을 수 있으니
자신의 종류대로[2] 세상이 따릅니다.

그 지점에서 떠오를 때 저쪽이 아침이면
이쪽은[3] 저녁이니 거의 모두 저쪽이
하얗게 되면[4] 우리 반구는 어두워집니다.[5]

베아트리체가 왼쪽으로 돌아서서

---
1 아폴로의 다른 말. 위의 2 참조.
2 해는 계절마다 장소마다 다른 데서 뜬다. 봄의 춘분의 양의 자리로 좋을 때다.
3 이탈리아에서.
4 연옥인 남반구는 북반부와 낮과 밤이 다르단 천동설 시대 묘사.
5 북반구.

해를 움츠리지 않고 응시하는데
결코 어느 독수리도 일찍이 그럴 순 없었다.

송골매처럼 첫 번째 밖에서
두 번째 빛처럼 다시 날고자 50
몸을 웅크려 되돌아가려는 열망으로[1]

바로 그런 그녀 몸짓이 내 눈을 통해 찌르는
환상으로 나의 반응을 야기하여
아무도 본 적 없는 그 해의 속을 내가 보았다.

지구상에선 인간 능력을 금하지만
거기서는 허용하니 왜냐하면 그 장소는[2]
모든 인류를 위해 특별히 지었기 때문.

나는 해를 오랫동안 견딜 수 없었지만
그리 짧은 사이에 보는 걸 놓치진 않아서
뜨거운 빨간 불이 내는 쇠 같은 불길을 보았다. 60

---

1 송골매를 '순례자'라고 해석하면, 그의 순례는 곧 천국으로 귀향하려는 인류의 향수와도 같다.
2 지상 천국은 타락한 아담과 이브와 그들 후손을 위해 하나님께서 지으심.

별안간 대낮의 빛에 대낮의 빛이 더하는 듯
보였으니 마치 권능을 지닌 그분께서
하늘들을 또 다른 해로 꾸미시는 듯했다.[1]

베아트리체가 두 눈을 그 영원한 바퀴들에게[2]
고정한 채로 서서 나도 내 눈을 그녀 눈에 고정했는데
다시 그 눈들이 해로 이동을 했다.

그녀를 응시함으로 내가 속부터 변하는데
글로커스가 그 약초를 맛보고
해양의 신으로 변하듯이.[3]

인간을 초월함은[4] 낱말로 표현할 수 없어　　　　　　　　　70
그냥 이 예로써 충분해야만 하니
마침내 이를 경험할 사람들을 위해서다.[5]

그때 내가 아무것도 아닌지 당신이 지은

1　단테는 화염의 구체에 접근하고 있다(지구와 달 사이).
2　공전하는 하늘의 천체들.
3　그리스 신화, 어부 글로커스가 물고기 덕에 바다 신으로 변함.
4　인간의 한계를 넘어서 감.
5　그들이 하늘에 갔을 때.

마지막[1]인가는 하늘들의 통치자인 당신만
아시니, 당신 빛으로 나를 세운 사랑이시여.

당신께서 영원히 하신 그 바퀴들이 돌 때[2]
당신을 향한 열망을 통해 나의 주의를 끄니
당신께서 조화롭게 하신 다양한 곡조들이[3]

불타는 햇볕처럼 보이게 만들며
그리 먼 하늘까지 비도 강도 없이 불타올라   80
일찍이 그리 넓은 호수를 만들었다.

그 소리와 그 위대한 빛의 새로움이
그 원인에 대한 열망이 그리 내 속에 불을 켜니
그건 결코 모르던 열망이었다.

그녀는 내 속을 나처럼 보는 사람이라
내 복잡한 마음을 진정시키려 입술을 여니
그녀에게 묻고자 내 입을 열기 전에

---

1 사도 바울(고후12:1-7) 인용, 천국편 쓰는 자부심 표현.
2 그 하늘 위 천체들의 회전(천체들의 공전 위치 각기 다름).
3 다른 속도로 회전하는 다양한 천체들 사이의 마찰로 인해 생긴, 천상의 음악 소리.

그녀가 시작하길 "너는 헛된 상상들로
무뎌져서 자신을 볼 수 없으니
이를 털어내 버리면 볼 수 있으리.   90

네가 그리 생각하더라도 지구에 있지 않고
번개처럼 적당한 장소로 날고 있으며
네가 돌아갈 때만큼 그리 빠르진 않다."[1]

미소로서 그녀가 했던 이런 몇 마디 말들로
첫 번째 놀라움까지 박탈당할 지경이었으니
나 스스로가 훨씬 더 뒤엉킨 걸 발견하여

말하길 "당신이 말하기 전에 나는 만족해서
놀라움에서 벗어나 쉬려 했는데, 지금 더 놀라우니
어떻게 빛의 몸체들을 내 몸이 초월했나요?"

베아트리체가 동정 어린 상냥한 태도로   100
그녀의 눈을 내게로 돌리니 그 모양이
어머니가 기뻐 흥분한 자녀를 진정시키듯

---

1 하늘까지.

말을 시작하길 "거기는 만들어진 모든 게
우주가 서로 같이 지어진 기원이라서
하나님과는 가장 닮아 간다.

여기서 더 높아지는 모든 피조물들이 영원히
탁월하신 분의 솜씨를 보이며, 그 마지막은
앞서 말한 기획된 순서를 위해서다.

이 동일한 법칙에서 모든 자연물들이
그들의 다양한 정도에 따라 그들의 기원대로   110
약간 가까이 혹은 더 가까이 끌어당긴다.

그들이 항해를 하는데 각각 다른 하늘로
대양을 넘어서 모두에게 존재하는 그들 제각기
받아들인 본능을 향해 이끌려간다.

이를 끌어당기는 달을 향해 불이 위로 솟듯이
피조물인 사람 속에 있는 동기의 힘이다.
이게 지구 자체를 하나로 압축하게 한다.

이렇게 창조된 것만 아니라 이 활에 당겨지는

지성이 없이 창조된 자도 있으며
지성과 사랑[1] 양쪽을 가진 자들도 있다.   120

이 모든 걸 지으신 그 섭리는 빛으로서
움직임 없는 한 하늘을[2] 유지하니 가장 빠른
속도로[3] 그 하늘을 휘젓는 그 속에서다.

고요한 그 하늘까지 계획한 장소까지
행복한 끝을 향해 우리는 그 활 덕분에
전광석화로 쏘아 올라간다.

지금 진실한 사실은 한 예술가의
마지막 작업이 목적과는 어긋나서 그 작품이
응답하지 않는 귀머거리를 보듯이

바로 그런 피조물을 보는 일인데   130
그 힘을 올바로 지니게 격려 받았음에도
다른 길로 가려고 바른 길에서 헤매는 거다.

---

1 천사들과 사람들.
2 최고천 엠피리언.
3 원동천, 최고천의 가장 가깝고 가장 빠르게 회전하는 천체.

(우리가 때로는 실지로 보듯 구름에서 불이
내려오다가)[1] 그 첫 번 충동인 잘못된 욕망
때문에 지상으로 바뀌어 내려온 것과 같다.

내가 바르게 판단컨대 너는 놀라지 말길,
네가 올라가는 건 강물이 산 아래 그 발까지
내려오는 과정과 조금도 다를 바 없다.

만일 너에게 기적이라면 지금 분명한 건
모든 방해물로서[2] 올라가기에 실패했으리니 140
화염들이 움직이지 않는 것과 같은 이치다."

다시 돌아서서 하늘로 그녀의 눈을 돌렸다.

---

1 불의 자연 현상(번개를 제외하고)은 위로 오르는 것.
2 죄의 모든 흔적에서 자유로움.

2곡

제1천국 '달 천국1'

  단테가 독자들에게 하나님 알려는 열망 없인, 천국 읽기 어렵다고 고취. 단테가 달의 밝고 어두운 부분에 대해 질문. 베아트리체가 달만 아니라 천국의 항성체들의 크기와 영향력의 다름을 설명. 천국 하늘의 항성체들이 각 항성마다 하나님의 빛을 받아들인 만큼의 방식대로 천국 하늘들을 각기 다르게 장식. 즉 존재하는 모두가 하나님께로 그분의 덕성과 권능의 크기를 받아들인 정도로서 이를 세상에 다르게 나타낸다는 해설.

  작은 범선으로 나를 따르는 당신들이여,
  내가 부르는 이 노래를 들으려는 열망에
  대양으로 가는 나의 배를 뒤따르는 자들이여,

  다시 너희의 고향 해안을 찾아 돌아보면
  시야에서 나를 놓치어 너희가 실종하리니
  대양을 건너려는 시도를 하지 말라.

일찍 아무도 이 바다를 모험한 자가 없기에
미네르바가[1] 내 항해에 바람을 아폴로가 키를
뮤즈들 모두가 나에게 북극성을[2] 가리킨다.

그러나 극히 소수의 너희가 천사들[3] 빵에   10
주린 자들처럼 지금 너희의 초기 시절처럼
살기 위한 빵에만 절대로 몰두하지 않으니

너희가 너희 배를 큰 돛대에 맡기고
물결의 전방에 안정을 다시 취하면서
내가 만든 배의 항적 안에서 가까이 따르라.

콜키스에 도착한 그런 영웅들도 찾지 못한
그들의 놀라움보다 더한 걸 너희가 보리니
그들은 제이슨이 땅에[4] 쟁기질함을 보았다.

그 가장 근엄한 왕국을[5] 향한 타고난 갈망,

---

1 지혜의 여신.
2 하늘의 별자리인 큰곰자리와 작은곰자리, 야간 항로에 필수.
3 지혜.
4 황금 양털 탐색을 위해 항해한 아르고 호의 원정 대장 제이슨이 불 뿜는 두 수소에게 멍에를 씌워 밭을 갈고, 용들의 이빨을 심자, 무장한 남자들이 싹이 터서 나왔다는 그리스 신화 인용.
5 엠피리언.

끊임없는 목마름이 우리를 이끌기에 20
하늘의 사람들이 보는[1] 바와 같은 속도다.

베아트리체가 위를 응시했고 나는 그녀를
그 활의 빗장에서 그 속도에 맞추어
화살이 튕겨나듯 하늘을 통해 날아서

놀라움이 드러난 장소로 내가 왔는데
거긴 내가 응시하던 데다. 그녀에게
내 가슴속 그 무엇도 숨길 수 없나니

기쁨으로 그녀가 아름답게 돌아서서
내게 말하길 "하나님께 감사를 돌려라.
첫 번째 별에 우릴 흡수하신 분이시다."[2] 30

나에겐 우리가 구름 안에 갇힌 듯이
보이니 빛나고 촘촘하고 딱딱하게 번쩍여
햇볕이 강타한 다이아몬드 같다.

---

1 여덟 개의 구체들로서 항성들.
2 지구에서 가장 가까운 달.

이 영원히 견디는 진주가 그 속으로
우리를 물이 번져가듯 받아들이는데
빛의 광선을 받아서 흔들리지 않는다.

내가 육신이면 생각할 수 없으니
어떻게 물체가 또 다른 걸 견딜 수 있고
물질이 물질 속을 흐르게 하였던 건지

이는 우리가 인식한 존재인 그분을   40
뵈려는 열망이 강렬해지면 우리 본성이
하나님과 연합하는 방식이다.[1]

우리 신앙이 붙잡은 걸 거기서[2] 보리니
증명하는 게 아니라 원리로,
자명한 진리로 간단히 알려진 바다.

내 답하길 "나의 숙녀여, 내게 가득한 건
그분께 감사드리려는 진실한 헌신으로
그대는 나를 죽음의 세계에서 옮기셨습니다.

---

1 37–42절. 단테가 육신을 가진 몸체로 달에 올라온 사건.
2 하늘에서.

말해주오. 여기 검은 지점들을[1] 저 아래서
이 행성 사람들에게 자아내는 카인에   50
관한 이야기의 시작은 무슨 이유입니까?"

그녀가 웃으며 답하길 "죽을 자들의 일들로
그 이해가 혼란스럽다면
인식의 감성이 닫혀 있는 거니

네가 지금 그 놀라운 화살을
분명히 느끼지 못함은 그 모든 감성들의
뒤끝이라 이성이 훨씬 모자라서다.

네 스스로의 마음속을 말해 봐라."
내가 "여기 나타난 게 다양한 건
물체가 치밀하거나 엉성하기 때문입니다."   60

그녀가 답하길 "지금 네 생각이 얼마나
잘못된 데서 허둥대는지 이를 반격하는
분명한 이유들을 내게 들으면 깨달으리라."

---

1 하나님께 쫓긴 첫 살인자 카인이 달의 검은 부분에 있다는 전설.

"너는 여덟 번째 구체를[1] 아는데 세상에선
크기나 밝기에서 그들의 주인공처럼
관찰하는데 이들은 여러 모습으로 보인다.

치밀함과 엉성함이란 이유 하나 같지만
그들 모두 속엔 한 권능이 있으며
덜하거나 적게 또는 동등하게 분배해서다.

여러 가지 덕성들을 분산해야 해서　　　　　　　70
다양함이 보통 이유들의 모두라 하는데
오직 하나인 네 이성으론 모르리라.[2]

다시 말하면 네가 말한 이런 드문 지점들에는
두 가지 가능성이 있을 수 있으니
물체가[3] 행성을[4] 바로 통하기에 약하거나

육신이 마르거나 뚱뚱하듯이

1　단테가 닿은 달 천국, 우리가 보는 달과 다른 당시의 달을 설명.
2　그때는 모든 별들 속에 한 덕성이 있다는 전제의 가설, 질이나 양이 지구에 끼치는 영향도 다르다고 생각.
3　희귀한 물체.
4　달.

겹겹이라서 이 행성의 공간을 통하는데
두터운 잎사귀들, 마른 것들이 번갈아 있으리라.

첫째가 진실임이 명확하니
태양이 일식 안에서도 빛이 물체를 통해서   80
엷게 비치기 때문이다.

그뿐 아니라 논쟁할 게 남은 건
둘째로서[1] 이를 내가 박살내면
모든 가설이 끽소리 못하리라.

엷은 물체가 달을 통해 달리지 못하면
거기엔 빛의 길을 내주지 못하는
치밀한 지점이 있어야만 한다.

그 지점엔 해의 빛이 지나지 못하고
오직 뒤로 다시 돌아와 색깔의 물체들로
던져져 유리처럼 반사하며 뒤에 남는다.   90

지금 같은 빛들이 다른 부분에 반사하는

---
1 달이 치밀한 물체, 엉성한 물체의 켜로 구성되었다는 가설 제기.

빛보다 더 어둡게 보일 거라고 말할 테니
보다 먼 데서 오는 반사이기 때문이라고.

더 이상의 논쟁은 그만하자.
네가 뜻한다면 인간 기술의 가지마다
가진 뿌리인 실험에 의해서다.

세 개의 거울을 갖고 처음 두 개를 서로 같은
거리에 놓고 세 번째 하나는 좀 멀리 두면
그 둘 사이에 네 눈이 맞는 데 놓는다.

그들과 마주하고 타는 불 하나를 고정해   100
네 등 뒤에 두고 세 개의 거울에 비치게
빛을 보내어 네 눈에 반사한다.

광도에서 더 먼 빛이 다른 빛과 비교가
안 되더라도 네가 보리니
이게 밝다는 게 필수다.

바로 그 사실마냥, 즉 눈이 녹듯이[1]

---

1 눈이 녹아 물이 되듯 쉬운 이치.

일단 해의 따듯한 빛들이 눈을 지배하면
둘 다 처음 색과 차가움 양쪽에서 그렇듯

그렇게 너의 지성이 발가벗겨지고
내게 배우는 빛의 정보에 생생해져서   110
하나의 별처럼 너도 광채가 나리라.

평화의 하늘 안에 거룩함이 있고
한 몸체가 그분 권능의 주재 속에서 회전하니
모든 존재 안에[1] 계신 존재다.

그 하늘 바로 아래 많은 별들을 빛나게 하며
그 뛰어남이 아직 그 안에서[2] 이런
진수들에게 그 존재를 나누어주는데

다른 구체들의 다름이 각각이라서
서로 다르게 권능들을 모두 분배받아
그들의 임무가 효력과 영향을 지니게 한다.   120

---

1 엠피리언은 원동천을 움직여 모든 다른 구체들에게 번갈아 영향을 준다.
2 항성체들이 각 구체들에게 영향을 주며 지구의 모든 것도 그렇다.

우주의 이런 기관들이 계속 한 단계씩
나아가서 지금 네가 이해한 대로
위로부터 받은 걸 아래로 내려 보낸다.

생각해라, 지금 내가 얼마나 위로 왔는가를.
네가 갈망하는 진리를 향한 이 길에서
너 혼자만 그 얕은 여울 건너기를 배우리란 걸.

구체들의 영향력이, 그 움직임이
대장장이에게 망치처럼 작용하듯 해서
거룩한 기술자들에겐 틀림없이 영향을 준다.

그토록 많은 별을 아름답게 하는 그 하늘을   130
돌리며 지키는 무궁한 분의 마음을 취하면
이에서 나온 각인이 더 나은 각인을[1] 새긴다.

너의 먼지에 생기를 불어넣은 그 혼처럼
그리하여 너의 기관들을 통해 그 각각에
효능을 달리하며 널리 발산하였으니

---

[1] 127-32절, 별들이 모두에 영향 주지만 지성의 존재들에게 지휘 받음. 모두가 최상의 지능인 하나님의 효력이 있다.

그와 같이 마음에 배치하면 이를 배가하니
여러 별들을 통해 덕행을 쌓고 한편으로
아직 공전하면서 여전히 연합을 한다.

각기 다른 덕성이 새로운 품성을 만드니
소중히 품은 물질이 생기를 넣어주어   140
너와 같은 인생과 그처럼 연합하는 거다.

그 본성에 진실해서 이게 어디서 오는지
그 덕성이 그 몸체에 섞이면 빛이 나서
그 눈의 눈동자를 통해 빛나는 기쁨 같다.

그래서 그 빛에서 빛까지 모두 달라서
부분에서 부분까지 치밀하기도 성글기도 한
이런 원칙 아래 생성한 선함에서

오는데 어둡거나 맑다."[1]

---

1 133-48절. 하나님의 선은 모두에게 있으나 방식, 정도가 다르다.

3곡

제1천국 '달 천국2'

베아트리체의 설명 단테 받아들임. 달의 천국에 사는 혼들과의 대면에서 단테 놀람. 이런 혼들 중에 단테가 아는 혼이 나타나 반김. 피카르다 도나티로서 친구의 누이. 하늘의 혼들의 태도와 행복에 관해 듣는다. 그녀가 다른 혼들의 신원도 알려주고 사라진다. 단테가 베아트리체에게 돌아서자 그녀의 빛이 눈부셔 더 이상 질문을 삼간다.

태양이[1] 처음엔 사랑으로 내 가슴을 따스하게,
이어서 달콤하고 사랑스런 진리의 모습을 증명과
훈계로서 일목요연하게 갖추게 해주어

지금 내가 그 설득을 잘 받아들인다는
말을 하러, 머리를 높이 드니
그다지 높지 않은 오른쪽으로[2]

---
1 베아트리체.
2 베아트리체를 위한 존경의 표시.

한 환영이 나타나서 내 주의가
이에 단단히 잡혀 이를 바라보느라고
고백하려던 걸 아예 깜박했다.

매끈하고 투명한 유리 막을 통한 듯   10
평화롭게 반짝이며 그리 깊진 않으나
아무도 얼마나 깊은지 모르는 물처럼

우리들 모습의 대강만 비추어 반사하는데
이마에 장식한 진주알마냥 뽀얘서
알아내기가 그다지 어려운 건 아니다.

그렇게 보이는 얼굴들 모두 말하려고 해서
나로 하여금 한 남자가 물[1]과의 사이에서 사랑을
휘저은 듯이 반대로 잘못을 하게 했다.

내 한 순간 거기의 그들을 보러 돌아서며
상상하길 그건 반사한 모습일 테니   20
누구들인지 알고자 뒤를 돌아보니

---

1 신화의 나르시서스, 강에 반사된 자신 모습을 알아보지 못하고 사랑에 빠짐.

아무도 없기에 다시 돌아서 내 시선을
친절한 안내자에게서 오는 빛으로 돌리니
그녀의 거룩한 눈길이 미소로 타오른다.

"내가 널 보며 웃는 데 놀라지 말라."
그녀가 말하길 "이유는 아이 같은 네 인식이
무엇이 진실인지 여직 굳건하지 않고

항상 무익한 속에서 뱅뱅 돌아서니
네가 보는 게 정말 실체들로서
여기에 자리함은 맹세를 이루지 못해서다.[1]   30

그들에게 말하고 그들이 말한 걸 믿어라.
그들이 찾은 평화 속에서 참된 빛이 결코
그들의 발이 흩어지게 허용치 않았다."

나와 말하길 가장 요구하는 듯한
한 혼에게 내 돌아서 열망에 빠진
사람처럼 말을 시작했다.

---

1 종교의 맹세들.

"축복으로 태어난 영이여,
영원한 생명의 빛 속에서 이를 맛보기 전까진
우린 모르는 그 달콤함을 즐기는 분이여,

내 감사하리니, 당신이 내게 그저 이름과   40
당신 몫에 대해 알려준다면." 이에 대해
준비된 목소리와 미소 짓는 눈으로

"우리의 자애는 결코 그 문을 막지 못하니
의로워지려는 열망이 무엇보다 그분의 뜻이라.
그의 궁정 모든 자들이 그분의 의지와 같기를.

나는 세상에서 한 수녀였으니
당신이 누구인가 기억을 찾을 수 있으면
이보다 더한 아름다움도 감출 순 없으리니.

그러면 당신은 내가 피카르다[1]임을 볼 거요.
다른 축복받은 영들과 그들 사이에 자리해   50

---

1 아름다운 피렌체 처녀, 클레어회 수도원 수녀. 오빠인 겔프 흑당 지도자 코르소가 강제 결혼 시킴(연옥 24곡에서 피카르다의 다른 오빠 포레세와 단테 대화).

가장 느린 구체[1] 안에서 축복받음을.

우리 모든 사랑 깊은 열망들의 열성은
오직 성령에 의해서만 불이 켜지며
그분의 질서 속에서 만족하고 기뻐합니다.

우리들의 이런 몫이 그리 낮게 보이는 건
우리에게 주어졌던 우리가 무시한 맹세들
때문이니 그걸 충분히 지키지 못해섭니다."

내가 답하길 "당신들의 놀라운 외관이
어딘지 좀 낯설 정도로 빛나고 거룩해서
우리 옛 기억들 형상을 바꾸는군요.   60

그게 내 마음[2]에 당신을 더디게 담게 하나
방금 당신이 말한 바로서 당신을 인식하고
이해하는 데 도움을 주는군요.

그러나 말해 주오, 당신 행복은 여기 있으나

---

1 달은 지구에서 가장 가깝고 짧은 궤도, 빠르게 움직일 필요 없다.
2 단테는 피카르다를 알며 결혼한 그녀와 간접으로 관련이 있다.

하나님을 더 뵙고 그분께 더 친밀해지고자
더 높은 지역을 향한 열망이 없는가를."

다른 자들과 그녀가 처음엔 웃더니 다음엔
사랑의 원초인 불꽃 속에 타는 듯 보이며
그처럼 큰 기쁨으로 내게 답을 해주었다.

"형제여, 이런 우리 의지는 평화로 정해지고   70
우리가 오로지 원한 자비로 인하여
우리가 지녔던 거라서 무엇도 목마를 게 없소.

우리가 더 높은 구체에 있길 우려하면
그런 갈망은 우릴 여기로 부여하신
그분 의지와는 불화하리니

이런 원들의 속을 단순하게 할 수 없고
여긴 자비가 존재하는 본질이니까
무엇이 자비인지 고려하세요.

축복받는 존재의 가슴은
거룩한 생명인 그분 의지이기에   80

우리의 다양한 의지들과 연합합니다.

그러므로 이 존재가 단계별로 범위가 정해져
이 왕국을 통해 모든 왕국을 기뻐하며
그 왕 또한 그분 의지로 여기의 우릴 감쌉니다.

그분의 뜻 안에서 마침내 우리 평화를 찾으니
대양이라서 거기로 흘러들어 그가 창조한
모든 것 또는 자연을 이에[1] 더합니다."

각각의 장소마다 존재의 방식을 내 알게 되니
하늘 안의 천국이 제아무리 하나님 은혜일지라도
거기에[2] 똑같은 비가 내리지 않는다는 겁니다.   90

우리 입맛이 한 음식에 만족하면
또 다른 음식을 굶주린 듯 찾듯이
우리가 가진 하나에 감사하며 다른 걸 청하듯

내가 애써 그런 신호들과 말들을 찾으려고

---

1 하나님 창조에는 그 무엇도 무슨 구별이 없다.
2 하나님 은혜가 충만하나 하늘의 부분들 사이에 차이가 있다.

그녀가 친 그 자연의 망을 통해 배우려 하나
그녀는 끝까지 그 망을 온전히 드리우지 않는다.

"거룩한 법을 가진 분의 그 저울 아래 선
가치 높은 한 숙녀가[1]"라며 그녀가 말했다.
"너희 아래 세상에서 그들은 옷과 베일을 쓰고

잠자거나 깨어 있거나 그들이 그렇게 저마다　　　　　　100
엄숙한 서약으로 받아들인 그 배우자와 함께
자비로서 그분 의지를 확인하며 있으리라.

난 세상에서 모든 내 젊은 열망에서 도망쳐
그녀를 따르려고 그녀 관습의 옷을 입고
그녀의 거룩한 수녀원에 순종한다고 약속했다.

그러나 선함[2]보단 악함에 더 납작해진 남자들이
내 소중한 은둔처에서 나를 체포해 잡아서
그 다음은 신께서 내가 끌려간 생애를 아신다.

---

1 아시시의 성 클라라(1194-1253경), 성 프란시스코의 친구, 검소한 클라라 수녀회 창시자, 후원자.
2 피카르다 오빠 코르소와 그의 명령 실행한 자들에 관한 암시.

여기서 네가 분별하는 다른 영광들은
내 오른쪽에서 모든 빛으로 빛을 내는 자가   110
그 빛으로 우리 구체를 밝히는데

그녀 자신에 관해 내 말할 수 있으니
그녀는 수녀였고 거룩한 덮개인 베일이
그 머리에서 강제로 벗겨졌다.

세상으로 되돌아오며
그녀의 소원과 공정한 관례를 거슬렀으나
마음속으로는 전처럼 계속 베일을 썼다.

위대한 콘스탄체의 빛으로 그녀가
출산을 했으니 슈바벤의 둘째 질풍
셋째까지 그리고 궁극의 권위[1]까지다."   120

그녀가 말한 후엔 노래하길 "아베 마리아"
계속 노래하며 그녀가 사라져가니

---

1 그 세 가지 "질풍"은 스바벤의 공작들(호헨스토펜 왕조에 대해), 모두 신성 로마 황제들- 프레데릭 바바로사, 그의 아들 헨리 6세와 그의 손자 프레데릭 2세. 황비 콘스탄체(1154-98)는 헨리 6세의 아내, 프레데릭 2세의 모친(지옥 10곡, 119를 보라).

깊은 물속으로 가라앉는 어떤 무거운 물체마냥.

내 눈이 가능한 한 오랫동안
그녀를 좇았으나 사라져서 나는 곧
더 강한 갈망의 목표로 돌아섰는데

다시 베아트리체에게 집중하려 했으나
그녀가 내 얼굴로 빛을 내는데
그리 눈부시게 빛나 견딜 수 없어

그녀에게 다시 질문하길 늦추어야 했다.   130

4곡

제1천국 '달 천국3'

베아트리체가 천국 하늘들의 도시 배열과 단테가 달에서 만난 혼들의 현 위치에 관한 의문 설명. 개인의 자유 의지가 강제로 억압, 박탈당한 경위다. 자유 의지가 다른 자들에게 부당하게 강제당한 경우, 그런 인생 분별할 필요 있음을 피카르다와 콘스탄체의 예로 설명. 그러나 단테는 이와 다름. 죽기 무릅쓰고 거절했어야 옳고 나중에라도 되돌아갔어야 바르다고.

나는 맛있는 두 개 접시 앞에서 하나만
고르라면 어느 쪽도 입에 들어가기 전
굶주려 죽을지도 모르는 사람처럼

두 마리 굶주린 늑대 사이에서 두려움에 떠는
겁에 질린 한 마리 양 같고 동시에 두 마리
암사슴을 잡으려는 한 마리 사냥개 같았다.

내가 어떤 비난도, 칭찬도
못한 채 여전히 침묵 속에 끌려가는
두 가지 얽매인 방식의 이유다.

내 혀는 잡혀 있으나 이런 갈망이 내 얼굴에   10
질문들을 보다 예리하고 분명하게
말하기보다 진하게[1] 그려냈다.

베아트리체의 말은 다니엘이 한 번 했듯이
느브갓네살이 불의한 분노로 무자비할 때
그 분노를 진정시켜 누그러트린 듯이 하였다.[2]

그녀가 말하길 "내 보니 두 욕망이 너를
어찌나 당기는지 그 열망들이 네 안에 서로
엉켜 말도 할 수 없어졌구나.

네가 다투길 '선한 의지가 다른 자들에게[3]   20
부과한 속박 속에서 살려면 무슨 선한 이유로든

---

1 두 가지 질문을 하고 싶은 갈망.
2 바빌론의 느브갓네살 왕이 마술사들을 죽이려 함은, 그들이 자신의 꿈을 알지도, 해석도 못해서다. 하나님 계시로 다니엘이 왕의 꿈 해석, 그들 생명 구함(단2:24-49)).
3 피카르다가 콘스탄체에 대해 말한 것처럼(천국 3곡 109-17).

좀 더 나은 명칭을 줄 수 있는가?'[1]

그리고 더 당황한 이유가 이들 모든 혼들이
그들의 별로 되돌아간다는 거로서
플라톤 이론과 같은 계열로 보인다.[2]

이런 의문들에 네 의지가 똑같이 무거운
답을 요구하니 내 그 중에 더 큰 고민의
문제부터 먼저 풀어주겠다.

이는 하나님께 가장 가까운 치품천사도
모세도 네가 선택하려[3] 기울인 요한도
또한 나도 네게 어느 쪽도 아니라고 하니 30

마리아 자신도 아니고 여기 나타났던 영들과
달리 그들이 하늘 안의 다른 영역에 있으며
그 안에서 더 많거나 더 적은 세월들을 보낸다.

---

1 피카르다와 콘스탄체는 하늘의 가장 낮은 달 하늘에 있다.
2 플라톤의 '대화'에서 티마에우스는 인간 혼들이 별들에서 와서 죽으면 별들로 돌아간다고, 단테가 점성술 믿는 세태 풍자.
3 사도 요한.

그들 모두가 있는 첫 구체[1]는 은혜로 가득해
달콤한 인생을 즐기며 그들 모두처럼
오래거나 짧거나 그 영원한 숨을 쉰다.

어떤 이들은 여기 이 별이 아닌 데로 그들의
몫이 정해지는 게 분명해서 최고천에서
그들의 장소가 점점 낮아진다는 표시다.

사람들에게 말하려면 이런 식이 정확하니   40
그런 감성에 의해야만 어떻게 모여지는가가
그 지성에 합당한 방식이기 때문이다.

이는 성서가 너희에게 겸손해라 하는
이유로서 하나님께서 정성껏 할당하심이
거기에 의도하신 무엇인가 있어서다.

거룩한 교회가 한 인간의 모습을
가브리엘과 미카엘, 토비를 다시[2] 건강하게
하였던 다른 대천사를 위하여 제공했다.

---

1 최고천.
2 대천사 라파엘이 토비 만나, 그 부친의 눈멂을 치료(토비서3:16).

티마에우스가[1] 그 혼에 관해 말한 건
여기서 네가 보듯이 그 무엇도 아니며   50
문자상의 의도에 불과할 뿐이다.

혼이 그의 별로 돌아간다고
믿는 그런 추론에서 나왔기에
하나의 화신[2]으로서 구체화되었다.

이성의 논리로 말하는 한 방식이라
그의 감성이 다른 데로 달리지만
그의 의도가 조롱받지는 않는다.

그가 이들 구체들에게 그들이 받은 영향대로
영예와 비난을 준다고 의도했다면 어느 정도
어떤 진리 혹은 다른[3]데 적중한 건 사실이다.   60

잘못 이해한 이 원칙이 한때 전 세계
대부분을 잘못 가게 이끌어 제우스, 머큐리,

---

1 플라톤의 '대화'에서 이름의 시조가 되는 주요 화자.
2 유형의 인간 형태를 가지려는 것.
3 별들이 인간에게 영향을 끼친다는 플라톤 이론을 사람들이 믿기에, 단테가 보는 천국 하늘의 별들과 엄연히 구분할 필요가 있다는 해설.

마르스[1]를 주문으로 부르짖게 하였다.

너를 괴롭히는 당혹감 속엔 다소 독이 깃드나
그런 악의가 너를 내게서 떨어져
어느 다른 데로도 이끌진 못하니까

여기 우리 정의가 인간 눈엔 바르기보단
다소 적게 보일 따름이니 믿음의 논쟁은
이단이 아닌 철저한 사악함 때문이다.[2]

그러나 이는 인간 기지로써 가능하며   70
이 길을 찾으려면 이의 다른 진리로서
너를 이리로 오게 내가 할 수 있을 거다.

진짜 폭력이 학대받는 자에게 일어났을 때
그 힘을 쓴 자에게 아무런 제재가 없다면
이들 혼들이 그런 자들을 용서하지 않을 테니

그 뜻하지 않은 의지를 강제할 순 없지만

---
1 행성들 이름처럼 그냥 일개 별로 안 보고 신처럼 다룬다는 조롱.
2 130-132절 참조 요망.

그 자연[1]의 본성에 따른 불처럼 행동해서
가끔은 이들을 잡아 묶어 둘 거다.

많거나 적거나 이에 무너져
그 힘을 돕게 되어 그리 되면   80
그들 은신처로 도망쳐 돌아갈 수 있다.

그들의 의지가 전적으로 양호하다면
성 로렌스가 불판[2] 위에서 뜻을 지킨 듯이
스케볼라가 그의 손[3]이 잔인하게 구워져도

그들을 다시 그 길로 더 보냈을 터이니
그들이 끌려왔을 때 즉시 자유롭게 했듯이
이런 단호한 의지들이 모두에겐 극히 드물다.

이런 내 맘속 말들에서 네가 한 대로
중요성을 취하면 깨진 근심들이

---

1 불의 자연스런 경향은 위로 올라가듯 신앙의 열망이 하늘로 오른다는 이치.
2 쇠 철망 위에 구워지는 고문을 기쁘게 받고 순교. 자신의 자유 의지를 굽히지 않았다.
3 로마인 마키우스 스케볼라는 에트로스칸 왕 랄스 포르세나를 죽이려다 사로잡힘. 그의 용맹을 보여주려 손을 타는 불에 넣으려다 실패, 랄스 포르세나가 이를 좋게 봐서 그를 풀어주기로 결정.

사라져간 이유가 되리라.   90

지금 넘어야 할 또 다른 산을 네 눈앞에
마주한다면 네 자신이 이를 잴 순
없으니 먼저 걱정부터 하리라.

내 벌써 이를 너에게 분명히 했으니
결코 축복의 혼들이 거짓말할 리 없고
그들에겐 진리의 근원이 항상 곁에 있어서다.

아직 너는 피카르다가 단언한 콘스탄체가
마음에선 항상 베일을 썼단 걸 떠올리는데
내가 말한 것과는 모순으로 보여서다.

형제여, 자주 과거 속에 있는 남자들이여,   100
위험 속에 떨어진 그들이 큰 두려움 속에서
그 기질에 거역하며 해선 안 될 일을 하니

한때 알크메온이 속박 속에 행한 듯이
부친에게서 모친을 죽이라는 강요를 받고
경건에서 벗어나 무자비하게[1] 행한 것 같다.

---

[1] 신화, 알크메온이 부친에게 순종하고자 모친을 죽인 죄악.

네가 여기서 보아야만 하는 건
폭력이 희생자의 의지와 섞여 그들이
반대할 핑계가 전혀 없다는 뜻이다.

그 의지가 학대하는 자를 전혀 인정치 않지만
오직 그런 두려움 속에 있었기에 110
그게 아니면 더 나쁜 어떤 고통도 받았으리라.

피카르다가 강제를 당한 게
그녀 마음속과 달리 강제당한 의지기에
우리가 서로에게 동의한다."

그 성스런 강물의 속삭임으로
진리의 기본에서 떠올라서 나의 두 가지
갈망들이 서로 같이 쉬게 하였다.

"원초의 사랑으로 사랑받는 거룩한
존재여" 내 즉시 말하니 "그분 말씀이
내게 흘러 넘쳐 따듯한 새 기운이 솟아나 120

내 은혜의 감성이 깊을지라도

은혜를 위한 은혜로 당신께 드릴 순 없으니
보고 행할 수 있는 한 분께서 응답해주시오.

우리가 그 진리에 비추이지 않는 한
이처럼 결코 마음에 만족이 없음을 아는데
모든 걸 넘어서는 진리가 거긴 없기 때문이오.

마음이 진리에 쉬고 거친 야수가 소굴에 쉬듯
진리가 마음에 이르면 진리가 할 수 있는데
만일 아니라면 우리 모든 갈망이 헛되리라.

이가 마치 봄의 싹이 나오듯 일어나면   130
진리의 발아래서 의심이 시작하니 이 자연스런
강요가 늘 우릴 높은 데서 높은 데로 올려갑니다.

의지가 나를 초대하면 편안해져 당신께
질문하니 존경하는 나의 숙녀시여,
내가 모르는 또 다른 진리에 관한 겁니다.

여쭙건대 만약 우리가 깨진 서약에
다른 선한 일로 어떤 무게를 더한다면

그 균형이 가벼워질까요?"

베아트리체가 나를 그 눈으로 바라보는데
가득한 사랑으로 반짝이는 거룩한 광채 앞에   140
모든 내 능력이 무너지는 걸 느껴

그만 아찔해져 눈을 감아버렸다.

5곡

제2천국 '수성 천국 진입'

베아트리체가 그녀의 눈빛이 눈부신 이유와 단테의 다른 의문들을 설명. 일단 한 번 맺은 서약에 관한 대안을 받아들일 수 있는가, 없는가의 질문. 하나님의 가장 큰 은혜인 자유 의지로 서약을 정하면, 이는 지켜야 하니, 서약마다 신중은 필수. 잘못된 악한 서약의 예, 성서의 입다, 호머의 『일리아드』의 아가멤논. 생명을 거는 서약은 하나님께 불신, 나중에라도 서약을 깨야 바르다. 맹세 함부로 말라는 질책.

"내 사랑의 온기로 타는 불꽃이
지구에서 보던 척도를 넘어선다면 그만큼
네가 시야 감각을 극복했기 때문이니

놀라지 말아야 할 거다. 나의 완전한
상에서 내는 나의 빛은 이게 움직이면
점점 더 그 선함을 닮아 나간다.

내가 명확히 보는 건 너의 지성이 살아서
지금 영원한 밝음에 번득이니 일단 이에
한 번 쪼이면 항상 사랑의 불을 혼자 켠다.

그러나 좀 덜한 빛에 너의 사랑이 낚인다면 10
그 빛의 흔적이 비록 불완전하더라도
전체에 스며들긴 해서 덜 반짝이게 한다.

부디 네가 의문 갖길, 올바른 행위를 통해 사람이
지키지 못한 약속을 고칠 수 있는가, 그럼
그 혼이 하나님과 화해할 수 있는가를."

베아트리체가 이 곡의 주제를 시작하며
거의 쉬지 않고 단숨에 말하는데 그녀의
거룩한 과정을 다시 한 번 거듭하는 거다.

"하나님의 관대하심이 창조물에게 가장 위대한
선물로 그분 자신의 선함에 가장 가까운 20
최고상은 그분께서 창조물에게 주신

자유 의지다. 이는 완전히 구속받지 않는

천국 5곡 53

지성을 지닌 창조물에게만,[1]
그들만 오로지 지니게 수여하셨다.

지금 네가 볼 일은 이 논쟁에 따른 한 서약의
가치의 중요성이니 이를 맺을 시에 네가
승인하면 하나님께서도 이를 승인하신다.

하나님과 한 남자가 조약 맺을 시엔 그의
자유 의지로 하는 거니, 한 남자의 보물이라
일컬은 자유 의지를 포기하는 것과 같다.[2]   30

그런데 이가 어찌 수정 가능하고 무슨 고통인가?
네가 서약에 제공한 걸 다시 하는 건 잘못된
이익을 얻고자 선한 척하려는 수작일 뿐이다.

지금, 너는 사실의 핵심에 확실히 가까워졌다.
거룩한 교회가 섭리로 허가하는 걸 보면
내가 진술한 진리를 거스르는 모습으로 보인다.

---

1 하나님께서 천사들과 인간들인 오직 지성의 피조물에게만 주신 선물이 자유 의지.
2 자유가 그 자신을 희생할 수 있음은 제멋대로 하는 자유분방한 서약들 때문이다.

넌 아직 그 식탁에서 일어나지 말아야 한다.
네가 먹은 그 음식이 거칠기 때문에 이를
소화시킬 도움이 좀 더 너에게 필요해서다.[1]

내가 확장하려는 내용에 너의 눈을 열고   40
이를 마음에 잘 새겨라. 이해한 걸 실행하지
않는다면 거긴 지성이 없는 거나 다름없다.

서약의 본질이 두 가지니 먼저 한 사람이 희생을
맹세하는 그 서약의 내용과 그 다음엔 이를
받아들일 사람과 서약을 맺는 거다.

이 마지막 사실은 서약을 이루기까지
결코 취소하지 못하는데 그 이유는 위의
내 말들에서 이를 엄밀히 했기 때문이다.

그러므로 유다 인들이 그들의 제물들을
어찌하건 가져와야 하는 필요성을 찾았고   50
네가 알듯이 그 제물의 얼마는 바꿔야 했다.[2]

---
1 하나님 최상의 선물, 자유 의지의 설명을 계속하겠다는 언급.
2 율법에서 헌물과 희생 제물 규례 참조(레27:1-33). 대체할 제물에 대한 하나님 말씀 언급.

맹세의 사건에 대해선 위에서 논한 대로
이와 같을 수 있으나 어떤 걸 다른 거로
대체하는 자체가 죄를 범하는 건 아니다.

그러나 누구든지 자신 판단으로 그의 어깨
위의 짐을 백색과 노랑 열쇠들이 돌아가길
기다리지 않고서 옮기진 않도록 해라.[1]

그래서 어떤 바꿈도 무의미함을 보게 해라.
그걸 제쳐 놓지 않고서는 새로운 무게가[2]
오히려 넷에서 여섯으로 늘어날 수 있다.   60

그러므로 무슨 서약이든 이런 무게와 가치가
있기에 내가 말한 대로 이는 어떤 저울에 [3]
어떤 걸 재 봐도 결코 대체할 수 없다.

필멸을 타고난 인간들아, 서약 하나라도 절대 농으로
하지 말라, 모든 서약에 신중하고 경솔하지 않길,

---

1 속설에 황금 열쇠는 죄의 용서 상징, 은 열쇠는 이의 통찰 상징. 연옥 9곡 117-29 참조.
2 서약의 책임 무게란, 서약할 때보다 이를 이행할 때 훨씬 더 크다.
3 제사장들, 신부들, 수녀들, 종교 기사단의 서약처럼 엄숙한 서약.

사사 입다가 약속한 첫 선물 약속을 이행한 듯이.[1]

그가 '나는 잘못했다' 해야 했는데
그걸 지킨다고 그 사악한 행동은 말았어야 했다.
그처럼 똑같이 어리석은 그리스인 대장도 있으니[2]

이피게니아의 사랑스런 얼굴을 한탄케 했던 그는　　　　70
그런 의식이 치러진 걸 들었을 때
현명한 자나 어리석은 자나 다 울린 자다.

기독자들이여, 더 큰 비중을 갖고 행동하시오.
모든 바람을 위한 잎사귀 하나처럼 행동치 말고
모든 침례마다 깨끗해진다고 생각진 마시오.

너희가 두 계약을 가졌으니 신구약성서다.
너희의 안내자로서 교회의 양치기가 있다.
너희의 구원엔 이보다 더 필요한 게 없다.

1　이스라엘 사사 입다 추대, 어리석은 서약에 딸 희생(삿11:30-40).
2　아가멤논, 트로이 출정에 무사 항해 빌고자 딸 이피게니아 희생.

어디선가 악한 탐욕[1]에 유혹 받으면 남자답게
처신하라. 어리석은 양떼처럼 굴지 말라!　　　　　80
너희 사이에 사는 유다 인들이 비웃지 않게!

제 어미젖에서 도망친 방종한 새끼 양처럼
굴지 말라. 그 어리석은 피조물들이 그 자신의
가장 악한 적이 된다!"

내가 정확히 옮긴 대로 베아트리체가 말하고
다음엔 그녀가 돌아서서 충만한 열망 속에
가장 활기 있고 밝은[2] 그 세계를 바라보았다.

그녀 모습에서 그녀의 침묵과 변화가
몹시 갈한 내 마음에도 침묵을 부여해
새로운 질문을 하려는 준비를 하였다.　　　　　90

활이 떨리기를 멈추기도 전에
과녁을 맞히는 화살처럼 그렇게

---

1 입다와 아가멤논, 둘 다 개인 욕망 위한 오만한 서약에 딸들 희생.
2 첫째 하늘인 달의 하늘 떠나서 다음 행성인 수성 하늘로 향한다.

우리 둘이 두 번째 영역[1]으로 날았다.

나의 숙녀가 그리 기뻐하는 걸 보니
그녀가 그 하늘의 빛 안에 들어왔을 때
그 구체가 더 빛을 냈기 때문이다.

마치 그 별이 미소를 짓는 듯이 변한 그때
내 천성이[2] 어땠을지 상상해 보시오
갑작스레 변화무쌍한 그 분위기에 맞추고자!

고요하고 깨끗한 어항 속에서   100
물고기들이 무엇이 떨어진 데로 움직이듯
그게 그들을 위한 음식인 양. 그처럼 여기서

내 보니 일천도 더 되는 광채들이 저마다
우릴 향해 오는데 그들에게서 들려오길
"그녀가 도착해서 우리 사랑을 더하리라."

그들 중 하나가 가까이 다가오는데

---

1 수성의 구체에 진입, 두 번째 천국.
2 인간의 본성.

기쁨에 가득한 그 혼을 볼 수 있는 건
그에게서 나온 빛이 분명 더 밝기 때문이다.

독자여, 생각하라! 여기서 무슨 시작이든
계속치 않으면 얼마나 너희가 고통스러울까.   110
좀 더 알려는 바가 너희 조바심이기에

그럼 이들에게 금세 너희가 감사할는지.
그들이 내 눈앞에 나타난 순간부터 그들의
이름과 상황을 얼마나 듣고 싶어 했겠는가.

"오, 축복을 위해 태어난 분이여! 은혜로
영원한 승리[1]의 왕관들을 보려고 아직은
너의 세상 전투가 끝이지 않는[2] 동안

온 하늘을 통해 퍼진 밝은 빛을 우리에게
주면서 네가 우리를 알기 위해 그런 열망을
가졌다면 너의 욕구가 흡족해지리라."   120

---

1 수성 하늘에 있는 혼들의 무리.
2 그 혼들의 대변자가 단테가 산 자임을 깨닫고 놀람.

거룩한 영들 중 하나가 이런 말을 내게 하자
베아트리체가 강조하길 "물어봐라, 자신을 갖고
질문해라. 그들이 신들인 듯 믿어라."

"내가 잘 볼 수 있으니 어떻게 당신이
당신 눈에서 끌어낸 빛 속에 자리하는가를.
당신이 웃을 때 불꽃을 볼 수 있었기 때문이니

나는 당신이 누군지, 왜 선한 영이
감추어진 구체에[1] 당신들의 위치가 정해져
인간들에겐 안 보이는지 모르겠습니다."

내가 이렇게 그 빛을 향해 서서 말하니   130
먼저 내게 말을 건 자가
전보다 훨씬 더 밝은 빛을 내었다.

마치 넘치는 빛을 가진 태양처럼
이를 차단하면 그 따듯함이 터져 나와
무거운 증기가 온도를 올린 듯하다.

---

1 수성은 지구에 가까이에 있기에 가끔 잘 보이지 않는다.

그처럼 항상 확장하는 기쁨을 감춘
그들 자신의 밝은 빛의 그 거룩한 외형들이
내 눈에서 다시 한번 잘 감춘 채 답하길

다음 곡에서 노래를 하리라고.

6곡

제2천국 '수성 천국1'

단테가 수성의 빛들 중 그를 반긴 혼과 대화. 그 혼은 로마법 개정한 황제 유스티니아누스. 설명하길 로마 제국(독수리로 표시)이 세속적 수립 위해 힘씀. 그 야심 지나쳐 하나님 향한 사랑 순수하지 못했지만 법을 개정해서 천국에 있노라고.

"콘스탄티누스가 독수리의 깃발로 돌아서서
하늘의[1] 과정에 거역했으니 라비니아를
아내로[2] 취한 그를 따르는 데서다.

200년간 혹은 더 이상 그 하나님의 새가
유럽의 국경들에 머물렀는데
처음에 솟아난 산맥 가까이에서

---

1 서기 324년 콘스탄티누스 황제가 제국의 수도(이 곡을 통해 상징하는 독수리 표시)를 로마에서 비잔티움 천도, 콘스탄티노플로 명함.
2 트로이 떠난 아이네이아스 방랑, 이후 라티움 왕의 딸 라비니아와 결혼, 라티움 정착, 고대 로마 건국 시조.

거룩한 날개들의 그늘 아래 세계를
손에서 손으로 통치자들을 바꾸며 다스려
마침내 이가 내 손에[1] 이르기까지다.

나는 황제였던 유스티니아누스[2].   10
내가 느낀 그 원초의 사랑의 의지를 통해
그 법전에서 헛되고[3] 불필요한 걸 제거했다.

그 노고에 집중하기 전에 나는 한 본능에
사로잡혀 그리스도[4]의 것이 아닌 일을
믿음이라 여기며 만족했었는데

그때 복 받은 양치기인 교황
아가페투스가 나를 바뀌게 해서
그의 말들로[5] 순전한 믿음을 받아들였다.

내 지금은 그런 믿음을 분명히 보기에

---

1 유스티니아누스가 서기 527-565년까지 통치.
2 지상의 제목들이 하늘에선 아무 효능 없다.
3 유스티니아누스가 로마법의 완전한 재조직을 명령.
4 그는 그리스도의 거룩한 본성, 오직 그것만 믿었다.
5 교황 아가페투스(533-536 재위)가 유스티니아누스에게 확신을 주어 그리스도 믿게 함.

모순이라고 한 것[1]들이 하나는 진리이고 20
하나는 거짓임을 볼 수 있다.

나의 걸음이 교회의 길과 함께하자
하나님의 은혜가 내 고위 임무에[2] 영감을 주어
그분을 기쁘게 하고자 그 일에 전념했다.

나의 양팔인 벨리사리우스[3]를 믿었기에
내가 전쟁에서 쉬라는 신호로 받으니
하늘의 오른손이 그에게 그리도 은혜로웠다.

너의 첫 번 질문[4]에 대한 나의 답을
여기서 마치고, 이 대답의 본질에
덧붙여 다음에 계속할 터인데 30

그들이 신성한 깃발에 도전한 이유가 얼마나
많은가 보려면 이를 대신해 행동한 자들,

---

1 성육신의 그리스도 신앙을 처음에 믿지 못했던 사실 묘사.
2 로마법 개정.
3 유스티니아누스에게 충성했던 장군.
4 천국 5곡 127-129 참조.

이에[1] 반대로 행한 자들에 대해 살펴야 한다.

봐라, 무슨 용맹한 위업으로 그 독수리가
존경받을 가치인가! 그 처음 시작이
팔라스가 통치권을[2] 위해 죽었을 때부터니까.

너는 아니, 그건 알바에서[3] 삼백 년 이상을
그 끝을 보기까지 살았는데 셋이 싸우고 셋이
한 번[4] 더 싸워 그 깃발에 맞추려 했던 사실을.

너는 또한 안다. 일곱 왕들 아래 정복하며   40
그들 이웃들에 행한 일들을 사비네 여인들부터
루크레티아의[5] 비통에 이르기까지.

---

1 황제당원들 끝까지 국가에 충성, 교황당들의 제국 거역 행동에 반기.
2 아이네이아스와 싸우는 동안, 팔라스가 투루누스(라비니아 약혼자)에게 죽음. 팔라스의 죽음에 아이네이아스가 투루누스를 죽임.
3 알바 롱가, 아이네이아스 아들 아스카니우스가 세운 라티움 마을.
4 세 명의 알바 쿠리아티(고대 로마의 행정 구분)가 세 명의 로마 호라티(로마의 행정관)에게 패하였다.
5 사비네 여인들의 강간부터 로마의 첫째 왕 로물루스의 통치 기간 자행된 폭력 정치. 루크레티아의 자살까지 이를 이끈 마지막 왕 탈퀸의 추방까지 비행으로 얼룩졌다는 로마 초기 역사의 야만성 질책.

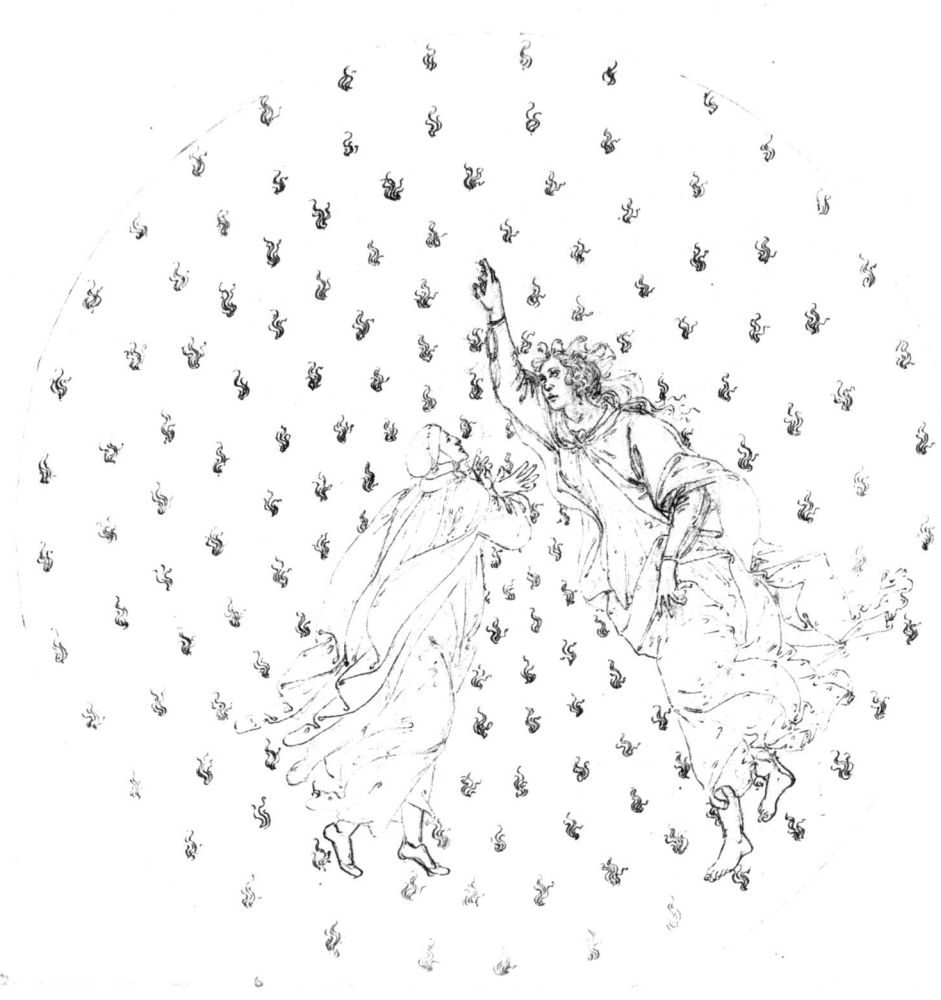

너는 안다. 모두 로마인의 용기라며 우연히 부딪쳐
행한 일들로, 브레누스[1]나 에피러스에[2] 관해
다른 공동체들과 도시들이 서둘렀던 일들을.

이를 통해 톨콰투스와[3] 퀸티우스처럼 그 이름이
그 텁수룩한 머리털에서[4] 왔는데 데치[5]와 화비[6]
사람들이 기쁘게 영예의 명성을 내게 주었다.

그 깃발이 아랍인들의 오만을 낳아서 그들이
한니발을 따라 알프스산맥을 넘어서   50
너희가 내려온 포 강으로 왔다.

그 깃발 아래 스키피오[7]와 폼페이[8]가 젊어서
이겼으니 네가 태어난[9] 그 언덕 아래에선

---

1 고올(옛 프랑스 지방) 사람들 지도자, 기원전 390년 패함.
2 에피러스 왕, 기원전 275년 패함.
3 고올과 라틴에서 패함.
4 신시나투스가 로마의 적들을 물리치려고 쟁기로 싸움.
5 로마를 위해 아들과 손자들 생명을 희생한 아버지.
6 뛰어난 인물들 가진 귀족 가문.
7 젊은 시절 성공한 장군, 자마에서 한니발에게 패함.
8 로마의 장군, 25세에 승전 거둠.
9 피렌체 언덕 위의 피에솔레가 캐티라인이 반역한 시기, 로마 귀족에게 패함.

그 깃발이 가장 가혹해 보였다.

그때, 하늘의 고요한 방식으로 세계의 모두를
데려오고자 하늘이 바라던 시간에 가까워지자
로마[1]의 의지로 시저가 그 깃발을 취했다.

그가 이룬 위업이 바르와 라인부터
이세레, 샤온, 세느, 로아르 강들까지 그 골짝
모든 벌판의 강들이 론[2]강을 먹인다.   60

그가 한 일은 라벤나를 떠나
루비콘 강을 건너뛴 거니 이 같은 질주에
혀와 펜[3] 어느 쪽으로도 기술할 수 없다.

그 깃발로 군단을 스페인까지 이끌고
다음엔 두라초와 파르살리아[4]를 쳤는데
너무 심해서 무더운 나일도 고통[5]을 느꼈다.

---

1 줄리어스 시저, 로마제국 수립한 첫 황제, 세계사의 주요 인물로 간주.
2 고올 지방에서 이룬, 시저의 승리들.
3 시저의 루비콘 강의 도강이 로마 공화국 위한 전쟁 포고의 효과.
4 두라초(알바니아)에서, 시저가 폼페이 군단에 패하고, 그리스 파르살리아로 이동 후 격파.
5 폼페이가 이집트에서 비참한 최후, 파르살리아 전투에서 도망 후.

한 번 더 시모어를 보고 여기 안탄드로스에
왔으니 그 장소는 헥토르가 누워 있는 데로서
그 스스로 일어난[1] 프톨레미에겐 최악이었다.

그 다음 벼락[2] 맞듯 쓰러진 누미디아 왕 주바.　　　　70
그 다음엔 바퀴를 너희 서쪽으로 서둘러서
거기서 폼페이의 승리를 들을 수 있었다.[3]

그 깃발 때문에 그와 함께 행하며[4] 견디던
브루투스와 카시우스가 지옥[5]에서 울부짖어
모데나[6]와 페루지아[7]를 슬픔으로 사로잡았다.

그 때문에 클레오파트라가 아주 슬피 울며
그 깃발에서 도망쳤지만 그로써

---

1 시저가 트로이의 잔해들을 방문, 안탄드로스, 아이네이아스가 이탈리아로 떠난 항구. 시모아 강 가까이에 트로이 영웅 헥토르 무덤. 후에 애급 왕 프톨레미 13세가 폼페이를 죽임, 시저에 의해 패함.
2 누미디아의 왕 주바와 폼페이 동맹, 시저에게 패한 후 자살.
3 시저가 폼페이의 아들들 스페인에서 격파.
4 옥타비안은 시저가 입양한 아들이자 상속인, 황제 아우구스투스.
5 시저의 암살자들, 필리피에서 패해 자살, 그들에게 시혜 베푼 시저 배신, 지옥 34곡 64-67 참조.
6 옥타비안이 그의 적, 마크 안토니를 이긴 곳.
7 옥타비안이 마크 안토니의 형을 이긴 곳.

독사[1]에게 물려죽게끔 이끌었다.

그 깃발에 잘 견딘 자들이 홍해 해안[2]에 오니
그 상징이 그런 평화를 세계에 가져와서   80
야누스 신전의 문[3]이 닫혔다.

그러나 그 깃발이 무엇을 했는가는 내가
좀 전에 말한 바와는 달리 아직 해야 할 일들이니
그 지상 왕국을 통해 이를 통치한 게

애매해지고 중요해 보이지 않아서다. 누군가
밝은 시야와 순수함을 가진 자가 본다면.
세 번째 황제의[4] 시선이 행한 일이니

진실한 정의를 위해 감동을 준 건 이를
허락하여 그다음 황제 손에 그분 자신의
분노[5]에 복수했다는 영광이다.   90

---

1 애급 여왕 클레오파트라, 옥타비안에게 쫓기다 독뱀으로 자살.
2 옥타비안이 이집트 정복.
3 로마의 야누스 신전의 문들은 평화로운 시기엔 닫힌다.
4 티베리우스.
5 십자가는 그리스도 본성의 사건. 원죄 회복 위한 거룩한 희생이심.

지금 여기 내가 너에게 보인 일에 놀랄 테니
독수리가 티투스를 뒤쫓아 서두른 일이
고대의 죄[1]에 대한 복수의 복수였다고!

롬바르디 독니들이 거룩한 교회를 위해 울 때
그 독수리 아래서 비록 승리를 했더라도
샤를마뉴는[2] 도망가야만 했다.

내가 기소한 이런 자들에게 네가
심판자일 수 있는데, 지금[3]은 그들의
잘못들이 너희들 모든 재난의 근거여서다.

그 하나가 우주의 신호라는 노란 백합들에[4]   100
반대했던 그 하나가 이를[5] 칭찬하니까
누가 더 큰 죄인가를 말하기가 어렵다.

---

1 티투스의 예루살렘 멸망이 그리스도 십자가 수난의 유다 민족 향한 복수라 정의내린 로마 교회와 기독교계 향한 단테의 예리한 질타.
2 샤를마뉴(800-814 재위)가 롬바르드의 데시데리우스에 대항, 교회 방어하다 774년 추방. 800년에 그가 로마 황제관 쓴 사실 조롱.
3 제2곡 31-33 참조.
4 교황당파 반대인 시실리, 나폴리, 프랑스 옹호 아래 있어서다.
5 황제당파가 야망을 독수리 기치로 드러냄.

황제당이 그들의 재주를 부릴 터인데
다른 신호 아래서 악이 항상 이 신호로
정의를 두 동강 내왔기 때문이다.

젊은 찰스[1]가 교황당에 반대하지 않고
그가 더 강한 발톱을 숨긴 사자 발톱에
벗겨질[2] 두려움에 놓여 있게 놓아두어라.

후손들이 한 아버지 잘못에 자주 우는 건
조상의 죄들 때문이니 신을 생각지 않고   110
그분의 깃발을 바꾼 노란 백합 때문이다!

우리들의 이 작은 별[3]이 의로운 행동을 한
영들로서 함께 축복을 받는데 그들의
명성과 평판을 위한 행위가 아니라서

그 열망들이 기대었던 그 방향에서
그 길을 좀 벗어났더라도 그 참사랑의 빛이

---

1 앙주의 찰스 2세가 나폴리의 왕(1285-1309 재위).
2 대단히 검소했던 보다 위대한 왕들.
3 수성.

그 인생의 마지막까지 타오르게 한다.

그러나 우리 기쁨의 보상을 감안하면
우리의 절망조차 우리 행복의 부분이기에
그 양쪽이 다 크지도[1] 적지도 아니하다.   120

이런 수단이 살아계신 정의기에 그 열정이
그리도 부드러워 어떠한 불법들에서도
우리들이 꼬이지 않게 이끈다.

다양한 목소리들이 합쳐 달콤한 음악 소릴 내듯
우리 인생들도 다른 질서를 이루어내면서
우리는 이런 행성들 사이에서 조화를 이룬다.

그처럼 이 참 진주 안에서 그 빛을 받은
로메오[2]가 빛을 발하는데 그의 행위가 크고
고귀한데도 불한당 취급을 받았기 때문이다.

---

1 천국 3곡 64-84 참조.
2 로메오 드 빌레노브(1170-1250). 프로방스 공작 레이몬드 베렝 가의 집사장. 주인 잘 섬겨 그 집 딸들이 유리한 결혼, 여왕들로 만드나 불공평하게 쫓거남.

프로방스 인들이 그를 반대해서 웃을 기회가   130
그에겐 없었는데 그가 취한 의로운 행동들이
그의 잘못이라고 오해를 받았기 때문이다.

레이몬드 베렝 가의 네 딸이 여왕들이 되게
그가 도왔건만 도리어 그를 쫓아내었기에
끝내 나그네이자 가난뱅이였던 로메오가 있다.

베렝 가는 사악한 자들에 이끌려서 그들에게
그리도 충직한 집사의 평가를 물어 보았으니
그는 베렝 가에게 열을 열둘로 준 사람이다.

가난하고 늙은 로메오가 그 집을 떠났는데
생명의 빵을 위해 빵 껍질을 구걸하는 사이에   140
그의 마음이 세상에 알려지며

칭송 받으니 내내 더욱 칭송 받으리."

7곡

제2천국 '수성 천국2'

유스티니아누스 사라짐. 단테가 질문 못한 심각한 문제점, 베아트리체가 응답. 원죄의 문제, 원죄는 그리스도 십자가 죽음이 해소. 하나님 정의로 이루신 대사건. 예루살렘 멸망이 유다 인들에게 행한 정의의 복수라는 개념은 기독교의 큰 오류라고 단테가 지적. 이는 인간 이성의 자만이지 하나님의 뜻 아님을 베아트리체가 해설. 인류가 악의 멸망의 지배 받지 않게 하시려는 하늘의 거룩한 의도, 바르게 알기 설득.

"호산나, 거룩한 권능의 하나님,
당신의 명쾌함으로 빛나는
무수한 기쁜 불꽃들의 빛이시여!"[1]

그 혼이[2] 어조를 바꾸며 시간이 되자
돌아서서 노래하며 올라가는 걸 보니

1　"호산나, 만군의 거룩한 하나님, 당신의 밝음을 이러한 제국들 안에 축복받은 불꽃들 위로 빛을 내려 보내시는 분."이란 기도문.
2　유스티니아누스.

그 너머로 두 겹의 빛들[1]이 보였다.

그가 조금 움직이자 다른 것들 또한
가장 빠른 불꽃이 일어나듯 잽싸게 움직여
갑자기 먼 거리로 내 시야에서 사라졌다.

"그녀에게 말해! 얻은 게 없다고, 그녀에게!" 10
속으로 말하니 내 숙녀의 부드러운 이슬이
내 목마름[2]을 축여주기 때문이다.

그러나 나를 사로잡은 큰 존경심이
겨우 베아 혹은 이체[3]라는 소리만 내고
머리를 무기력하니 숙여버리게 한다.

베아트리체는 내가 이리 머뭇대자
잠시 고민하다 웃으며 시작하는데
불타오른 한 남자를 축복하는 미소다.

---

1 수성천의 많은 혼들이 그들을 반기기 때문.
2 유스티니아누스의 정의로운 복수란 개념, 단테에겐 심한 의구심.
3 베아트리체의 이름 글자 처음과 마지막.

"내 의견이 틀리지 않다면 바른 처벌이
어떻게 바르게 처벌받을 수 있는가에 대해   20
너는 지금 곤혹스러워 한다.[1]

보다 명쾌한 마음속에 네가 있길 바라니
나의 귀한 교훈이 담긴 다음 말들에
의지한다면 모든 의구심이 해소되리라.

그의 의지에 그리 큰 도움을 주는 재갈을
무시했던, 결코 탄생하지 않은 한 사람[2]인
그가 자신과 후손들을 저주했기 때문이다.

이로써 인류의 종족이 부패해 가고
수천 년씩이나 비통한 실수[3]에 떨어져
하나님께서 말씀으로 내려오시길 정하시니   30

창조주께 탈선한 그 본성의 장소에서
영원한 사랑[4]의 독자 행위로 그분께서 자신을

---

1 천국 6곡 88-93 참조.
2 아담은 인간 부모 아닌, 하나님께서 직접 지으신 존재임을 부각.
3 원죄.
4 화신.

그분의 본성과 합친 곳임을 뜻한다.

지금 네 마음이 무얼 들었는가에 집중해라.
지금 창조주와 그 본성이 연합하여
첫 창조 때처럼 순수하고 선하니

비록 지금은 천국에서 추방당했을지라도
그 자신의 행위로써 실제 인생에서는
진리의 길에서 방황했기 때문이다.

그 십자가로써 과해진 그 벌을 40
이분의 정해진 본성[1]으로 잰다면
일찍이 무엇보다 훨씬 더 바른 것이니

일찍이 없던 그런 끔찍한 고통을
견디신 그분을 우리가 간주해보면
그분께선 스스로 그 본성을 취한 분이시다.

그러니 한 행동에서 두 결과를 초래하여

---

1 그리스도의 인성.

한 죽음이 하나님과 유다 인을 기쁘게 해서
지구에 지진이 일어나고 하늘들이 나타났다.

지금까진 네가 어려운 말을 찾지 못하니
복수에 대해 그게 바르다[1]고 들었을 때   50
후에 정의[2]로서 복수했다고 한 거다.

내가 보니 네 지성이 어찌나 목마른지
생각에서 생각으로 스스로 매듭처럼 묶여서
이런 모두에서 풀려나길 갈망하는구나.

네가 말하길 '들은 걸 이해하면서도
아직 이상한 건 왜 하나님께서 이런 식으로
우리 구원을 성취하시려 하는가에 있다.'

형제여, 이 선택은 땅에 묻힌 거니까 누구나
지성을 가진 자의 눈엔 숨겨져서 먹지 못하고
사랑의 불꽃 속에서만 열매를 맺기 때문이다.   60

---

1 그리스도의 십자가 죽음은 인류의 원죄를 사함 받는 권능.
2 예루살렘 멸망이 하나님 정의의 복수일 리 없다는 단테의 신념.

그래서 거긴 많은 활과 궁수들이 있으며
그중 소수만이 과녁을 늘 맞힐 수 있기에
왜 이 방식이 가장 적합한지 내가 말해주마.

하나님의 관대하심은 결코 시기에 유혹받지
않고 속에서 불타올라서 밖으로 불꽃을 튕기며
그리도 영원한 아름다움을 세상에 뿌린다.

매개물 하나 없이 순화된[1] 그건 영원하다.
그 누구도 이런 하나님의 도장이
일단 찍히면 이를 제거할 수 없다.

매개물 하나 없이 그게 그렇게 주어지면   70
겉은 고요하고 자유로우니 이는 어떤
창조된 것에게 영향 받지 않아서다.

하나님께 가까워 한층 그분을 기쁘게 한다.
모든 데서 빛나는 그 거룩한 이글거림이
가장 비슷한 데서 가장 밝게 빛난다.

---

1 천사, 하늘, 인류의 혼, 하나님께서 직접 창조하신 모든 것.

이런 선물들을[1] 인간 창조물에게 모두
부여하셨으니 조금이라도 그분의 그런
고결함에서 모자라면 자연히 타락한다.

그를 사로잡는 유일한 죄가
최고의 선에서 그를 다르게 만들어 가면 80
하나님의 빛이 그에겐 거의 보이지 않는다.

사람은 그의 존엄을 다시 얻을 수 없으니
죄가 남긴 공백을 무언가로 다시 채우지 않는 한
잘못의 만회는 올바른 벌로써만 균형을 갖춘다.

이런 선조들 때문에 너희 본성이 은혜에서
전체가 타락해 멀리 추방되었으나
천국에서처럼 천부의 재능도[2] 나온다.

이겨서 되찾는 게 아니니 만일 네가 세심히
조심스레 그 사실을 조사하면 이런 두 가지
길들 중에 한 가지를 제외한 어떤 방식이다. 90

---
1 불멸성을 지닌 자유 의지와 하나님과의 닮음.
2 원죄로 살지만, 자유 의지를 지키면 하늘에서 빛날 수 있다.

그건 하나님과 오직 그분의 자비로만
사람을 용서하거나 혹은 사람이 자신의 노고들로
그 우둔함을 충분히 만족시킬 수 있어야 한다.

지금 네 시선을 영원한 조언자인 지옥으로
내려서 돌아보고 너의 마음을 고정해라.
네가 할 수 있는 한 가까이 했던 나의 과정이니.

사람은 언제나 충분한 배상을 할 수 없으며
그의 한계가 정해져 굴복할 수 없기에
어찌하건 겸손히 복종하기를 그가 불복종으로

치솟았던 만큼까지는 해야 한다.   100
사람은 단순히 그가 무엇에든 배제되었기에
이런 이유로[1] 만족하는 것부터 배워야 한다.

그런 하나님 그분 자신의 필요한 방식들로서
인간을 충만한 생명으로 되돌려야만 하셨기에
한 방식 또는 두 방식[2]에 의함을 뜻한다.

---
1 자만 죄를 저지른 인간은 어떤 행동으로도 속죄할 수 없다.
2 악과 선의 열망에서 어느 쪽을 택하느냐에 따라 인생이 달라짐.

그러나 누구나의 행동에서 보듯이
그분의 은혜가 더하면 이가 샘솟는 데서
그 마음의 선함이 크게 드러난다.

세상에 그분 선함의 각인이 찍힌 것에서
그분의 두 가지 방식을 수행하려고 기쁘게 110
너를 높이 세워 너를 재임명한다.

그 최후의 밤과 그 첫날[1] 사이에서
거기엔 그처럼 장려한 행동이 없었으며
이런 저런 식으로 또는 항상 계실 분이니

그 자신을 주신 하나님은 훨씬 관대하시어
그분께선 단순히 우릴 용서하시기보단
사람이 스스로 그 자신을 일으키게 하신다.

인자가 육신으로 그분 자신을 겸손히
낮추지 않으셨다면 이를 성취하려는
모든 수단들에는 정의가 부족했으리라. 120

---

1 창조와 그 마지막 날 사이.

지금 모든 네 소원을 이루기 위해 되돌아
가려 하니 이는 한 요점에 명확성을 기해
내가 아는 만큼 너도 분명하게 하려는 거다.

네가 말하길 '나는 물을 보고 불이 어떤지 알며
공기와 흙 그것들 모두의 조합을 알며
그들의 짧은 시간 후에 부패가 온 걸 아는데

이들 모두 창조했을 때니까 벌써 말한
일들이 진실이면 그들이 썩는 지배를
받는 게 절대 아니네.' 하는 거다.

천사들, 형제들은 이곳   130
네가 서 있는 이 순수한 공간에서
온갖 충만 속에 창조한 존재로 있다.

반면에 네가 인용한 그 본질들이란
모든 융합의 결과로 창조된 힘에서
그들의 형태를 받는다.

그들이 그런 물체로 창조되어

그들의 형상을 받은 영향력이
회전하는 별들에게서 그렇게 온다.

모든 동물들과 식물들의 생명들은
효능을 가진 조합에서 나오며   140
신성한 등불들[1]의 빛과 활동에 의한다.

그러나 너희 혼들이 최상의 자비로운 분에
의해 즉시 그분의 영감을 받기에 그분께선
네가 그분을 사랑하길 항상 열망하신다.

이 모든 걸 생각하면 네가 추론하리니
너의 부활을 마음에 둔다면 되새기리라.
인류의 시초에 인간 육신의

두 조상이[2] 어떻게 창조되었는가를."

---

1 창조된 별들의 하나인 태양 빛.
2 아담과 이브의 창조(창1:26-30).

8곡

제3천국 '금성 천국 진입'

단테가 아름답게 빛나는 베아트리체로서 금성에 온 걸 알고 그곳의 혼들을 만남. 수많은 작은 빛들이 불의 불티처럼 돌아감을 인식. 그중 하나가 말하고자 조바심. 베아트리체의 승낙으로 앙주의 찰스 마르텔과 대화. 그가 일찍 죽어 그 후손들의 악행을 통탄. 사회 구성원 각자가 적합한 바른 일을 하면, 세상이 훨씬 좋아지리라는 기대감 표현.

세상이 한층 위험했던[1] 시대에 세상이 믿은
세 번째 행성[2] 사랑의 사이프러스 여왕이[3]
그 축을 돌리며 관능의 사랑 빛을 발하여

그리 잘못한 옛날 시대 사람들이 그녀에게
영예로 희생과 서원으로 보답할 뿐 아니라

---

1 그리스도의 강림 이전이라 속죄 받지 못함.
2 금성의 공전, 지구에서 세 번째 항성.
3 비너스, 사이프러스 바닷가에서 탄생했다는 신화.

그들의 기도에도 그러해서

디오네를 어머니로 하고 큐피드를 아들로
한 자처럼 서원하여 큐피드가 디도의
무릎에[1] 앉았다는 우화를 내었기에

그녀를 따라 내 장편 시를 시작하니   10
이 밝은 별이 새벽과 초저녁에 태양을[2]
유혹하는 행성이라고 이름 짓는다.

여기로 오른다는 느낌이 조금도 없이
그 행성[3]에 왔음을 알게 된 건 내 숙녀가
훨씬 아름답게 불탔기 때문이다.

마치 화염 속에서 불꽃이 이는 걸 보듯
노래하는 소리에서 소리들을 구분하려면
한 소릴 잡아내야 다른 소리도 오고 가듯

---

1 큐피드가 아이네이아스 아들 아스카니우스 형상을 취하자, 디도가 무릎에 앉히고 귀여워함.
  후에 아이네이아스와 디도 사랑에 영향 줌. (『아에네이드』 683-90).
2 금성은 새벽별로서 새벽녘과 황혼녘에 떠오른다.
3 비너스(금성).

그 빛 속에서 다른 불들을 보았는데
다소 빠르거나 느리게 선회하는 게						20
내 생각엔 그들이 그 속에서[1] 잘 보는 듯하다.

보이기도 안 보이기도 하는 돌풍들이[2] 결코
찬 구름에서 그리 빨리 내려오지 않고 방해도
없이 천천히 누구든 보는 자에게로 오듯이

이런 영광의 빛들이 우리에게 다가오다 멈추어
그 높은 세라핌들의 하늘 속에서 하듯
그 영들이 선회의 춤을 시작한다.

"호산나!"라는 소리가 그들 앞줄에서
나오니 그런 소린 일찍이 없었기에
다시 듣기를 열망하지 않을 수 없었다.					30

그때 그들 중 하나가 점점 가까이 다가와
혼잣말[3] 하길 "우리 다 너를 기쁘게 맞을

---

1 그들 각자의 하나님의 영상.
2 벼락 혹은 바람.
3 단테 시대의 좋은 정보를 아는 기쁨. 그는 앙주의 찰스 마르텔(1271-95), 1292년 헝가리 왕관 썼으나 나폴리 왕국과 프로방스를 상속하기 전에 사망.

준비를 했으니 너도 우리 안에서 즐거워하길.

우린 천체의 왕자들과 함께 도는데
같은 궤도에서도 유일한 목마름을 지닌 채로
네가 한 번쯤 세상에서 탄원했던 왕자들로서

'순수한 이해로서[1] 셋째 하늘로 온 당신이여.'
우리가 그리도 사랑 가득함을 네가 기뻐하면
이 짧은 멈춤이 적지 아니하게 달콤하리라."

내가 존경의 눈길을 내 숙녀에게 향하며   40
머릴 숙이자 그녀가 인자하게
그들에게 확신과 만족을 주니까

그들이 빠르게 내게 약속한 빛에게 돌아서기에
"내게 말해 주시오. 당신들 다 누굽니까?"
내가 부드러움이 스민 어조로 간청했다.

이 처음의 기쁨에게 말했을 때에

---

1 금성 하늘 움직이는 건 세라핌 천사들이라는 언급.

그 빛이 모두를 통해 신선한 기쁨을 더하며
아, 얼마나 더 밝아지고 커지는지!

그렇게 변한 그가 말하길 "너희 세계가 나를
오래 잡진 못했으니 내가 오래 살았다면   50
그 많은 악이 그렇게 오지는 않았으리라.

너에게 내가 숨겨진 건 내 기쁨으로 인해
날 둘러싼 빛 때문이니 나를 감춘 건
마치 비단 고치 속의 번데기와 같다.

좋은 이유를 가지려 했던 너는 내 친구였으니
저 아래 머무는 동안 내가 네게 보였을 때니
푸른 나뭇잎보다 훨씬 더한 우정이다.

론 강이 왼쪽 둑에 흘러드는 소르그라는
그 강에¹ 모든 물줄기가 섞이는 데로서
그때 군주가 되길 내게 기대했는데   60

---

1 프로방스 언급.

아우소니아의 뿔처럼 거기 남쪽엔
트론토와 베르데에서 바다에[1] 닿고
카토나 바리 가에타가 국경이다.

내 이마 위엔 왕관이 벌써 빛나서
다뉴브 물결에서 흐른 땅 위의 왕관으로
독일의 강둑들을 뒤에[2] 남긴 때부터다.

아름다운 트리나크리아[3]는 파치노와 페로루스[4]
사이를 구름으로 덮는데 그 만의 위는
유러스가 대부분은[5] 관개를 해주는 데로서

타이폰으로 어두운 게 아니라 피어오르는 유황이[6]   70
그의 통치자를 가지려고 여전히 찾기에 나를
통해 미래에 태어난 찰스[7]와 루돌프가[8]

---

1 나폴리 왕국.
2 헝가리.
3 시실리.
4 아마도 현재의 파사로 곶과 화로 곶.
5 카타니아 만, 시로코라는 남동폭풍이 팽배한 지역.
6 전설엔 에트나 화산 폭발이 그 속 괴물의 투쟁 때문이라 생각.
7 앙주의 찰스, 찰스 마르텔의 조부.
8 찰스 마르텔의 장인.

악한 통치로 지배하던 백성들을 성가시게
속박하지 않았으면 팔레르모의 사람들이 "죽어라
죽어라!"[1] 외치는 소리가 나진 않았으리니

카타란 사람들이 그를 해치기 전에
내 형제가 이런 좋은 시간을 볼 수 있었다면
그가 움켜쥘 가난을 피할 수 있었을 터이다.

준비란 확실히 만들어지는 거라서
자신이든 다른 누구든 그 짐을 실은 배가   80
과부하한 짐으로 침몰하지 않기 위해선

지난 과거의[2] 후손인 구두쇠 본성보단
유능한 관리자들인 둥지에 깃들되 머릴
숙이지 않는 자들을 필요로 한다."

"당신이 한 말들에서 내 안으로 온
깊은 기쁨을 믿으면 내 주께선 모든 선의
시작과 마지막에 계신 분이심을

---

1 시실리의 베스페르스(1282)로서 프랑스 학살을 야기한 찰스 조부.
2 그의 선조들.

일찍이 할 수 없을 만큼 당신이 잘 보여서
너무 좋기에 더욱 친밀해지니 왜냐면
하나님 안에서 당신을 보기 때문입니다.   90

당신이 나를 좋아하니 의심 하나를 풀어주시오.
당신이 해준 말들이 나를 혼란으로 몰아갑니다.
어째서 달콤한 씨가 쓴 열매를[1] 낸답니까?"

그가 답하길 "내가 할 수 있다면
오직 진실 하나를 증명하리니 바로 네가
등을 돌리게 한 게 무언지에 직면하는 거다.

선이 공전하면서 네가 올라가는 왕국들을
기쁨으로 채우는데 이 위대한 몸체들에게
힘을[2] 넣어주는 섭리가 돌아가게 한다.

그들의 본성들은 완벽 자체이신 그분의
마음에서 제공되었을 뿐 아니라   100
그들의 행복 또한 그분 보호 아래 있다.

---

1 왜 부모들이 때로는 자녀들을 타락시키는가?
2 하나님께선 항성들을 움직이실 뿐 아니라 지구 위의 생명들에게 영향을 주는 힘까지 주신다.

이 활이 무엇을 어디서 쏘든 간에
거기로 필연으로 오는 예정인데
틀린 목표로 가는 화살과도 같다.

안 그러면 네가 여행하는 그 하늘들엔
그런 방식으로 오는 효력들로서
이를 구축 못하고 멸망하리라.

그러지 못하니 스스로 결점 없는 이런 별들을
움직이는 지능이 없다면 원동천의 지능　　　　　110
또한 그들을 완전하게 할 수 없다.

이 진리가 더 분명하길 요구하느냐?"
내 답하길 "아니 불가능한 걸로 압니다.
거기서 그녀가 필요했던 본성이 지쳤을 겁니다."

그가 다시 "지금 말해라. 만일 시민이 아니어도
지상의 한 남자를 위해 더 나쁘지 않았을까?"
내가 답하길 "네, 설명할 필요 없습니다."

"만일 저 아래 다양한 기능들로 인생들을

분배하지 않았다면, 아니, 네 스승이[1] 120
쓴 게 맞는다면, 그럴 수 있었을까?"

그가 이런 논리로 계속하다 결론내길
"지금 이렇게 함은 너의 노고의 근거를
다양하게 해주려는 거다.

그래서 솔론이나 크세르크세스도 있고
또 한 사람은 멜키세덱 그리고
다른 이는 아들을[2] 날게 해서 잃은 자다.

소용돌이 본성은 회반죽 밀랍 위에선
곧잘 자신을 봉인하나 여러 사람보다는
한 사람에게 머물기를 선호한다.

에서에게선 야곱을 자궁 안에서부터[3] 130
멀리 했고 퀴리누스는 서출이지만

---

1 아리스토텔레스.
2 법률가, 통치가, 사제이며 발명가인 다이달로스가 아들 이카루스에게 날개를 달아주어 죽었다. 사람의 분수를 넘었기에 받은 응징.
3 본성을 거스르면 쌍둥이조차 다를 수 있다. 창25:21-34 보라.

마르스[1]에서 왔다고 생각들을 한다.

이리 태어난 자들은 그들이 생기게 한
자들에게 그들의 길을 취해야 했기에
신성한 규정을 뒤엎진 않았다.

너의 눈 뒤에 있다가 지금 네 앞에 있기에
얼마나 내가 너로 인해 기쁜지 알기를,
여기서 너를 둘러싸는 당연한 결과다.

각기 다른 운을 지닌 어느 본성이든 마주하면
알맞은 철을 지나서 자란 한 식물처럼　　　　　140
초라한 열매를 맺는 실패를 할 순 없다.

거기 아래 세상에서 오로지 주의해서
본성에 놓인 기초 위에 그것을 심는다면,
그리만 한다면 사람들이 선해지리라.

너희는 종교에서부터 그리 왜곡해서

---

[1] 로물루스는 로마 세운 신화의 인물, 천한 출신이나 성공. 그에게 퀴리누스라는 이름을 주고, 죽은 뒤엔 마르스의 아들이라 신격화.

마치 칼을 허리에 차고 정비공으로 태어난 듯
설교할 사람들을 왕들로 꾸미는구나.

그래서 너희가 바른 길에서 벗어나 방황한다.

9곡

제3천국 '금성 천국'

금성 천에서 단테가 생전에 육신의 사랑으로 불탔던 여러 가지 유형의 혼들과 만나 대화. 당시엔 유명, 역사엔 무상한 자들. 단테의 예의 인물들 주시할 필요. 그들 인생살이에서 현재 우리 삶을 비교, 어디에 비중을 두고 살지 가늠자 역할 때문.

아름다운 클레망스여[1], 당신의 찰스가
말하길 달갑지 않은 예언이라면서
그의 종자[2]가 음모를 꾸밀 거라며

덧붙이길 "침묵하시오! 세월에 굴러가게."
했으니 내 무슨 말을 하겠소? 당신에게
닥칠 상처로[3] 눈물 흘릴 일을 빼면.

---

1 찰스 마르텔의 과부.
2 그의 친척들, 찰스 마르텔의 아들이 아닌, 찰스 마르텔 동생 로버트가 상속했기에.
3 찬탈자의 동생과 조카, 1315년 몬테카티니에서 살해.

그 신성한 혼의 영광이 지금 해를 향해
돌아서니 거길 가득 채운 건
결코 실패하지 않는 사랑의 친절.

미혹된 피조물인 혼들이 그리도 일그러져   10
너희들 마음을 그런 복지에서 벗어나게
너희 냉정성을 그런 허영에게 줘버리다니!

이런 영광들 중 다른 영이 나에게
향하며 그의 열망을 나타내며 나를
기쁘게 하려고 타는 밝기를 더했다.

전처럼 나를 굽어보던 베아트리체의 눈이
나에게 확신을 보내서 나의 열망이
그녀의 친밀한 동의를 구했다.

내 말하길 "복 받은 영이여, 부디 나의
갈망에 빠른 답을 바랍니다. 보여 주오.   20
내가 본 생각을 당신이 반사할지!"[1]

---

1 천국이니까 그 혼이 단테가 질문들을 묻지 않아도 알기 바란다.

이에 그 빛의 하나가 여전히 내가 모른 새
노래를 하던 그 깊은 데서 밖으로 나와
나를 도우려는 듯 서둘러 말하였다.

"나는 타락하는 이탈리아 땅에
리알토와 고원지대 사이에
브렌타와 피아브 냇물이 아래로[1] 흘러가는

큰 봉우린 아니나 언덕이 솟아난
한때 관솔가지 하나가 내려와 그 땅에 누워
모든 자에게 큰 파괴를 가져온[2] 그곳 출신이다.   30

그와 나는 한 뿌리에서 태어났는데
내 이름은 구니차, 여기서 내가 반짝이는 건
이 행성 빛에[3] 지배를 받은 다음부터다.

나 자신이 용서 받아 기뻐서 그런 거로서
내 운명의[4] 이유인즉 너희들

---

1 트레비소의 마치, 베니스(이 원래의 섬, 리알토) 남쪽과 북쪽의 트렌티노 알프스까지.
2 로마노의 에첼리노 3세(1194-1259), 피에 주린 독재자. 지옥 12곡 109-10 참조.
3 구니차는 에첼리노의 누이, 그녀 악명은 금성 영향이란 조롱.
4 금성의 영향 받아 복 받은 자들의 낮은 단계지만 행복하다고.

보통 무리는 좌절할 수 있어서다.

이 귀한 보석이 우리의 별을 빛나게 하며
이 혼이 내게 가장 가까이 있어 지구에
큰 명성을 남겨 죽지는 않을 터이니

백 년이 다섯 번 반복하기 전까진[1]　　　　　　40
사람들이 첫 번을 이은 두 번째
인생에서[2] 뛰어남을 찾지 않겠느냐?

이는 아딧지와 타글리아멘토[3] 사이에서
그 소란과는 아무 상관이 없다는 뜻이니
응징을 받아도 아직 그들에겐 회개가 없다.

오래지 않아 늪지대에 있는 파두아 사람들이
피로 얼룩져 그 냇물이 비센차[4]를 적실 텐데
난폭하고 의무감이 없기 때문이다.

1　구니차가 5세기나 그녀 명성 유지하리란 조롱.
2　사후의 명성.
3　트레비소 마치의 거주자들.
4　바키그리오네 강에서 파두아의 교황당이 1314년 피로 패배시킴.

실레와 카그나노가 만나는 데서
거길 다스리는 누군가 머리를 높이 든 건   50
사람들이 벌써 그물을[1] 펼쳤기 때문이다.

펠트레가 통곡할 이유를 가질 동안
불경한 성직자의 배신이[2] 너무 심해서
그렇게 갇힌 자 중 그런 자가 일찍이 없었다.

그는 정말로 큰 술통을 필요로 하리니
이 모든 페라레 사람들의 피를 담으려면
(피의 무게를 재려는 건 지치는 일!)

이는 그 방자한 의지의 성직자가
당에 대한 열성을 보이려고 제공한
백성 생명이 선물로 알맞다는 부류인 까닭.   60

너희가 왕좌들이라고 부르는 위의 거울들이
하나님 심판을 우리에게[3] 비치도록 내려주어

---

1 카미노의 리차르도는 트레비소의 황제당 군주, 1312년 살해.
2 펠트로의 전 교황당 주교 알레산드로 노벨로가 그에게 피신한, 페라레의 황제당 13명 죽이고 배신.
3 하나님 심판을 반영하는 천사들.

이런 식으로 말하게 하니까 옳다."

그녀가 침묵하여 내가 보니, 어딘가로 가서
그 주위를 돌며 춤추는데 처음에
춤추던 데로 돌아간 듯싶다.

또 다른 기쁨이 벌써부터 내겐 어딘지
보석처럼[1] 보이는데 마치 햇빛이 스민
좋은 루비와 비슷했다.

그 위에선 기쁨을 밝음으로 나타내니 70
지상의 미소와 같으나 저 아래에선[2]
마음이 슬프면 검은 그늘이 점점 뒤덮는다.

"하나님께선 모두 보시니까" 내가 말하니
"복 받은 영들아, 너희 전망도 그분께 속해서
아무도 그걸 너희가 결코 숨길 수 없는데

너희 목소리가 늘 하늘들을 기쁘게 하여

---

1 금성 하늘의 애매한 혼들. 핏빛이란 좋은 일은 하지 않은 증거.
2 지옥에서.

여섯 날개의 두건을 자신들이 두르고[1]
노래하는 그 경건한 불들처럼 하면서

왜 너희가 내 열망을 만족시키진 못하는가?
너희가 내게 하듯이 난 너희에게 들어갈 수   80
있으니 너희 대답을 기다리진 않을 거다."

"가장 넓은 계곡으로 물이 퍼지며"[2]
그가 시작하니 "그 넓은 바다가
그 세상을[3] 둘러싼 데부터 동쪽으로

확장하여 아직도 태양의 길을 거역하는
불협화음의 둑들[4] 사이에 있는 데로서
전엔[5] 지평선으로 치부하던 데다.

난 이런 해안들을 따라 에브로와
작은 마그라 사이에 살던 사람 중 하나인데

---

1 세라핌은 가장 높은 천사들(이사야6:2를 보라).
2 지중해.
3 오세아누스, 미지의 바다가 지구의 마른 땅을 둘러싼다고 상상.
4 유럽과 아프리카, 두 대륙의 거주자들은 종족과 종교가 다르다.
5 천동설 시대, 지중해가 천상의 자오선까지 뻗어, 한 끝이 다른 끝의 수평선에 닿는다고.

거긴 투스칸과 제노아 인들[1] 일부가 산다. 90

일몰과 일출이 멀리 떨어진 만큼이나
나의 도시부터[2] 보아지에까지 그러한데
그 도시인들 피가 한때 항구의[3] 물을 덮혔다.

나는 폴퀘트[4], 내 이름을 들은 자들이
그리 불렀는데 지금 이 하늘조차 나를
품었으므로 난 감동한다.

왜냐하면 벨러스의 딸조차 시케우스와
크레우사[5] 양쪽의 잘못보다 더 내 머리가
변하기[6] 전까지 나는 불에 탔기 때문이니

로도피안의 소녀가 데모푼에게[7] 속지도 않았고 100

---

1 말세이유. 예를 들면, 스페인의 에브로 입구와 마그라 입구 사이의 절반 거리.
2 보아지에는 알제리아에, 말세이유처럼 경위선에서 보면 유사.
3 기원전 49년 말세이유가 로마에 망할 때 관련한 피의 학살 참조.
4 말세이유의 폴퀘트(1231년경)는 수사가 된 음유시인.
5 칼타고의 디도, 살해당한 남편 시케우스에게 성실 맹세하나 아이네이아스 사랑. 크레우사는 아이네이아스의 부인.
6 회색으로 변하는 것.
7 필리스는 트레이스 왕의 딸로 데모푼 사랑, 테세우스의 아들에게 배신당함.

헤라클레스가 아이올을 그의 가슴에
새겼을[1] 때도 아닌 거다.

여기선 누구나 회개하는 게 아니라 오히려
웃으니 결코 회상하지 않는 죄가 아니라
오직 모든 걸 잘 배치한 그 권능 때문이다.

우리의 경탄은 이런 사랑의 축복으로 인한
선함이 세상 아래서 세상 위로 오르게
데려오는 기술을 보는 일이다.

네가 만족해서 잘 나갈 수 있게
이 항성에서 떠오른 모든 질문들에 관해 110
이를 진행할 의무가 내게 부여되었다.

내 옆에 누가 있는지 네가 알길 바라니,
이 광채 속에 단순하고 투명한
태양광처럼 불꽃을 튕기고 있으니.

---

[1] 헤라클레스의 사랑이 죽음의 간접 원인.

그녀가 지금은 쉬는 라합[1]임을 알기를
우리의 질서 안에서 꽤 큰 영예를 지녀
그녀의 빛이 다른 빛보다 더함을 본다.

이 항성 안에는 예수님 승리[2] 후에 그녀가
다른 자들과 더불어 첫 번째로 너희 세계의
그늘진 한 지점에서[3] 온 거라고 추정한다.   120

그녀에게 이런 종려 가지를[4] 남긴 건
어딘가 하늘 높은 데서 손과 손이[5] 쟁취해서
정복한 걸 증언하는 정당한 일이니

그녀는 여호수아가 신성한 땅에서 첫 영광을
얻도록 도왔는데 우리의 교황은 오직
무심한 기억만[6] 가져올 뿐이다.

---

1 여리고를 여호수아가 공격하기 전에 정탐하러 보낸 남자들을 보호한 기생 라합(여:2)은 가나안의 이방 여인임을 주시할 필요성.
2 십자가 죽음은 원죄인 악을 이긴 승리.
3 지하의 림보에 있다가 십자가 사건 때 수성 천국에 승천.
4 야자가지는 평화와 승리의 표시.
5 십자가 위의 그리스도 양손의 못.
6 교황이 진리 설파에 무심하다는 야유.

네 자신의 도시인 거긴 ¹그의 조물주에게
처음부터 등을 돌리게 짜 있어서
시기심이 그런 비참함을 가져올 때

그 저주받은 꽃을² 생산하고 나누길,   130
어린양과 양떼들에게서 지금은 양치기까지
더 이상 늑대가 삼키는 그 무리를 지키지 않는다.

이 꽃을 위한 사랑에 성서와 교회 박사들도
교황령을³ 숙고했으나 그들이 합세하여
그 쪽수들 가장자릴 구겨버린 게 증명한다.

이 위에 교황과 추기경들이 자리한다.
그들은 나사렛에 대해 결코 굽히지 않으니
가브리엘의 펼친⁴ 날개가 경건해진 데다.

바티칸은 존경받는 자들 모두가

---

1 피렌체, 마치 사탄이 세운 도시 같다는 풍자.
2 금화, 한쪽엔 피렌체 백합이 새겨져서.
3 교회법 연구가 전례를 택하는 건 재정 이득이 있어서.
4 수태고지한 가브리엘 천사의 날개.

자리한 묘지들이 로마에 있으며[1]   140
베드로의 전사들이 묻힌 데로서

곧 고위 성직자들 음행[2]에서 벗어날 거다."

---

1 교회의 초기 순교자들이 묻힌 로마의 베드로 성당.
2 중세에 로마 교황청 고위 성직자들 음란 부패의 끝이 없기 때문.

10곡

제4천국 '태양 천국 진입'

독자들에게 눈을 하늘로 올려 창조의 조화에서 삼위일체의 삼위가 사랑하는 반사를 알기를 간청. 두 여행자가 네 번째 천국 태양 하늘의 혼들과 만난다. 지혜와 종교의 이해심으로 중세에 이름났던 신학자들 소개.

그분 아들을 응시한 그 사랑[1]으로,
한 분과 그 다른 분이 영원히 불어넣는
원초의 말할 수 없는 가치가[2]

공간과 마음을 통해 무엇이든 돌게 하며
시종일관하는 존재임에도 그 누구도
볼 수 없고 손길을 식별조차 못한다.

---

1 성령.
2 아버지 하나님.

독자들이여, 나와 함께 당신들 시선을
그 기쁜 바퀴들에게로 올려 한 동작이
다른 동작을 이끄는[1] 거기로

그 기술을 명상하고 흠모한 시작부터　　　　　　　　10
그 장인께선 그런 열렬한 사랑으로
결코 이에서 눈을 떼지 않으시니,

행성들을[2] 운행하는 기울어진 원을
필요로 하는 모든 데서 세상이 만족하게
진행하는 바로 그 지점을 관찰하시오.

만일 행성들의 과정이 기울지 않았으면
하늘들 속에서 많은 덕성이 헛것이 되고
지구상의 모든 게 무능해졌을 거요.

열두 궁도의 궤도가 방향을 바꾸면
똑바른 길에서 약간 크거나 작더라도　　　　　　　　20

1　지구를 도는 행성들의 운행 지점(천상의 적도)이 12궁도를 통하며 태양의 운행을 비스듬히 가로지른다고, 단테 시대에 신봉.
2　하늘의 별자리인 12궁도.

반 구체의 양쪽이 많은 걸 잃을 거요.

독자들이여, 지금 잠시라도 앉아 머물러
당신들이 받은 이 맛보기를 여러 번 삭히시길.
지치기 전에 오래 동안 기쁘리라 보입니다.

내가 당신들을 위해 이를 펼치니 지금
맛보아야 하오. 모든 배려를 다해서 내가
써야만 하는 이런 사실들을 말이오.

자연의[1] 가장 위대한 임무가 우리 세계 위에
하늘의 가치를 되새기는 거라서
빛의 척도에서 우리 계절이 나오고　　　　　　　　　30

그 지점에 다다르면 내가 전에[2] 언급한
둘레를 도는 듯 하는 그 소용돌이를 따라서
그가 좀 이르게[3] 나타나던 그 위에

---

1 태양.
2 앞의 7-9절을 보라.
3 낮이 길어지는 봄의 춘분이다.

나는 그녀와 있었는데 조금도 몰랐으니,
거기[1] 있기 전의 난 누구보다 의식이
있었음에도 거기까지 어떻게 올라왔는지.

무엇이 좋고 나쁜지 나를 잘 안내하는
베아트리체가 있기에 그런 속도가
그녀 행동엔 조금도 시간이 들지 않았다.

내가 태양에 도착했을 때   40
그 혼들이 엄청 밝아졌는데 색조가 아닌
빛 자체가 두드러진 거다!

천재의 습관과 기술을 내가 요청하더라도
이를 너희가 이해하게 할 수 없으니
오직 이를 믿을 수 있기만 바라야 하리라!

우리의 상상이 이 위대한 높이까지는 올 수가
없어도 이에 놀랄 이유가 없으니 어떤 눈도
일찍이 태양의 빛을 꿰뚫고 본 일이 없어서다.

---

1 단테는 지금 태양의 구체에 있어서, 그들의 지혜로 알려진 자들과 닮은 자들을 만난다.

거기는 네 번째 행성인데 높은 아버지께서
그의 가족을 품어 그분께서 숨 쉬고 생산하는   50
법을 보이며 항상 기뻐하는 곳이다.

베아트리체가 시작하길 "이 은혜에 감사해라,
모든 천사들의 태양에게 감사를 그분 은혜로
그분의 물체인 태양으로 올려다주셨으니."

어떤 죽을 심장도 일찍이 그리 스스로
하나님께 철저한 준비와 보은으로
진실한 헌신을 드리고자 준비한 일이 없으니

이런 말들을 듣자마자 나는 즉시
그분께 나의 모든 사랑을 돌렸다.
베아트리체 생각조차 몽롱해지게.   60

그녀가 이를 마음에 두지 않고 이에
미소 짓자 웃음 짓는 그녀 눈의 광휘로
내 마음의 모든 관심이 나뉘었다.

많은 눈부신 살아 있는 빛들을 보았는데

우릴 가운데 두고 그들이 왕관처럼 둘러서서
그들 광채보단 훨씬 달콤한 소리를 내니

우리가 보는 라토나의[1] 딸이
포화 상태의 공기를 바르게 잡았을 때
둥글게 코로나 빛을 두른 듯했다.

하늘 궁정 안에는 내가 돌아가야 할 데보다   70
그리 아름답고 귀한 보석들이[2] 많으나
그 궁정 밖에선 인지할 수 없다.

그 보석 중 하나가 영광의 노래를 하는데
그가 그 나라에 이르는 날개를 취하지 않아서
묵언 속에 이 조류에 타려고 기다리는 듯하다.

이처럼 노래할 때 나는 이런 밝은 해들이
우리 둘레를 세 번 도는 걸 보았는데
부동의 북극성 주위를 공전하는 별 같아서

---

1 달.
2 단테가 보는 빛나는 혼들.

그들이 춤을 그치지 않는 무희들처럼 보여
조용히 쉬며 들으며 기다리니 좋은 악보가 80
새로운 춤으로 초대하기까지다.

이런 빛 하나가 나를 향해 노래하는데
"은혜의 그 빛 때문에 참 사랑이 그때
처음 켠 불이 사랑 속에 자라서

이런 영광으로 빛나며 안에서 커지며
다음 단계로[1] 날아오르게 위로 인도하니
누구도 내려가지 않고 다시 오르지 않는 데로

너의 갈증을 풀기 위한 포도주 한잔을
거부하는[2] 누구나, 강물이 아래로 흐르지
못하듯이 방해를 받으리라. 90

너는 이 화관을 꽃피운 혼들을 알기 원하는데,
그건 사랑으로 돌면서 명상하는 네가 하늘에
오르게 힘을 준 그 사랑스런 숙녀를 위해서다.

---

1 하나님의 시각으로 올라감.
2 천국에서 단테가 보이는 지식을 향한 열렬한 갈망은 자연스럽다.

나는 목자였고 거룩한 무리의 하나로
도미니크¹ 목자들을 푸른 초원들에서 먹여
모두가 옆이나 뒤로 돌아가지 않게 했다.

내 오른쪽 가장 가까이에 콜로뉴 태생인
내 형제와 스승이 있는데 그 이름은
알베르트이고² 나는 토마스 아퀴나스다.³

네가 그 다른 모두를 알고 있다면 100
내가 말할 때 네 눈을 따라서 그 거룩한
화관을 두른 그들이 길을 만든 걸 봐라.

다음 불꽃을 내는 이는 미소 짓는 그라티안⁴.
그는 법의 한 면과 다른 법을 그리 잘 섬겨
천국을 기쁘게 한 자다.

다음으로 열렬히 합창하는 저자는

---

1 도미니크(1170-1221), 자신의 설교단 창시자.
2 콜로뉴의 알베르트(1193-1280), 백과사전에 아리스토텔레스 주해.
3 토마스 아퀴나스(1225-74), 알베르트의 제자. 아리스토텔레스(이방 철학 정점)와 기독교 계시 사이, 중재 시도.
4 그라티안은 이탈리아에서 1090년경 탄생. 천상과 시민 법정의 법들을 제정, 양쪽의 질서를 추구.

피터로서 가난한 과부처럼 그가 소유한[1]
모든 걸 신성한 교회에 바쳤다.

우리 사이에서 가장 빛나는 다섯째는[2]
그런 사랑을 숨결로 내서 아래 세상 모두가   110
소식을 조금 알려고 굶주리고 목마르게 한다.

이 안에 있으면서 그 혼의 깊은 지혜가
자리했는데 그 진리가 참이면 그를 통한
마음과 겨룰 자로 둘째가 없으리라.

다음을 봐라, 거기 아래서 그 빛의 광휘를
내는 육신으로서 천사들의 본성과 그들의
임명직을[3] 가장 깊이 보았던 자다.

거기 그 안에서 웃음 짓는 다른 작은 빛은
기독자 승리 시대에[4] 라틴어로서

---

1 피터 롬바르드(1100-1164년경), 『판정Sentences』 교부들에 관한 저술.
2 솔로몬, 이스라엘의 왕으로 잠언, 전도서, 애가 지혜서의 저자.
3 디오니시우스, 아레오파고스 재판관, 사도 바울(행17:34)로서 개종, 『천상의 성직자 계급제도』의 저자.
4 파울러스 오로시우스(초기 5세기경)의 작품은 로마 제국이 기독교 받아들인 이래 타락하지 않았음을 보여주려는 의도.

어거스틴을 확고하게 만든 자다. 120

네가 네 마음을 빛에서 빛으로 움직여
내 찬양들을 잘 따르면 여덟째에
확실히 민감해질 거다.

모두가 선을 보는 그 안의 한 거룩한 혼이[1]
기쁨에 충만한 건 그가 거짓 세상에서 그를
잘 읽은 자들 모두에게 쉽게 열어 놓아서다.

쫓기던 그 혼이 육신을 벗어나
지금은 시엘 드 오로에[2] 누워 있으며
순교를 통해 이 휴식처로 망명했다.

그 너머로 네가 보는 불타는 영들은 130
이시도레[3] 베데[4] 리차드[5]로서
훨씬 많은 명상에 잠겼었다.

---

1 보에티우스(475년경-525), 『철학의 위안』은 사형 언도 받은 후, 감옥에서 집필.
2 파비아 지방, 시엘 드 오로의 산 피에트로 교회.
3 세비유의 이시도레(673년경-735), 영향력 있는 백과사전의 저자.
4 훌륭한 베데(673년경-735), 영국 역사의 아버지.
5 성 빅토르의 리차드(1173년경), 『명상』의 저자.

그 혼에서 네가 내게로 눈을 돌리면

견디기 힘든 생각에 벅차하던 그가 있는데

그 죽음까지 더디게 한 듯하다.

이는 시거의 불멸의 빛인데

스트로의[1] 거리에서 강의할 때 진리들을

삼단 논법으로 논해 그에게 시기심을[2] 일으켰다."

그때 시간마다 우릴 부르는 시계처럼

하나님[3] 신부의 아침 기도 노래가 떠오르니 140

늘 그녀의 사랑으로 신랑[4]을 지키려고

시계의 각 부분이 끌고 당기는 동안

그리 매력적인 딸랑 울리는 소리로

그 선의의 영이 사랑으로 부풀리니

나는 지금 그 영광스러운 바퀴가

---

1 파리 시내의 거리, 철학 학교들이 자리한 장소.
2 브라반트의 시거(1225년경-1283년경)는 이런 믿음에서 이성의 진실들과 결별하려고 의도. 아퀴나스에게 강경하게 반기를 둠.
3 교회.
4 그리스도.

공전하며 목소리와 종소리가 같이 내는
이해할 수 없는 달콤함을 인지했으니

기쁨의 거긴 시간에 구애 받지 않는 데다.

11곡

제4천국 '태양 천국1'

  천국의 충만한 기쁨이 지상의 목적 없이 추구하는 기쁨과 차이가 큼에 놀람. 태양의 혼들이 두 여행자 둘러서 찬양. 토마스 아퀴나스가 단테의 질문을 알고 대답. 베드로의 교회가 바른 길을 지키라고 두 안내자, 하나는 사랑의 열정, 다른 하난 지성의 빛임. 도미니크 학파 창시한 그가 프란시스코 수도회 창시한 아시시의 프란시스코 신부 칭송. 두 수도회가 지상에선 심한 충돌. 도미니크 학파의 미흡한 수도회 수사들 심히 비판. 종교 집단의 부패 타락 심한 야유와 조롱.

  인류라는 족속이 가진 한심한 염원들이여!
  오, 얼마나 너희를 지으신 이성에 걸맞지 않게
  그 날개들로 땅 가까이만 그리도 치느냐!

  누구는 스스로 법을 누구는 규범들을
  누구는 성직의 직분을 위한 사냥을
  누구는 힘 또는 사기들로 지배하고

누구는 훔치려고 누구는 정치에
누구는 육감의 쾌락에 힘쓰고 또 다른
누군가는 편한 것에만 정진하려고 하는데

그러나 나는 그 모든 허식을 벗어나 10
베아트리체와 같이 위로 올라온 천국 속
거기서 영광스러운 환영을 받는다.

빛마다 그 즉시 되돌아가는데
그게 시작한 그 원의 지점으로 가서
촛대[1] 위의 촛불처럼 쉰다.

그 빛 안에서 전에 내게 말을 했던
빛을 내가 알아채자 미소를 터트리기
시작하며 훨씬 밝고 맑게[2] 커진다.

"내가 빛 속에 점점 밝게 커지는 거처럼
내가 그 영원한 빛을 본 만큼 20
너의 생각들을 감지한 그 과정을 안다.

---

1 태양 속의 열두 혼이 단테와 베아트리체의 주위를 돈다(천국10곡 145-48).
2 토마스 아퀴나스의 혼.

네가 의심 속에서 내게 바라길,
네가 더 잘 이해하도록 나의 말들이
더 뚜렷한 언어로 명확했으면 하니까.

내 말한 '푸른 초장에서 먹으니'[1]라는 뜻과
'유례가 없다'[2]고 말한 덴데 지금 여기에
명확한 대비의 가치를 이루는 게 있다.

지혜로 세계를 다스리는 섭리는 그 깊이를
잴 수 없어, 피조물의 깊은 지성들이
이를 결코 증명할 수 없으며   30

그분의 택함 받은 신부[3]를 기쁘게 하고자
그분이 크게 울부짖을 때[4] 그분과 결혼한 그녀가
그분의 귀중한 피로써 그 연합을 봉인한 거니

그녀가 만족하고 충실한 지지자로 만들
은혜를 위한 두 왕자를 임명하니

---

1 천국 10곡 95절.
2 천국 10곡 114절.
3 교회.
4 십자가상의 마지막 외치심(마27:50).

그녀를 안내한 이쪽과 저쪽이다.

그 하나가 치품천사의 열성 같고
다른 하나는 그가 드러낸 지혜로서
지상을 지품천사와 같은 영광으로[1] 빛낸다.

그들이 양쪽이나 오직 하나만 말해야 하니   40
어차피 그들 중 어느 쪽이나 찬양받음은
그들의 모든 노고의 목표가 하나기 때문이다.

토피노의 냇물과 그 물들이 축복받은 그 언덕,
우발도로 흘러내리는 사이에 선택받은[2]
기름진 경사지의 한 높은 바위.[3]

페루지아는 차고 더운 양쪽을 느낀다는 뜻인데
포르타 솔레를 통해 노세라를 뒤로 구알도가
그들의 무거워지는 몫을 슬퍼해야만 한다.[4]

---

1 치품천사들의 성품은 하나님의 거룩하신 지성의 빛 반향.
2 주교 우발도(1084-1160)가 치아시오 강 언덕에 암자 지으려고 함.
3 움브리아에 있는 수바시오 산.
4 수도회 창시, 그 장소가 신앙 전도엔 별 의미 없다는 묘사.

이 급경사가 날카롭게 기울어진 데로
완만한 태양 하나가 한때 세상에 와서[1] 50
지금이나 그때나[2] 갠지스로부터 우리에게 행한다.

누구든 이 장소를 뜻할 때는 '아시시'
라고 하는데 대단히 적은 걸 뜻하지만
이보다는 정확히 '동양'[3]이라 불린다.

그 태양이 탄생지에서 그리 멀지 않은 데서
어떤 힘과 위안의 세계를 그의 가치로서
그때부터 품기 시작했으니

젊어서 부친을 거역해 투쟁하길
아무도 문 열기 바라지 않는 죽음마냥
그녀를[4] 위해서만 만사를 행했다. 60

영의 관할권으로 그의 부친 이전에
그 스스로 그녀를 배우자로 삼더니만

---

1 수도회에 속한 인물 아시시의 프란시스코 탄생지란 설명.
2 춘분의 해가 정동에서 뜨기에 훨씬 밝음.
3 "아세시"는 아시시의 투스칸 암시, "오리엔트" 해 뜨는 곳.
4 진실한 신도.

이후엔 그녀를 점점 더 사랑하였다.

첫 남편을[1] 오래전 잃은 그녀가
일천백 년 이상을 멸시당하고 미천했으니
누구에게 초대 받지 못한 그녀 앞에 그가 서기까진

온 세계의 두려움을 없앤 그 목소릴[2] 들은
아미클래스처럼 그녀가 안전을 찾을
방도가 전혀 없었다.

이에 끝없는 격려의 효과가 없어서 70
그녀는 마치 마리아가 십자가상에 달린
그리스도 아래 머물던 것과 같았다.

그러니 내 뜻에 모호하지 않으려면
프란시스코의 청빈함을 네가 이해하면 되니
이 긴 이야기 속엔 그 두 연인이 있어서다.

그들의 조화, 그들의 명백한 행복

---

1 그리스도.
2 청빈한 어부 아미클래스는 줄리어스 시저조차 두려워하지 않았다.

그들의 사랑과 놀랍고 부드러운 응시로서
다른 자들에게 신성한 원인을 그들이 제공한다.

그들이 존경할 베르나드[1]가 맨발로 가는데
그렇게 말한 평화를 찾아 처음 나선 사람으로 80
그가 뛰는 동안 너무 느린 걸 느꼈다.

오, 찾지 못한 부여! 오, 비옥한 선이여!
실베스타[2]가 하듯 에지디우스도 맨발로 가니
그 신랑 뒤에서 그 신부를 열렬히 사랑해서다.

그분이 그의 길을 가니까 이 부친,
친절한 주께서 그의 숙녀와 그 집안과 함께
벌써 검소한 끈[3]에 묶여 간다.

겸손한 심장만 아니라 시선조차 아래로
아니하고 피에트로 베르나르돈의 아들이
대단한 경멸로 그를 만났는데 90

---
1 퀸타발레의 베르나드는 프란시스코의 첫 추종자.
2 두 사람이 프란시스코의 제일 처음 추종자들.
3 프란시스코 수사단은 정교한 벨트 대신 검소한 끈을 허리띠로 씀.

엄중한 법칙을 세운 왕처럼 교황 앞에서
그의 기사단이 인노센트에게
최초의 인증[1]을 받았을 때였다.

그때부터 검소하고 가난한 자가 증가하면서
그를 따랐기에 그의 놀라운 일생을
하늘의 합창으로 영광 속에 더 잘 부르니

두 번째 왕관과 돌게 하는데
성령으로서 교황 호노리우스를 통해
수도원장의 거룩한 의지[2]를 세웠다.

그의 순교를 향한 목마름이 다가오자 100
거만한 술탄[3]의 면전에서 그리스도와
그분을 따른 자들에 관해 설교하며

거기 백성들을 개종하려 했으나 열매 맺지
못함을 알고는 헛된 일이 아니었으나

---

1 교황 인노센트 3세가 1209년 프란시스코 수도회를 승인.
2 교황 호노리우스 3세가 1223년 프란시스의 법을 확인.
3 이집트와 팔레스타인.

수확을 하러 이탈리아로 돌아와야 했고

티베르와 아르노 강 사이의 한 바위[1] 위에서
그리스도께서 내리신 마지막 봉인[2]을 받아
2년 동안 손[3]과 발 양쪽에 생겨났다.

탁월한 선을 위해 그분을 기쁘게 하니
자신을 그리 겸손히 낮춘 이 남자를 아끼시어   110
당연한 보상으로 그를 일으켜 세우시고

그의 형제들을 올바른 상속자들로 하여서
그가 가장 사랑한 숙녀를 떠나며 그들에게 말하길
그녀를 성실히 사랑하라고, 지금은 그들 거라고.

이 빛나는 혼이 그의 숙녀를 떠나
이 왕국 위로 돌아갔는데
영구차 없이 그 벗은 시신[4] 위에 흙만 덮었다.

---

1 라 베르나, 아페닌 산맥의 펜나 산으로 퇴각.
2 성스런 흔적, 낙인.
3 프란시스코는 1226년 사망.
4 프란시스코는 죽음이 오자 헐벗은 채 장사지내라 요청.

지금 누가 그와 대조할 자로 알맞은가
베드로 교회[1]를 지키려는 그 올바른 과정에서
넓은 바다를 건너는 자가 있는가 생각하라!　　　　　120

이런 사람이 우리의 창설자[2]인데
너는 누가 그의 교회에서 소중한 무게를
견뎌내며 명령을 지키는지 볼 수 있다.

지금 그의 무린 탐욕으로 이상한 목장을[3]
가꾸려고 더할 수 없는 탐욕 속에 일하며
많은 사람들이 넓은 들로 흩어지게 해서

그들의 방황 속에 그들이 점점 멀어져서
그로부터 양떼로부터 물러났을 때
영양을 위한 그들의 필요가 증대해간다.

참으로 거기 그들 결핍에 대한 공포 속에도　　　　　130
그 양치기에 매달린 소수의 그들이 있기에

---

1 교회.
2 도미니크.
3 도미니크 수사들이 양떼들을 잘못 이끈다는 질책

적은 옷감으로 그들 모두의 수사복을 지었다.

지금 나의 뜻이 그다지 모호하지 않다면
네가 이 모두를 잘 집중해서 들었다면
네가 전에 내가 말한 걸 기억한다면

너의 소원들이 일부분 허락을 받아
내가 뜻한¹ 초목이 어떤 가지에서 잘렸는지
내 말이 부과한 게 무언지 네가 보리니

'옆이나 뒤로 돌지 않은 그런 모든 사람들이다.'"

---

1 도미니크 수사단.

12곡

제4천국 '태양 천국2'

토마스 아퀴나스의 말이 그치자 성자들이 회전. 다른 회전이 바깥쪽에서 안쪽 회전과 맞추며 돈다. 회전이 멈추자 바깥에서 도는 빛 속에서 한 목소리가 들림. 프란시스 수사단 수장 보나벤투라가 도미니크 수사단 칭송. 아퀴나스가 도미니크 파의 부패 한탄하듯, 보나벤투라도 프란시스 수사단 부패 탄식.

곧 그 거룩한 불꽃[1]이 해야 할 마지막
말을 시작하니 그 축복받은 두 맷돌[2]이
다시 움직이기 시작하는데

완전히 회전하진 않은 채로
그 전의 둘째 회전이 이를 감싸며
둘이 같이 맞추어 돌며 소리를 내서

---

1 토마스 아퀴나스를 대신함.
2 회전하는 빛은 태양 하늘의 혼들.

그런 출중한 노래들이 그리 달콤하여
우리의 뮤즈와 사이렌만큼 많은 빛이
넘쳐서 직접 반사하는 빛을 낸다.

두 개의 아치가 엷은 구름 속에서 휘듯이   10
그 색에 호응해 중심으로 모여드니
주노가 그의 시녀[1]에게 말을 건넬 때

밖의 것이 그 안에서 생겨나듯
길을 잘못 든 요정이 잘못 말하여
태양[2]에 스러지는 안개 같은 사랑처럼

사람들을 위해 확고히 하여서
하나님께서 노아와 맺은 조약을 따르듯
세상에 더 이상[3] 홍수를 내리지 않으신다는

바로 그런 식으로 그 영원한 장미들이
우리 주위를 두 개의 화관처럼 돌며   20

---

1 주노의 전도사, 이리스는 지구에 오면 무지개를 두고 떠나곤 했다.
2 요정 에코는 나르시서스를 향한 짝사랑에 자신을 소모, 목소리만 메아리로 남음.
3 창9:12-15.

바깥쪽이 이걸 둘러싸며 화답한다.

모두 춤추며 노래하는 축제 때처럼
끊임없는 빛의 빛이 다정한 기쁨 속에
서로 반짝거리는데

하나가 지나가면 그와 동시에
바로 우리의 눈이 즐거움에 반응하여
크게 내려 뜨거나 꼭 닫아 버리듯이

이들 하나의 깊은 데로부터 새 빛에서
목소리 하나가 들리기에 북쪽을 향하는
바늘[1]처럼 내가 이를 향해 돌아서니까　　　　　30

이가 시작하길 "나를 빛나게 한 사랑이
다른 지도자를[2] 축하하게 나를 인도하니
그가 나의[3] 선함을 말하는 걸 들어서다.

1　자석의 바늘.
2　도미니크.
3　프란시스.

하나로 있으며 서로를 소개한 일은
그들이 마치 하나처럼 싸웠기에 함께
영광의 섬광을 내는 게 바르다.

그리스도께서 이끈 군대가 그리도 친밀히
재정비함은 가득한 두려움에도 적은 수가
그 기본에 서서히 추종을 하니까

모든 의심과 위험 속에서도 40
무한한 법을 가진 그 황제, 그의 군대가
그들 공적이 아닌 은혜로 도움을 주신 때다.

우리가 들었듯이 그분이 그의 신부를[1] 도우러
두 전사를 보냈으니 행동가와 설교하는 사람이라
흩어졌던 사람들이 다시 모였다.

부드러운 제피르가 있는 세계에[2]
그 푸른 나무가 열리려고 일어나니

---

1 교회.
2 서유럽, 특히 스페인 반도.

유럽이 그녀의 고상한 옷을[1] 환영하는 데로서

깊은 바다에서[2] 멀지 않고
그 안에서 낮의 길이가 조금씩 자라서   50
태양이 계절[3] 안에 자신을 숨겨버리는

칼레루에가의 좋은 마을이 자리한
그 막강한 방패의 보호 아래서
중요한 사자가 복종을 한 데다.[4]

거기서 그 승자가 일어났으니
기독교 믿음에 충실한 거룩한 경주자.[5]
자신의 것엔 친절, 그의 적에겐 무자비.

그 마음이 이런 창조에 그리 활기와 힘이
넘쳐 어머니 태 안에서 꿈으로

---

1 봄.
2 대서양.
3 여름 최고점.
4 칼레루에가는 도미니크 탄생지. 카스틸가 문장은 사자 셋의 성.
5 도미니크.

예언을¹ 이루었다. 60

혼례의 약속들이 그에 의해 믿음에 의해
성수반 위에서 이루어졌을 때
서로의 구원을 거기서 수여했으며²

그 숙녀에게 그의 동의서를³ 주는 데서
놀라운 결과들이 그와 그 상속자로부터⁴
오는 걸 그녀가 꿈에서 보았다.

그의 이름의 반향대로 한 영이
여기서 그를 부르러 움직여, 그 한 분의
소유로⁵ 완전한 소유를 당했다.

도미니크란 그런 이름인 셈인데 내가 70
그분의 정원의 일꾼으로 그리스도께
선택받은 자라고 말하는 데다.

---

1 태몽, 검고 흰 개가 입에 횃불을 문 꿈. 도미니크 파는 주님의 사냥개로 불림, 수사 복장은 흑백.
2 세례 때 그가 그리스도의 신부 됨.
3 그의 대모(세례 시에 아기를 대신해 응답하는 사람).
4 그녀가 꿈에 세상 빛낼 별 하나가 그 이마에 있음을 들었다고.
5 도미니커스("주님께 속한다.")는 라틴어.

그가 그리스도의 충실한 종과 전도자로
인정받음은 그리스도께서 주신 첫 가르침을
위해 그가 보인 바로 그 첫사랑 때문이다.

그의 간호인은 마루에서[6] 자주
침묵의 밤을 보내는 그를 보았는데 꼭 이런 말을 하는 듯이.
'이를 위하여 내가 온 거다.'

부친은 펠릭스인데 진실로란 이름![7]
모친은 주아나, 꼭 같은 진실로[8]   80
그 이름들이 불린 그대로 정당했더라면!

남자들이 타데오[9]의 오스티안[10]의 길을
따른 노고란 세상을 위한 게 아닌 오직
참 만나를 위한 사랑을 통해야 하는데

그가 짧은 시간에 그리 위대한 교사가 되어

---

6 명상이나 기도로 밤샘.
7 펠릭스, 라틴어에서 온 말로, 뜻은 "행복".
8 이름 주아나(히브리어에서 옴)는 "신의 은총"이란 의미.
9 타데오 알데로토로 의료 기록 작가(1295년경).
10 세구시오의 헨리, 오스티아 주교, 교회 법학자.

그 포도원을 일별하기 시작했으니 거길
지키는 자의 무시로 시들던 때였다.

그 자리는 한때 올바른 가난한 자에게[1]
친절했으나 그들이 흩어지고 없음은
그 안의 점령자가 타락해서다.   90

그가 여섯을 위해 둘 셋을 내라 하지 않고
헛된 성직 녹을[2] 받는 성직자에게 그들의
십일조를 하나님의 가난에 속한 자에게로

오직 틀린 세상에 대항해 싸우는 바른 자를
위한 청원으로서 이렇게 너를 두른 스물네 그루
주변에[3] 자라는 종자처럼[4] 섬기게 하였다.

그의 가르침과 열성 두 가지
그의 사도 직위의 임무가 마치 산에서
쏟아져 내리는 급류의 충돌 같아서

---

1 교황.
2 교황 직위 고결성, 교황의 타락상, 분별이 필수란 단테의 지적.
3 기독교 신앙.
4 화성의 혼들의 두 개의 회전.

이단의 잡목들 사이에서 특히 100
저항이 가장 완강한 곳을
가장 큰 추진력과 힘으로 강타했다.

그로부터 다양한 시냇물이 솟아 흘러서
가톨릭의 정원을 유지하는 어린 묘목들이
더욱 생명력 있고 푸르게 자라게 하였다.

이런 마차 바퀴가 그 거룩한 교회 안에
하나라면 교회가 방어한 시민전쟁에서
적들에게 그 안에서 패할 뻔했으니

그때 네가 다른 탁월한 자를 보아야 하니
다른 바퀴[1]가 토마스인데 내가 오기 전에 110
그런 공손함으로 그가 찬양받았다.

그러나 아직 그 바퀴가 한 번 굴러갔던 고랑이
지금은 버려져 포도주 통처럼 찌꺼기가
곰팡이로 변하듯이 무시 받는다.

---

1 프란시스.

그의 집안이 한때는 그리 엄격하여 그의
발자취를 뒤좇더니만 지금은 방향 전환해서
앞으로 걷던 자들이 그처럼 뒤로 걷는다.

곧 우리가 보리니, 그 수확의 때에 모아보면
얼마나 가난한 경작일지, 그들이 가라지로
창고에서 버려져 울부짖는 것을. 120

내가 그걸 인정하니 우리의 책을
샅샅이 한 장씩 찾아 읽으면 찾아내리니
한 쪽에 '나는 항상 있던 대로다'라고 한

카살레[1] 아쿠아스파르타[2] 같은 자들이
우리의 거룩한 규정을 보다 늦추거나
더 엄격하게 당긴 자들이었다.

나는 보나벤투라로서 살던 혼인데[3]
바그노레아 출생이고 고위 사무직이나

---

1 우베르티노 다 카살레(1259-1338) 추종자, 프란시스 법칙 주해.
2 마테오 아쿠아스타(1302년경), 프란시스 파, 법칙 이완 선호.
3 프란시스 파의 수장, 그들 법칙의 극단 해석 타협에 힘씀.

항상 세상 관심사는 생각을 아니 했다.

일루미나토와 아우구스티네[1]는   130
맨발로 간 첫 번의 가난한 수사들인데
그들이 두르던 끈이 하나님의 우정을 얻었다.

그들과 함께 여기서 빛나는 빅토르의 휴
페트러스 코메스터, 스페인의 베드로가[2]
저 아래를 막강한 학술서로서 빛내고

예언자 나단[3] 메트로폴리탄 크리소스톰[4]
안젤름[5] 그리고 저 도나투스[6]는
멸시받지 않은 첫 번 예술가로 대접받는다.

여기는 라바누스 내 옆에서 빛나는 이는
칼라브리아의 수도원장 요아킴[7].   140

---

1 프란시스의 최초의 추종자들 중 둘.
2 논리학 논문 씀. 교황 요한 21세로 1277년 사망.
3 다윗 왕 시절 유대 예언자.
4 존 크리소스톰(345년경-407), 그리스교의 위대한 교부 중 하나.
5 캔터베리 대주교(1093-1109).
6 일곱 교양 첫째 문법, 기본 작업 쓴 로마의 저자(4세기경).
7 피오레의 기독자 요아킴(1132년경-1202), 많은 예언들의 저자.

그의 영은 예언자로 부여받았다.

이 위대한 영웅에게[1] 이런 찬사가 주어져
나는 따듯한 공손함으로 감동받았으니
형제 토마스와 그의 명료한 칭송에서[2]

이 무리 모두와 정말로 있었기 때문이다.

---

1 도미니크.
2 앞선 곡, 프란시스의 찬양에서.

13곡

제4천국 '태양 천국3'

  태양의 혼들이 두 줄 빛으로 동심원 이루며, 반대 방향으로 회전. 그들이 움직이며 삼위일체 찬양. 회전과 노래가 그치자 토마스 아퀴나스가 한 번 더 언급. 천국의 하늘들의 움직임, 또한 창세기의 천사와 아담과 이브의 창조와 그들의 타락에 관해.

지금 그가 나를 상상하게 하여서
내가 본 걸 잡으려고 진실을 찾아서
내가 말하는 동안 반석같이 그리되

이런 열다섯 별자리가[1] 여기 저기 흩어져
하늘들 안에서 그리도 밝게 빛을 내어서
구름 가득한 주변을 극복하고 나니

북두칠성이[2] 밤과 낮을 우리 하늘의

---

1 북반구에서 제일 처음 볼 수 있는 중요한 별들.
2 큰곰자리로 알려진 성운 속 일곱 별은 북반구에서 절대 지지 않음.

한계 안에서 묶여 있음을 상상하듯
회전하면서 우리 시야 속에 머문다.

그 뿔의[1] 넓은 입을 또 상상하라.   10
그의 좁다란 끝이 그 축에 앉아서
원동천이 돌아간다.

별들이 하늘에 지은 두 표시를 생각하라.
대부분의 별자리처럼 그게 지어진 건
미노스의 딸이 죽게[2] 되었을 때다.

그들의 빛이 도는 동안 공통의 중심까지
이르는 걸 생각하라. 이런 식으로
하나가 한 길로 가면 다른 하난[3] 다른 길로

그럼 너희가 어떤 그림자를 가질 터인데
실제 성운의 단순한 맛과 내가 자리한   20

---

1 작은곰자리는 뿔 모양의 성운. 두 별은 뿔의 입 쪽에, 북극성(원동 천을 회전하게 하는 축)은 좁은 끝에 있다.
2 아리아드네(크레테의 왕, 미노스의 딸)가 쓴 화관이 아리아드네의 왕관으로 알려진 둥근 성운으로 변함.
3 그 혼들이 두 원을 그리며 서로 반대로 도는 별들과 같다는 묘사.

지점을 두 겹으로 돌면서 춤추는 곳이다.

이 모두가 우리의 이해를 넘어서
키아나의[1] 움직임 위로 가장 빨리
돌아가는 구체[2] 너머 아주 멀리까지다.

그들이 바쿠스도 파애안도[3] 노래하지 않고
하나님 안의 세 사람들을 찬송하고 찬송하는데
그들 중 한 분[4] 안에 하나님과 인간 본성이 계시다.

춤과 노래가 그들의 잣대로서 달리다가
그런 거룩한 횃불들이 우리에게 돌아서서
하나가 다른 하나를 보호하며 행복하게 움직인다. 30

이런 혼들의 침묵이 조화롭게 그 빛에 의해
그쳤는데 그는[5] 내게 하나님의 빈곤한 인생을
놀랍게 산 사람에 대해 말을 했던 자다.

---

1 아주 느린 투스칸의 강.
2 원동천.
3 시의 신 아폴로의 명칭.
4 그리스도.
5 토마스 아퀴나스.

그가 말하길 "곡식 한 다발을 타작해서
곡식을 창고 안에 저장하면 달콤한 사랑이
나를 이끌어서 다른 다발을 타작하게 한다.

너는 생각해야 하니, 옆의[1] 어느 이랑에서
그 사랑스런 얼굴이[2] 끌려나와 그 탐욕의 입맛에
전 세계가 이런 큰 고통의 대가를 치르게 하는지.

그리고 그분의 것도 그 창의 상처로서　　　　　　40
과거와 미래를 모두 만족시키고
모든 죄에 대한 그 저울을 뒤엎으시는지

이런 이해심이 우리 인간 본성에 알맞아
한 분을 만드시고 그 다른 분을 지은
그 권능으로 주입하신 거니,

너는 내가 바른지 아닌지에 놀라서
내가 '아무도 비할 바 없다'고 확언할 때

---

1 아담.
2 이브.

지혜를 다섯째 빛에서¹ 발견했다.

지금 네 맘을 내가 답한 데서 열어라.
그 목표의 가장 중심에서 너는　　　　　　　　　　50
네가 생각하고 말한 걸 보고 만날 거다.

모든 죽을 자들과 죽지 않을 자들이
오로지 그 말씀의 반사뿐이라서
사랑하는 주님께서 영원히 일으켜주시니

그 살아 있는 빛이 근원에서 절대
나뉘지 않으며 그들 세 분이 함께한
그 사랑이 같기 때문이며

그 자신의 선함에 이 빛이 초점을 맞추어
거울 속에 비추듯 조용히 머무시는 한 분께서
영원히 아홉의 존재들² 속에 계시기 때문이다.　　60

그 빛이 그 마지막 잠재력까지 내려가며

1　솔로몬(천국 10곡 109-14).
2　구체들을 움직이는 천사들의 질서.

하늘에서 하늘로 그 마지막까지 오르는데
이 모두가 그 짧은 우연성들이[1] 주재한 거라서

이런 잠재력들이 명확해져 이런 사실들을
생성하고 이들이 하늘들의 활동 속에
생산을 하거나 종자가 없어지게도 한다.

그들이 만든 밀초가 없거나 힘이 없거나
그들을 항상 빚어내, 그 빛이 그리 거룩히
그들을 통하며 더하거나 덜하게 빛난다.

이와 꼭 같은 일이 나무들 종류에도 생기는데　　　　70
어떤 건 좋은 열매, 다른 건 나쁜 열매 맺듯
너희도 제각기 다른 성향을 갖고 태어난다.

지금 그 밀초가 그의 최고를 빚는다면
그들의 가장 좋은 일들이 하늘의 힘이라서
그 충분한 밝기가 인증을 명백히 할 터이나

---

[1] 무상한 사물들.

자연이 하는 일이 절대 그리 좋지만은 않아서
운행하는 동안에 자연히 예술가처럼
흔들리는 손 기술을 보여주게 된다.

그 열렬한 사랑이 원래 가치의 환상을
인증하고자 이를 명쾌히 전달하려면 오직   80
완전한 성취를 해야만 그 위와 같아지리라.

이런 식으로 먼지가 살아 있는 존재로서[1],
완전함으로 고귀해지고 충만해지기에
이런 식으로 성처녀에게 아기가 왔던 거다.

그래서 내 말하니 네가 한 말이 진실이고
인간 본성이 결코 한결같거나 그렇지 않음은
그 안의 그런 두 가지 때문이다.[2]

이런 식으로 더 이상 진행할 필요가 없으니
'네가 어떻게 그가 비할 바가 없고 그럴 수
있는가?' 했는데 바로 그렇기 때문이다.   90

---

1 아담의 창조가 그의 타락 전에는 완전했기 때문이다.
2 아담과 그리스도.

명백한 수행에서 멀어지게 하는 게 누군가[1],
그의 동기가 무엇인가 생각하면
이런 대답을 듣고자 질문을 청했으리라.

내 말은 그리 모호하지 않으나 네가 인식할 수
없는 건 그가 왕이었는데도 지혜를 청한 거로서
왕으로서 적합하지 않다는 생각인데

움직이는 모든 별들의 수를 세지 않거나
전술한 부수사항의 필요를 알리면
일찍이 좋은 결론을[2] 주었을 텐데

원동력이[3] 있어야만 하는 거라서   100
삼각형이면 정각이 없고
반원이면 존재할 수 있다.

내가 말한 걸 생각해 보면
고귀한 분별심이란 먼저 말한 목표에서

---

1 솔로몬 왕.
2 삼단 논법은 한 가지 전제의 불확실성에 정당한 결론을 줄 수 있다. 예는 A=B, 그래서 B는 C 와 같다면, A=C.
3 그 자체가 움직이지 않고 동력을 내는 것.

비할 바 없는 환상이란 사실이다.

'아무도 견줄 바 없다'는 분명해질 테니
오로지 왕들에게만 해당한다는 뜻이며
그리 많은 왕들 중에 선한 왕은 극히 드물다.

이런 분별을 명확하게 해주는 거로는
내가 말한 너의 이상과 일치하는 방식인데 110
첫 아버지와[1] 우리의 위대한 기쁨에[2] 대해서다.

이를 항상 느낄 수 있게 납으로 편자를 박아
녹초가 된 자처럼 너를 터벅터벅 걷게 하며
'예' 또는 '아니'로 얼룩진 그 환영을 향하도록

확언하거나 부인해야만 하는 일을 했던
가장 어리석은 모든 사람들 중에 그가 있었기에
적절한 때의 그 특성을 놓쳐버렸기 때문이다.

의견들을 너무 빨리, 혼란한 채로 정하면

---

1 아담.
2 그리스도.

그 마음을 잘못된 결론들로 이끌거나
기타 감정이 그 지성을 방해한다.　　　　　　　　　120

이는 무능함보다 훨씬 나쁜 일이니,
진리를 위한 각도에선 그 누구도 시작한 걸
절대로 끝내지 못하게 하는 무용지물이다.

팔메니데스, 멜리서스, 브리슨이[1] 세상에선
분명한 예들이니 다른 자들이 어디로 가는지
알지도 못하면서 걸어간 자들이다.

사벨리우스[2], 아리우스[3], 어리석은 많은 자들.
이를[4] 마주한 얼굴을 이상하게 왜곡하면서
성서를 향해 번쩍이는 칼들처럼 행동한다.

사람들은 일찍이 그들 자신의　　　　　　　　　130
판단에 대해 다시 깨닫질 못하는데 농부가 그의
옥수수 낟알을 여물기 전엔 셀 수 없는 것처럼.

1　세 사람의 그리스 출신 이교 철학자들.
2　3세기의 신학자로 삼위일체의 가르침을 부정.
3　4세기의 신학자로 그리스도의 신성을 부인.
4　굽은 금속처럼 왜곡된 형태의 성서를 반영. 성서 내용을 함부로 다루었단 단테의 질타.

왜냐하면 찔레덤불을 보면 항상 겨울 동안
뻣뻣하고 곤두선 듯이 견디지만 그 후엔
그 꼭대기에서 장미가 피기 때문이다.

나는 배 한 척이 곧게 항해하려는 걸 보지만
그 배는 긴 항해를 통해 속도를 내려고 하면서도
결국엔 항구 밖에서 난파하고 만다.

톰도 아니고, 딕도 해리도 일찍이 잡지 못하니
왜냐면 주어진 하나만 보고 또 다른 건 140
훔쳐야 하는데 그건 하나님 눈으로 보는 거라서

한 사람은 일어서고 다른 자는 넘어지기 때문이다."

14곡

제5천국 '화성 천국 진입'

단테가 다른 생각, 베아트리체가 대신 질문. 솔로몬의 혼이 응답, 천국의 기쁨이 증가하면 부활한 혼들 기관이 강해져 그들의 눈이 빛의 강함을 견딘다고. 다른 별들이 나타나 화성 천국에 올라온 걸 인식. 밝은 빛들이 그리스도 십자가 형성. 빛들이 움직이며 십자가를 아래와 위로 따르며 앞뒤에서 빛을 낸다. 베아트리체 눈이 기쁨에 격렬해져 단테가 두려워하자, 하늘의 구체로 오를 때마다 그곳 혼들의 열렬한 기쁨의 반사라는 설명.

둥근 사발에 가득 찬 물의 가운데 혹은
가장자리를 치면 물이 가운데서 가장자리로,
가장자리에서 가운데로 자리를 옮긴다.

내가 방금 말한 바로 그 물의 개념이
즉시 일어나서 그 빛나는 토마스가[1]

---

[1] 앞의 13곡 35절부터 끝까지 아퀴나스가 복잡하고 어려운 신학 개념 설명. 신앙엔 어려운 신학 요지하지 않는다는 단테의 해학.

멈추었던 데서 설명을 하려는데

비슷한 일이 생겨서 그가 다시
말하려는 틈새에 베아트리체가[1]
이런 말을 해야만 했다.

"여기 이 남자가 무언가 필요한데   10
말로 표현하나 심리상으론 어려우니
이 뿌리로 가려면 다른 길을 밟아야 한다.

지금 너를 꽃피우게 하는 그 빛에게 말해라.
네 주위를 빛내려고 머물 건가 아닌가를.
지금처럼 확실하고 영원하니.

그가 머물면 그땐 어떤가를 설명하리니
일단 네 스스로가 바꿔서 보게 되면[2]
네가 보는 시력엔 장해가 없는 거다."

때때로 무희들이 둥글게 춤을 추다가

---

1 단테가 그 설명, 지루해하자, 베아트리체가 다른 자에게 질문.
2 최후의 심판 후에 혼들이 자신들 육신과 다시 결합할 때.

기쁨이 증가하여 활력이 솟아나면 20
목소리 높이며 춤을 더 행복하게 추듯

그렇게 점점 더 열심과 헌신에 호소하는
그 거룩한 원들이 기쁨에 열중하는 게
그들의 회전과 찬송에 나타났다.

우리가 여기서 죽어야만 거기에 올라가
다시 삶을 슬퍼한다면 그 영원한 비의
시원한 신선함을 깨닫지 못한 셈이다.

영원하신 그 한 분, 두 분, 세 분
살아서 통치하는 그 셋, 둘, 한 분께서
경계 정하진 않으나 모두 경계를 두시어 30

이런 영들과 모든 사람들에게
세 배의 찬양을 공적인 보답으로
그런 가락으로 칭송 받으신다.

그때 좀 작은 원의[1] 가장 강한 빛에서

---

1 솔로몬(천국10곡 109절 참조).

가장 겸손한 말들이 한 번[1] 마리아에게 갔던
천사의 소리처럼 부드럽게 나에게 들렸으니

"천국 잔치를 하는 동안 견디는
우리 사랑을 위한 이런 시간의 길이가
우리를 둘러싼 옷처럼 빛날 거다.

그 빛의 밝기는 우리 열성에 따르며 40
열성이 우리 환상을 따르고 이 환상이
은혜로서 우리의 가치를 초월한다.

우리 육신이 변화할 때 영광스럽고
거룩하게 이를 다시 입기에 우리가 지금
완전하지만 한 번 더 훨씬 기쁘리니

이때부터 은혜의 빛 안에서 성장해
최고의 선이 우리에게 자유로 수여한 그 빛이
그분 얼굴을 뵐 수 있게 하니,

---

1 수태 고지.

이런 의미의 그 환상이 점점 커가서
그 열성에 불이 더 활활 타며   50
점점 밝은 광채가 나온다.

바로 석탄처럼 화염이 타오르면
백열광을 발산하기까진 화염을 내지만
그 다음엔 스스로 타지 않듯이

그렇게 찬란한 이 빛이 사방을 밝힐 테니까
부활한 육신으로 우리를 무색케 하는 동안
지상에선 이 모든 게 숨겨진다.

또한 우리가 그 빛에 다치지 않고 우리 몸의
기관들이 강화되기에 그런 기쁨을 주심은
우리 모두를 환영하시는 일이다."   60

두 합창단이 너무 빨리 "아멘"을 외치니
그건 바로 얼마나 많은 그들의 죽은 몸이
검소하길 바랐는가를 나타낸다.

그들 자신만 아니라 그들 부모들까지

생전에 사랑했던 모든 이들이
그리 많이 그 영원한 불 속에 있었다.

별안간 섬광이 전체를 통해 번쩍 하며
하늘의 선을 더 부드럽고 밝게 빛낼 때
거기에 먼저 있던 하나가 주변에 나타났다.

저녁이 점점 드리워질 때처럼 바로 그런   70
하늘이 비슷한 새 것들을[1] 보여주기 시작하니
있는 듯 거기 없는 듯 보이게 하면서

이는 내게 무슨 새로운 존재를 보는 듯
한 원을 보이려는 듯이 시작하여
그 다른 너머에서 두 개의 원주를 이룬다.

오, 거룩한 숨결의 진실한 광휘시여!
갑작스런 그런 작열에 내 눈들이
견디지 못해 아래로 가라앉았다!

---

1 태양 천국의 혼들이 멀어지고 새로운 빛의 행성이 보이기 시작.

그리스도의 하얗게 빛남을 보는 때다[1].

팔에서 팔로 그 머리에서 발까지
빛들이 움직이며 굉장한 불꽃들을 발산하니   110
그들이 만나며 서로 지나칠 때다.

지상에서 우리가 보듯이 휘감으며 곧장
빠르고 느리게 항상 모양을 바꾸는
좀 길고 짧은 가장 작은 불티들이

빛줄기 전체를 통해 돌아가며 움직이니
그들의 보호를 위해 혼들이 질주하며
날조하거나 책략하려는 자들을 찾는다.

하프나 바이올린 줄을 고르며 조율하듯
그리 많은 조율을 거친 그 섬세한 음악을   120
내가 거기서 본 그 빛들 속에서

한 멜로디가 나를 떨게 한 그 십자가에

---

1 단테가 신곡에서 '그리스도'이심을 오직 운문으로 세 번 묘사. 여기와 천국 12곡 71-75, 천국 32곡 83-87.

집중하는데 의미가 분명하진 않았다.
이를 찬양의 노래라고 인식하니

'일어나라', '정복해라'[1]로 들렸기 때문인데
듣고도 아무에게도 말 못하는 사람 같았다.
그 음악에 대단히 매혹당해서

그 위에 오른 그 시간까지 아무도 모르게
그리도 단단히 잡혀 달콤하게 묶여 있었다.
내가 이렇게 말하면 대담해 보일지라도 130

이런 평화 속에서 그들을 보도록 나를 데려온
그 눈의[2] 기쁜 시선에도 그러할는지.
그 아름다움의[3] 훈장은 우리가

높이 갈수록 더 힘을 가지며 그건 그들이
있던 데니까 내 아직 돌아가진 않았기에
확실히 비난을 부인할 거지만

---

1 라틴어 문구로 사용.
2 베아트리체의 눈빛.
3 천국 빛의 혼들을 보고 그 아름다운 인생 알게 되는 기쁨.

나에게 기도하길 격려하는 이런 사람들이
선한 의지를 이루려는 기도가 이들에게
들리지 않는다고 동의할 수 있는가?

이것이 바르기에 그는 끝없이 고통 받으며 10
오래지 않아 이루어질 열망에
영원한 사랑으로 자신을 벗겨낸다.

맑고 고요한 저녁 하늘에 갑작스런 불 하나가
시간에서 시간으로 쏘아 올라 통과하면서
무관심한 눈들에게 동기를 부여하려는 듯

별 하나가 그 불이 붙었던 장소 빼고는
잃음도 지속도 없이 전혀 변화 없는
그런 위치를 떠나는 듯이 보이는데

그렇게 별 하나가 그 십자가 팔에서 나와
빠르게 지나더니 그 발까지 내려오는데 20
모든 성운이 빛나는 거기부터다.

그 보석이 그 리본을[1] 망가트리지 않고

---

[1] 그 빛이 움직이니 십자가 리본의 많은 보석들 중 하나라는 뜻.

십자가의[1] 방사상을 따라 내달려서
설화석고 아래 빛나는 불처럼 보였다.

우리 위대한 시인에게 믿음이 주어진 듯이
엘리시움에서 그의 아들을[2] 보았을 때
앙키세즈 혼이 감동해서 달린 듯하다.

"오, 나의 피, 모든 척도를 넘어선 천상의
은혜시여! 일찍이 너 말고 그 누구에게
두 번씩이나 하늘 문이 열렸더냐?"[3]   30

이런 말을 그 빛이 하여서 그를 보다가
다음엔 나의 숙녀에게 주의를 돌리니
그 둘의 빛에 내가 압도당하여

그녀 눈에 그런 미소로서 빛난 일은
깊은 천국의 축복으로 내 눈의 경지를
넘어섰기 때문이라고 생각해서다.

---

1 그리스 글자의 십자가는 길이가 똑같다(원의 반지름들) 천국 14곡100-102 참조.
2 『아에네이드』 6권 684절.
3 "오, 너, 나의 피를 나눈 자여! 오, 하나님의 선한 은혜여, 어느 쪽이 넘치는가! 일찍이 또 다른 자가 있었나, 이처럼 네게 하듯이, 하늘 문이 두 번씩 움직여 열린 일이?" 라틴어로 강조. 버질의 시구 인용, 천국 입성, 버질의 작품 주인공, 지옥에서 아들 만남과 비유

다음엔 보고 듣는 게 얼마나 기쁨인지
그 영이 첫 인사말에 덧붙인 건
나에겐 너무 깊어 이해할 수 없는데

그 또한 자신을 일부러 감추진 않았으나 40
그의 개념들의 필수성이 한 남자의
능력을 훨씬 넘어서기 때문이다.

그래서 그의 불타는 사랑의 활이 크게
느슨해져 그 가르침이 이해는 되었으나
인간 지성의 범주 안에서일 뿐이라

알아들은 첫째 표현이 이러하니
"축복 받으시리. 너와 함께하신 삼위일체께서
내 후손에게 이리 관대하시다니!"

다음엔 "즐겁게 오래 기다린 굶주린 자인
그 굉장한 양의[1] 나의 독서로 끌어낸 50
절대 바꿀 수 없는 그 흑과 백 속에서

---

1 하나님의 지식.

네가 만족했으니 아들아, 이 빛 안에서
말하노니 네가 높이 날도록 깃털을 준
그녀에게 감사해라.[1]

네 생각들의 가장 처음인 그분께서
내 안으로 흘러든 건 숫자 하나를 안 연후에
숫자 다섯 여섯을 말한 너를 생각하면

내가 누구인지 묻기를 잃어버린
네가 이 행복한 무리 중 다른 자들보다
내가 왜 더 기뻐 보이는가를 알리라.　　　　　　　60

네가 아는 그대로 인생에선 점점 줄어드는
위대한 영들이 그 거울 속을 응시하면[2]
네가 생각하기 전에 네 생각을 보여준다.

내가 그리 오래 기다리던 거룩한
사랑 안에서 그리 달콤한 갈망의
목마름을 일으켜 충분히 만족했으니

1　베아트리체.
2　하나님은 모든 사고들을 반영하시는 분.

너의 확실하고 대담하고 행복한 소리가
들리도록 해라, 모든 의지와 갈망으로
표시한 오래전에 포고한 나의 응답에!"

내가 베아트리체를 보니 내 말을 벌써 들은　　　　　70
그녀가 웃음 지으며 몸짓으로
욕망의 날개들을 펴라고 한다.

내가 시작하길 "사랑과 통찰이 한때
당신들이 지킨 최상의 역량이었는데
당신들 양쪽이 동등한 무게이니

빛으로 당신들을 덥히는 태양은
뜨겁고 밝기가 그리 한결같아서 어떤
직유도 그 덕을 나타내기엔 부족합니다.

그러나 인간의 의지와 능력 안에서
당신들에게 명백한 이성으로는　　　　　　　　　　80
불평등하게 날 수밖에 없습니다.

죽을 인간인 나는 이 불균형을

너무 잘 알기에 감사하진 않지만
내 가슴이 당신 선대들을 보호합니다.

살아있는 황옥이자 더할 수 없이 존경스런
목걸이의[1] 보석 같은 당신께 청하니 내게
성함을 알려주어 나를 만족하게 해주시오."

"아, 내 사랑스런 가지여! 이런 기쁨을
누리는 너를 마주하다니! 난 너의 뿌리다."
그가 이렇게 대답을 시작하니   90

다음에 말하길 "네게 가족의 이름을 준
그 남잔[2] 일백 년보다 더한 기간을
연옥 산의 첫 비탈에서 돌고 있는데

나에겐 아들이자 네 조부의 부친이니,
네가 그의 길고 오랜 노고를 너의
선한 작품에서 짧게 줄인 건 적절하다.

---

1 반짝이는 십자가.
2 알리기에리는 단테 모친 성, 사돈이 연옥에 있다는 5대조의 해학.

피렌체를 처음 지은 그런 벽들 속에[1]
세 시와 아홉 시[2] 예배 종이 여전히 울리는
오래전엔 평화와 진지함으로 고결했던 곳.

거기엔 멋진 구슬 목걸이도 화관도 없고
좋은 수를 놓은 치마와 허리띠도 없으니   100
이런 게 사람들보다 더 눈을 끌기 때문이다.

그 도시가 낳은 어느 딸도 부친의 낙심을
사지 않음은 결혼 지참금이 없어서였는데
그 도시는 너무 속히 바른 척도에서 크게 벗어났다.

사람들의 필요 크기보다 큰 집들이 없음은
침실에서[3] 무엇을 하는가나 보여주려는
사르다나팔루스가[4] 아직 오지 않았기 때문이다.

그때 너희의 우첼라토이오드가 로마의[5]

---

1 샬레마뉴 시대에 지어졌다는 언급.
2 피렌체의 오래된 교회 바디아Badia에서 기도 올리는 시간들.
3 헛된 진술의 전달은 두려움과 위장.
4 고대 아시리아 왕, 유약한 사치가로 이름남.
5 북쪽에서 피렌체로 오는 여행자에게 첫 경치를 제공하는 언덕.

몬테 마리오의 영광을 넘어서진 않았는데[1]   110
경사도가 너무 지나치구나.

벨린치온 베르티가 지나는 걸 내가 보니[2]
뼈 가죽 벨트를 하고 그의 숙녀가 화장기 없는
얼굴로 그녀의 거울을 떠났으며

넬리와 델 베키오의 군주들 모두가[3]
검소한 허리띠를 둘렀고 그들 숙녀들은
물레 방추를 돌리고 실패 잣기에[4] 만족했다.

행복한 숙녀들이여! 그들 각자 자신들 장지가
아주 확실해 그 누구도 프랑스의[5] 버려진
침상에 누우러 떠나지 않아도 되었다.   120

한 사람이 요람을[6] 내려다보는데
자녀를 어르던 데로서 어린이의 언어는

---

1 북에서 오는 로마 여행자에게 처음 보이는 언덕.
2 고대 라비그나니 가문. 12세기 피렌체인의 검소한 차림으로 유명.
3 고대 피렌체의 고귀한 가문.
4 모든 영예로운 가문의 의무를 위한 주부들의 일.
5 단테 시대 피렌체 상인들이 사업차 긴 여행을 한 나라들 중 하나.
6 아기가 있는 정다운 집안 분위기.

부모들을 언제나 위로하며

한 사람이 그녀 집안에서 실타래를 풀며
온 가족을 그 둘레에 모이게 하여 트로이
피에솔레 로마의[1] 이야길 들려준다.

라포 살테넬로[2] 치안겔라[3]가 그때
그리 비범할 수 있었으니 바로 현재의
친치나투스[4]나 코넬리아[5] 같다.

그리 안정된 생활 속에 그리 잘 자란   130
시민으로 살며 그리 타락하지 않은
시민 정신이 그리도 훌륭하게 살아서

우리 숙녀께서 내 모친 기도에 [6]나를 주셔
나는 너희의 오래 된 세례당[7] 안에서

---

1 전설에 로마는 트로이의 난민들이, 피렌체는 로마인들과 피에솔레 사람들이 세웠다 함. 설립 시기가 다름. 당시는 도시 국가들.
2 단테 시대의 타락상.
3 단테 시대의 평판 나쁜 피렌체 여인.
4 기원전 5세기 로마인으로 검약과 통합으로 유명. 천국 5곡 47 참조.
5 로마 공화국의 덕성스런 여인, 치안겔라와 비교.
6 그의 어머니가 아이를 낳을 때.
7 산 지오반니 세례당.

기독자가[1] 된 카치아구이다.

모론토와 엘리세오가 내 형제들이고
내 신부는 포강의 계곡 출신으로
그녀의 인내에서 너의 성이[2] 전해왔다.

후에 나는 황제[3] 콘라드를 섬기며 따라서
그가 기사 작위를 내게 부여했는데
내가 한 모든 일에 매우 만족해서다.   140

그와 함께 내가 악에 거역해 행진한 건
너와 백성들을 박탈한 그 종교 지도자들이
너와 네 권리를 지키는 데 실패해서다.

거기서 내가 벗어났으나 그 잘못은
이 민족과 이 세계에 그리도 위험한
열정이라서 많은 혼들을 죽게 한

순교로서 이 평화 속에 온 거다.[4]

---

1 세례 받음.
2 알디기에리가 알리기에리로 바뀜.
3 스와비아의 황제 콘라드(1138-52).
4 그의 죽음이 헛된 종교 전쟁 때문인데 순교란 일종의 풍자.

16곡

제5천국 '화성 천국2'

단테의 놀람은 천국에서조차 혈통의 존경심을 발견해서다. 단테가 카치아구이다에게 질문. 조상의 혼이 자신의 시대 피렌체 현황과 단테 시대 차이 비교, 비난 일색. 피렌체가 본래 최고 혈통과 검소한 노동 계급 출신들의 순수한 후손들. 도덕심의 타락은 도시 밖에서 온 가문들 혈통이 부패한 결과라고. 두 유명 가문 투쟁이 피렌체 전체에 증오심을 촉발했다고.

오, 우리의 검소하고 고상한 혈통이여!

지상의 선한 사랑이 조금이라도 있는 데서

당신은 사람들이 자부심을 갖게 하여

더 이상 내겐 기적으로 보이지 않는데

욕구가 타락하지 않는 하늘에서

당신을 충분히 기뻐하기 때문입니다.

귀족들의 외투는 빨리 입는 거니 날마다
이를 꿰매어 고쳐야만 함은 빠른 시간이
큰 가위로 그들을 잘라내기 때문입니다.

그때 로마에서 처음 쓴, 여럿의 '당신들'   10
지금 사람들은 점점 더 안 쓰는 말로서
내가 다시 그에게[1] 경의를 표했다.

좀 떨어져 있던 베아트리체가 신중한
숙녀처럼 웃었는데 귀네비에가 주의를
처음에 듣고 잘못한[2] 기침 소리 같았다.

내가 그에게 말하길 "당신은 나의 조상,
당신은 나에게 말을 하라고 격려하십니다.
나를 보다 더 높이게 합니다.

그리 많은 시냇물이 가슴 가득 행복을
품게 하여 자신의 기쁨으로 이가   20
터져버리지 않게 합니다. 말해 주오.

---

1 브루네토 라티니, 파리나타, 카바르칸테(지옥의).
2 란슬롯 향한 사랑 선언은 그녀의 잘못, 조상 자부심을 은유.

나를 낳은 샘의 다정한 뿌리여,
당신 조상들은 누구며 그 시대 당신의
젊은 시절이 기재된 기록들은 어떠했는지요?

세례 요한의[1] 양 울타리에 관하여, 그들이
그 안에 얼마나 많았고 어떠했으며 최고위
관리의 공덕이 있었는가 말해주시오."[2]

다 탔던 불이 지나는 미풍에 타오르다
불꽃에 번쩍이듯 그처럼 그 빛이
사랑스런 내 연설에 더 밝아지며 이글거렸다.   30

그 불은 내 눈에 더 영광스럽게 빛나더니
요즘 최신의 용어들이 아닌 어조로
더 달콤하고 더 부드럽게

그가 말하니 "'아베'라고 처음 들은 날부터[3]
지금 성자인 내 어머니가 나를 낳기까지

---

1 피렌체의 후원 성자는 세례 요한.
2 고귀한 혈통만 아니라 고위 직위를 뜻함.
3 성모 승천 시에.

그녀에게 책임이 주어진 후에

마르스의 이 불이 오백팔십 번을
자신의 친밀한 사자자리로[1] 돌아왔으니
그 발톱 아래서 다시 불을 붙이고자 한다.

내 조상들과 내가 태어난 데는 40
너의 도시 종족 연감 부록에 들어가면
모든 구역들이 있는[2] 마지막에 있다.

조상들에 관해선 그걸로 족하도록 하자.
그들이 누구였고 언제였고 더 좋았는지에
긴 과정을 잡느니 그만하고 놔두자.

마르스와 세례 요한 성당[3] 사이에 살면서
모두가 무기를 쥘 수 있는 자들이었고 그 땐
지금 사는 사람들의 5분의 1 정도였다.

---

1 사자자리. 카치아구이다는 1091년생. 화성과 사자자리 영향은 용감한 병사라서 합당.
2 산 피에로 입구 구역, 피렌체에서 가장 오래된 부분.
3 피렌체의 산 지오반니 성당과 폰테 베키오의 마르스 조각상 사이.

그 공동체가 지금은 캠피 케르탈도
피글린 출신의 사람들과 섞여 최하위   50
기술공까지 순수성이 내려갔다.

오, 그들이 네 이웃이면 얼마나 좋았으랴.
밖에서 온 이들이 너희가 국경으로 정했던
갈루쪼와 트레스피아노[1]에서 온 사람들과 함께

안에서 그들 악취를 견디기보단 오히려
아구글리온과 시그나[2]로부터 온 그 찌끼가
그들 눈에 사기를 치려고 잔뜩 말랐었다!

세상에서 가장 타락한 왕관이 시저의
양어머니에게 없었더라면 그러나
자기 아들에겐 어미로서 친절하여   60

그때 피렌체서 무역에 종사하던 한 사람이
세미폰테[3]에 대신 남았어야 했는데

---

1 피렌체 교외의 작은 마을들.
2 1302년 단테 추방, 책임질 자들 중의 검은 겔프당의 두 명 이름.
3 피렌체와 가까운 요새.

그의 조부가 빵을[1] 구걸했던 데다.

몬테물로는 여전히 콘티 구이디[2]에게 지배받고
케르키 가문은 아직 아코네[3]에 있다.
발 디 그레브는 브온델몬티 가문을 포함한다.[4]

인구가 뒤섞임은 항상 그 도시를 더욱
악하게 하는 걸 뜻하니 소화되지 않은
음식이 한 몸에 많은 질병을 주듯 한다.

눈먼 황소의 쓰러짐은 눈먼 양보다 훨씬   70
빠르고 무거우니 단단한 칼 하나가
다섯 개의 양철 칼보다 훨씬 잘 자르듯이.

네가 루니 우르비사글리아[5]가 왜
그들이 더 이상 없는가 어째서 키우시와

---

1 58-63줄. 타락한 사제들이 차라리 황제들이라면, 많은 왜곡과 분열을 피했으리라고 세속에 찌든 사제들 질타.
2 1254년에 구이디 공작이 이 요새를 피렌체에 양도.
3 피렌체 근처 마을, 겔프 백당의 강한 지도자 케르키의 고향.
4 피렌체에서 그들 요새인 발디 그레브로에서 가문의 절멸 애통. 136-44 참조.
5 한때 강력한 로마의 마을들 중 두 군데.

시니가글리아[1]를 가까이 했는가 생각하면

그런 가문들이 어찌 해산했는가를 들을 때
이상한 사건이라고 충격 받진 않으리니
도시조차 자연스레 망했기 때문이다.

이게 오면 너희 모든 소유물이 없어지고
너희가 죽어야 하듯 몇몇은 오래 견디나   80
이 사실을 감추기엔 인간 수명이 짧다.

일정한 규칙으로 반복하는 달의 모양처럼
해안가를 감추었다[2] 다시 나타내듯
피렌체에서 생긴 사건들을 피렌체로 간주,

그 주제로 놀랄 게 아무도 없으며
위대한 피렌체 인들을 발전시키려 했으나
그들의 탁월함이 지금 세월에 컴컴해졌다.

내가 우기 가문, 카텔리니 가문, 필리피,

---

1 망해버린 마을들.
2 조수에 의한 자연 현상.

그레치, 올만니, 알베리키 가문을 보았는데
유명했던 시민들이나 벌써 쇠하였고   90

위대하고 또 유서 깊은 가문인
산넬라 아르카 솔다니에리 가문 남자들과
알딩기와 보스티치 가 사람들을 본다.

지금은 괴로운 그 문[1] 위에 그처럼 무거운
무게로서 최근의 배신에 져서
그 배가 곧 쉬이 난파할 건데

라비그나니[2] 가문이 살던 제로 콘테
귀도 출신이고 그들 모두 유명한
벨린치오네의 이름을 지녔던 자들이다.

델라 프레싸 가문은[3] 통치에 진작   100
뛰어났고 갈리가오 가문도 벌써
금박의 안장과 칼자루를[4] 쥐었다.

---

1 산 피에로 문, 단테 추방 시킨 자들인 백당 겔프의 하나인 케르키 가문 거주 지역.
2 멸망한 고대 고귀한 가문.
3 피렌체에서 1258년 추방된 고대 기벨린 가문.
4 기사 신분 상징들.

다람쥐 모피[1]의 구역으로 영광스런
사케티[2] 지우오키[3] 피환티[4] 바루키[5]
갈리[6] 가문도 그 옷을 빨강[7]으로 바꿨다.

칼후치[8]를 낳은 데서 온 가문은[9]
벌써 위대해졌고 최고 고위직 자리는
시치와 아리구치[10] 가문이 차지했다.

오, 지금 위대하나 멸망한 그들을 보니
그들의 자만심이라! 반짝이던 금화들에   110
피렌체 시민 각자 행위가 열망한 거다!

이런 옛 조상들로부터 온 탐욕스런 자가
지금 어디서나 사제직을 공허하게 떨구어

---

1 피글리 가문의 문장의 무기들.
2 알리기에리 가문의 적들.
3 단테의 시대엔 썩었지만 근본은 귀족.
4 기벨린은 1258년 피렌체서 추방당함.
5 단테 시대엔 멸절함.
6 단테 시대에 책임 없는 고대 가문.
7 키아라몬테시 가문, 연옥12곡 105 언급, 위조와 사기죄 행각 들켜, 얼굴 붉힌 자.
8 단테의 날들에 멸절.
9 겔프 흑당인 고대 도나티 가문 사람.
10 고대 겔프 가문들.

그들 종교 회의[1]들이 점점 살쪄가는 자리다!

그 가문[2]사람이 그의 이빨이나 지갑을
보여주면 누구나 그리도 용과 같은 느낌을
받아 아주 어린 양처럼 조용해질 정도로

융성한 가문이라 그런 겸손한 유베르틴
도나틴[3] 가족 출신으로 그가 결혼해서
그들과 친척이 되자 당황했다.   120

카폰사코가 그때쯤 피에솔레[4]에서
그 시장[5]까지 내려 온 기우다[6]와 함께
인환가토[7]는 훌륭한 시민들이었다.

믿기 어렵지만 내 말한 건 진실이니

---

1 비스도미니 가문, 토싱기 가문은 피렌체의 행정권 가진 가문, 헛된 재정에만 몰두.
2 아디마리 가문.
3 벨린시오네 베르티의 딸과 결혼. 그 부인의 여동생이 하층민의 가문인 아디마리 가문의 한 사람과 결혼(98-99참조).
4 1125년 피에솔레에서 피렌체에 도착한 카폰사키의 기벨린 가문.
5 피렌체의 메르카토 베키오, 오랜 시장.
6 고대 피렌체 기벨린 가문에서 1258년 추방된 가문.
7 단테 시대에 기울어진 고대 피렌체 가문.

내부 성벽들에서 외부 출입구로 가는 길의
이름이 델라 페라 가문[1]을 따랐다!

이런 모두가 겉치레로 명칭을 부여해서
토마스 날에[2] 축복받은 특전의 이름을
가진 위대한 남작의 것으로 하고

그로부터 그 기사 작위와 특전에는[3]   130
비록 하층민[4]이 한 옆에 있더라도
무기의 테두리를 금으로 하였다.

구알테로티와 임폴투니가 벌써 거기에
있었다. 그런 새 이웃이 없었더라면
보르고 가가 훨씬 더 평화로웠을 터인데.

그 가문[5]이 너희 모든 슬픔의 기원이니

---

1 단테의 시대에 기울어진 가문.
2 투스카니의 유고, 마르퀴스, 961-1001.
3 그의 무기를 전시하는 것.
4 기아노 델라 벨라는 피렌체의 공직에서 귀족을 제거하려고 힘쓴 자.
5 부온델몬티의 부온델몬티에게 1215년에 복수한 아미데이가 겔프와 기벨린 사이에 증오를 퍼뜨린 시초.

너희 만족한 생활을 그때 영예롭게
정의의 분노를 가진 자들을 멸망시켜

그런 동맹을 맺었던 걸 끝장냈다.
오, 부온델몬토! 사악하게 이름난 그들과   140
너희 결혼은 결국 나쁜 충고 때문이다!

지금 마음 상한 많은 사람들이 기쁘리니
하나님께서 너희를 에마[1]에 맡기시면
그날 너희가 제일 처음 우리 도시 문들에 닿는다!

피렌체는 정해진 운명의 제물이었으니
그 다리를[2] 보호하는 몰골사나운 돌에겐
평화스런 도시의 마지막 날들의 희생자다.

이런 남자들과 그 비슷한 다른 자들과 그런
깊은 평안에서 피렌체를 내가 증언하면
그 도시가 결코 불평할 이유가 없다.

---

1 피렌체와 부온델몬티 주립 정부 사이를 흐르는 시냇물.
2 베키오 다리의 상(47절과 주). 피렌체가 하나님 신앙 없음 비난.

이런 사람들과 내가 본 사람들이 올바르고
그리 이름 높아서 도시의 백합 줄기가
결코 일찍이 거꾸로[1] 된 적이 없으며

또한 주홍색[2]으로 물들인 사실도 없다."

---

1 패배의 신호.
2 당파 싸움에 몰입, 피 흘리는 상태인 당시 피렌체 정치 질타.

17곡

제5천국 '화성 천국3'

단테가 질문 권유 받음, 조상의 혼에게 질의응답. 단테의 피렌체의 추방과 고난, 그로 인해 은혜 입을 일들을 들려줌. 단테가 그런 고난에서 신곡의 본질인, 선과 악의 뛰어난 예를 제공, 사람들의 양심을 일깨우는 좋은 작품 쓰리라는 격려.

그때 내가 클리메네와 같았으니[1] 한 번은
자신이 들은 게 진실이냐 물으며 아들로서
아버지를 여전히 의심했던 자처럼

그렇듯 내가 걱정하며 알기 바란 건
베아트리체와 그 거룩한 등불이 나를
위하여[2] 그 자리를 벌써 바꾼 자였다.

---

1 지옥 17곡 106-108 참조. 단테 자신은 의심 없다는 해학.
2 카치아구이다. 천국 15곡 19-21 참조.

내 숙녀가 말하길 "잘 내보여라,
네 갈망의 열기를. 그러면 이가 나타나서
네가 느낀 열중함이 강하게 찍을 테니.

네가 말하지 않아도 우린 그걸　　　　　　　　　　10
모르는 바가 아니나 네 갈증을
표현하는 데 익숙하게 그걸 쏟아내라."

"지상에선 친밀한 뿌리인 당신이 그리 높아
우리를 두 각도로 어리석게 보면
한 삼각형을 이룰 수 없을 듯하여

사건 전에 우연한 일들을 보았으니[1]
당신 눈이 여전히 마음을 고정한 채
매 시간 한 시점인 현재 여기에 계실 때

내가 그 죽은 자들 세계로 내려갔다가
다음엔 혼들이 정화하던 그 산의 둘레를　　　　　　20
버질의 옆에서 기어오르는 동안에

---

1 혼들이 미래 일어날 자명한 이치를 본다는 설명.

나의 미래 일들을 들어서 거센 운명의
타격에서 사방의 굳건함을 각오하나
가장 가혹함은[1] 그겁니다.

다가오는 운명의 타격이 무언가를 내가
아는 게 더 행복하며 오히려 그 조작된
화살의 충격을 가볍게 덜 받을 겁니다."

이런 내 열망을 좀 전에 내게 말을 한
그 빛에게 분명히 연설했는데 이는
베아트리체가 나에게 요구한 그대로다.   30

우리 죄를 버리실 분인 하나님 어린양께선
한 번 그런 덫에 걸린 어리석은 마음의 사람들의
분명한 말 때문에[2] 십자가형을 당하셨으니

아직은 숨은 채 자신의 미소만 보인
그 빛이 평범한 말들인 직선의 방식으로
부친 같은 열정으로 내게 답을 하길,

---

1 브루네토 라티니(지옥 15곡 61-72)와 코라도 말라스피나(연옥 8곡 133-139)에게 들었다.
2 요한복음 19장 참조

"죽어야 하는 필멸의 인간이 알게끔
성서 위에 서서 충만히 명료하게
그 영원한 시선으로 묘사하다니!

필연성이란 그걸 부여하는 게 아니라 40
내려가는 물길을 항해하는 배처럼
이를¹ 관찰하는 그 시선에 의지하는 거다.

그런 환영은 달콤한 하모니의 오르간
음악을 듣는 귀처럼 그 모든 시간이 너를
위하여 나에게 나타나도록 쌓인 거다.

마치 히폴리투스가 그를 불신한 아테네에서
무자비한 양어머니에 의해 쫓겨났듯이
너와 피렌체가 그처럼 떨어져 나가고² 있다.

이는 벌써 그리 하게끔 뜻하신 기획이라서
곧 이를³ 세운 그분에 의해 처리되리니 50

---

1 역사 현장에서 수난 겪는 올바른 자들의 식견을 지켜보신다는 뜻.
2 히폴리투스가 아테네를 떠난 건 거짓 기소 때문(양어머니 페트라가 애급의 보디발 아내가 요셉 기소한 것처럼), 단테도 그러리라고.
3 피렌체에서 백색 겔프당 추방에 교황 보니파스 8세가 큰 책임.

거기는 매일 그리스도를 사고파는[1] 데다.

물론 소문이란 늘 그러하듯 그 상처받은
당을 비난할 터이지만 이에 복수를 행할
분에 의해서 진실이 드러나게 될 터이다.

네가 가장 좋아하던 건 뭐 하나라도 뒤에
남기고 떠나야 할 텐데 그게 추방의 활이
쏜 첫 화살에 네가 입을 상처리라.

너는 낯선 자의 빵을 먹는 쓰디씀과 다른
집의 계단을 오르내리기가 얼마나
힘든가를 느끼고 경험하리라.   60

네 등의 짐 무게를 심히 더 무겁게 하는 건
그 골짜기에 너를 떨어트린 자들과 심술궂고
악한 무리들이 더욱 합세할 거란 사실.

그들이 은혜를 모른 체하며 너에게 대항해

---

1 로마가 성직 매매로 인해 피렌체 지도자들을 매수해서 피렌체와 단테를 갈라놓았다는 언급.

종사한 게 드러날 테니 얼마 후엔
참패해서 그들 머리에 피가 흐를 거다.[1]

그런 과정에서 필요한 모든 잔인한 증거가
제공될 터라서 이는 너의 영예가 되고
이가 네 자신의 파를 형성할 거다.

너의 첫 피난처, 네가 머물 첫 장소는   70
대 롬바르드[2]의 친절에서 올 텐데
그는 신성한 새를 품은 사다리[3] 위에 있다.

그의 관대한 일별로 네가 그에게 의지하게
되리니 그건 혜택과 간청인데 가끔 느리지만
가장 처음에 와야 하는 일이다.

거기서 너는 그 한 사람을 알게 되니[4]
그 탄생은 이 강한 별[5]이 그리 빚어서

---
1 단테를 추방하고도 서로 싸워서 피렌체 권력층이 부패해서 패배의 피를 흘린다는 언급.
2 바르톨로메오 델라 스칼라는 베로나의 군주.
3 델라 스칼라 가문의 상징은 제국의 충성 표시, 독수리가 안장 위에 앉은 사다리.
4 칸그랜데. 바르톨로메오의 어린 동생.
5 그가 화성 별자리에서 탄생.

그 모든 행동이 큰 명성을 얻을 거다.

사람들이 아직 이를 모르니 그가 아직
어리기 때문이다. 우리들의[1] 이런 바퀴들이   80
그의 주위를 겨우 아홉 해 굴렀을 뿐이다.

아직은 가스콘이 대 헨리를[2] 속이기 전이라
덕성의 불꽃이 그의 은에 대한 무관심과
그의 힘든 노고에 의해 나타나리라.

그의 관대한 혼의 위대함은 여전히 그의
적들에게조차 그리도 잘 알려져 그들이
이를 고려하면 잠자코 있지 않으리라.

그를 믿어서 그의 혜택을 받았다.
그를 통해 많은 국민들을 변화시켰으니
부자와 가난한 자가 부동산을 교환해서다.   90

마음에 잘 새겨야 하니 결코 말을 않고 지금

---

1 행성들.
2 프랑스인 교황 클레먼트 5세가 황제 헨리 7세를 지원, 이탈리아에 초대 후엔 지원을 끊었다.

하는 내 말들을…" 그때 그가 한 말들은
이를 보지 않으면 믿을 수 없는 일들이다.

그가 덧붙이길 "아들아, 네가 들은 이런
설명들로서 몇 가지 소용돌이[1] 뒤의
기다리고 누운 함정들을 너는 본 셈이다.

그럼에도 너의 이웃들을 잡을 순 없으니,
그들의 배신과 속임수에 대한 벌을 능가하는
여기에 오르기를 네가 견뎌야 해서다."

그 다음에 그 거룩한 혼이 침묵하고 내가　　　　　　100
깔아 놓은 날실을 가로질러 그의 씨실을
엮어서 그의 기획을 완성한 걸 보여주니

갈망하던 큰 의문에 관해 이를 선하게
잘 보는 누군가 특히 사랑하던 사람에게
상담을 받은 자처럼 내가 말을 시작했다.

---

1 행성들에 관해서. 단테가 추방된 시기(1300)인 2년 후에 그가 겪을 세상의 심한 격랑 예고.

"나의 아버지여, 내가 지금 꽤 분명히 보니
나를 향한 시간의 박차로서 가장 심한 타격을
준비하니 곧 저 아래서 나는 가라앉을 겁니다.

그 예시로 무장을 해야만 하니 그리 않으면
내 가장 좋아한 거기서 모두 날 부인했기에　　　　　110
나의 시를 통해 그 다른 모두를 잃을지 모릅니다.

끝없이 비참한[1] 세계를 통과하며 내려갔고
그 산을[2] 돌며 올라가서 그 높이 솟은 데서
나를 매료한 숙녀의 눈을 올리게 하여

빛에서 빛으로 천국의 하늘들을 통해
그 사실들을 배우니 이 여행을 내가 되풀이할
그리도 많은 이유가 있다면

진실한 친구일지라도 난 담대하지 못해
지난날처럼 이런 날들을 보는 이들에게
내 평판을 잃을까 두렵습니다."　　　　　　　　　120

1　단테가 버질과 함께한 지옥 여행.
2　단테가 버질과 함께한 연옥 여행.

거기 그 안의 빛이 그 안에서 찾은 그 귀한
보석에게 미소를 지으니 처음에 번쩍이던
태양 안의 황금 거울과 꼭 닮았다.

그런 후에 그가 답하길 "한 양심이 어두우면
자신의 잘못이지만, 다른 자의 수치로 인한다면
반드시 너의 심한 말들을 간주하게 될 거다.

거긴 거짓이 없으니! 너의 말을 확실히 해서
네가 본 전망 전체를 옮겨라. 그 후엔 그들이
느낀 갈망대로 가려운 델 긁게 놓아두어라.

왜냐하면 너의 처음 말을 그들이 맛본다면   130
쓰디쓰고 불쾌하겠지만 일단 그들이 소화하면[1]
불치의 대단한 양분을 제공받기 때문이다.

너의 이런 울음이 바람처럼 작동하면
그 산 정상들을 몹시 심하게 때릴 테니
이는 유명해질 이유가 있는 거다.

---

[1] 지옥과 연옥을 기독 정신으로 무장 여행, 천국까지 갔다는 감사.

이런 구체들 안에서 너에게 나타난 일들로서
그 산 위에서 그 음울한 골짜기 안에 있는
그런 혼들의 위치가 대단히 유명해질 거다.

왜냐면 듣는 혼은 쉬이 믿기에 그의 의심을   140
놓지 않을 테고 네가 어떤 숨은 뿌리에서[1]
어떤 불가해한 논쟁에서 싹튼 예들을 들기 때문이다.

---

1 성서, 역사, 신화, 당시 저명 인물들의 예로써 단단한 뿌리를 단테의 지옥, 연옥, 천국이 지녔다는 칭찬.

18곡

제6천국 '목성 천국 진입'

 단테가 미래의 고통을 감수할 균형 취하며 숙고. 베아트리체가 그런 생각 대신 하나님을 향해 돌아서라 권유. 그녀를 보자 근심 사라져서 선조에게 한 번 더 들으라고 권유. 그가 행성의 혼들 소개하고 떠남. 두 여행자 목성 천 오름. 이 행성의 은빛들을 주시하자 글자를 짓는데 이는 정의에 헌신한 혼들이라는 지적.

 지금 축복받은 그 거울이[1] 말하지 않은
 생각들로 기쁨을 취한 사이에 나는 달콤했던[2]
 나에 대한 그 쓰디씀을 가볍게 해야만 했다.

 나를 하나님께로 인도했던 그녀가 말하길
 "나보단 하나님께 가깝게 생각해라. 그분께서는
 모든 악한 짐마다 그 무게를 지신다."

---

1 하나님의 빛을 반사하는 단테 조상.
2 선조의 예언 숙고하자 단테 시간 아깝다는 베아트리체의 권유.

그런 다정한 목소리의 진정한 위안으로
돌아서자, 내가 본 그 사랑, 그 정한
눈 속을 지금은 표현 못 하니

내 말을 내 믿을 수 없을 뿐 아니라   10
기억을 되돌릴 수 없기도 하고
게다가 또 다른 암시도 없어서다.

이를 증언할 건 많은데 그녀의 눈을
응시하면 다른 열망이나 갈망들에서
지극히 자유로워진다는 거다.

지상의 기쁨인 동안에 베아트리체가
곧바르게 빛이 났듯이 그때 그녀의 아름다운
얼굴이 반사하던 빛에 아주 만족했다.

미소로 떠났던 그런 눈부심 속에 그녀가
말하길 "넌 그에게로[1] 돌아서서 들어라.   20
천국이 유독 나의 눈에만 있는 건 아니다."

---

1 카치아구이다.

지상에서 우리가 시간에서 시간까지 여기를
읽을 때면 남자들의 느낌이 얼굴에 있듯이
이런 모든 혼들이 이를 택했을 테니까.

그 거룩한 빛의 불타오름에게 돌아서자,
그가 아직 더 많은 대화를 하고자 하는
열망을 내가 알아챘기 때문이다.

그가 말하길 "이 나무의[1] 다섯째 단계인
이 안에는 모든 생명을 끌고 껍질만 와서
결코 잎사귀와 열매들을 영원히 남기지 않은   30

축복의 영들이 있는데 그들 이름과 명성이
지상에서 그들이 천국에 오기 전부터라서
무슨 음악의 신이든 그들로[2] 인해 풍성해졌다.

그러니 그의 영광을[3] 따른 십자가를 봐라.
내가 이름 부르면 그가 거기서 떼구름 속

---

1 다섯째 항성인 화성. 천국의 나무는 뿌리가 아닌, 하나님 말씀 영양으로 성장.
2 그 영웅들의 활약상이 시인들에게 많은 영향을 준다.
3 십자가를 가로지른 막대.

번개의 번득임으로 빠르게 달릴 테니."

십자가를 따라 한 빛이 내리니
바로 여호수아라고[1] 이름 부르는데
이를 내게 말하기보다 더 빨랐다.

다음엔 위대한 마카베우스[2]가 불렸을 때   40
또 다른 회전하는 움직임을 보았는데
기쁨의 환희로 꼭대기까지 달린 거품들 같다.

놀란드[3]와 샤르마뉴[4]를 위하여 내 시선이
그들 둘을 신중히 따르니 송골매의
비상을 좇는 매잡이의 눈 같았다.

다음은 레이누아르[5]와 윌리암[6]이
십자가를 따라 아주 빠르게 눈을 끄며

---

1 모세의 후계자, 선민들을 약속의 땅에 이끌며 그 길에 많은 전투.
2 마카베우스, 시리아 왕에 대항, 유다 방어, 성전 탈환(기원전 163).
3 사라센과의 전투에서 죽은 기독교 영웅. 지옥 31곡 16-18 참조.
4 프랑크의 왕. A.D. 800년 황제의 관을 썼다.
5 레이누아르는 중세 기사단 전설의 영웅 중 하나.
6 오렌지 공작과 샤를마뉴의 장수의 하나. 중세 기사단 전설의 영웅.

가드푸리와 듀크[1] 로버트 기스카드[2]도

그때 그들 모두가 움직여 섞이더니
내게 말을 하던 그 빛도 하늘의 가수들   50
사이에서 그들의 합창을[3] 펼쳐보였다.

내가 오른쪽으로 돌아서
나를 책임지는 베아트리체가 무슨 말을
하려는가, 몸짓을 보니

그녀의 눈이 그리 행복에 빛나서
그녀 겉모습이[4] 마치 내가 마지막에
보았을 때처럼 보였다.

기쁨이 점점 커가는 느낌이 오듯이
한 남자가 날마다 선을 행함으로
그의 덕성을 인식해 무게를 더하는 만큼   60

---

1 가드푸리 드 블링(1100년경)은 1차 십자군의 지도자.
2 시실리와 남부 이탈리아에서 사라센과 전투한 노르만의 사람.
3 카치아구이다가 노래하면서 다른 혼들과 사라진다.
4 베아트리체의 더 강해지는 빛. 두 여행자는 빛의 속도로 천국의 하늘을 오른다.

내 주위가 돌아가는 걸 감지한
그 하늘에 호를[1] 크게 그렸으니
그 기적이[2] 더 아름다워져서다.

이런 변화는 아주 짧은 순간의 일이라
우리가 창백한 숙녀의 얼굴을 봤을 땐
수줍은[3] 부담을 내려놓고

지금은 자신을 몰아내고 잠시 동안
별의 밝은 증인으로 그 여섯째에
내가 온 걸 환영하려는 거다.

내가 그 명랑한 빛에[4] 있음을 발견한   70
그 안의 사랑의 불꽃들이 튕기면서
내 시야에 낱말의 윤곽을 그리는데

새들이 강에서 날려고 할 때처럼
그들의 굶주림을 그칠 기쁨으로

---

1 단테는 다른 행성으로 이동하여 화성을 지나 더 넓은 궤도로 온다.
2 베아트리체.
3 얼굴을 붉히다.
4 목성 천은 정의를 행사한 자들의 혼들을 품는다. 그 영향은 다정과 기쁨.

무리의 한 모양이 또 다른 모양을 짓듯이.

그러나 분명히 그렇게 이 빛들이 피조물을
축복하며 노래하며 여기저기 계속 날아서
모양 짓기를 디, 아이, 엘로 나타내었다.

그들이 처음엔 그들 노래 곡조로 움직이고
다음엔 그들이 각각 글자 모양으로 변해   80
멈추고 침묵하나 길지는 않았다.

오, 페가시아 여신[1]이여, 위대한 마음을
불후로 그려내고 지어, 그들이 당신과
함께 도시들과 모든 땅에 행하듯이

내게 당신의 불을 지펴 주오.
그들의 모습이 내 이해로 들어와서 당신의
잠재력이 이 약한 시 구절로 나타나길!

결국 그들이 스스로 나타내 보인 건

---

1 시의 여신 칼리오페를 참조.

35자음과 모음으로 내가 주목하게
글자들을 아주 잘 보여주었다.   90

"정의의 사랑"[1] 그것이 첫째,
그 속에 동사와 명사가 나타나서
"지구를 다스리는 당신"[2]이 마지막.

그 다섯째의 엠M 자였던 그 빛이 자릴 잡고
들려주길 은빛으로[3] 나타난 목성이라며
거기에 금빛으로 새겨 넣었다.

그 엠 위로 내려오는 빛들을 보니
이의 정점에[4] 오자 거기 자리 잡고 노래하니
그 선함에 그들이 끌린다고 생각했다.

수없는 불꽃들이 일어나듯 하는데   100
"통나무가 불에 탈 때 불티가 튀는 듯이
어리석은 자들이 점치는 의식들에 끌리듯

---

1 "정의의 사랑"의 라틴어 표기는 기독자의 의무란 뜻.
2 "지구를 다스리는 너희." 성서외경 '지혜의 서' 첫 구절.
3 목성의 색깔.
4 M자의 수직의 가운데 선을 위로 길게 연장한 점.

그 엠M으로부터 천 개도 더 되는 빛이 빛을
더하는 게 보이는데 좀 높거나 낮게
태양인 그분의 빛에 쪼일 운명의 때와 같다.

각각의 빛이 자리를 잡자 고요해져
독수리의 머리와 목을 볼 수 있었는데
그 불들로 수를 놓은[1] 듯이 나타난다.

그런 그림을 그린 분은 안내도 믿는 자도 없이
오직 그 자신을 따라 그분에게서 발산한   110
그 새의 능력으로 둥지를 짓게 하신다.

다른 혼들은 처음에 만족했던 자들로서
분명히 백합들과 그 엠M을 엮으려 하더니
한 번 약간 움직여 그 기호를[2] 완성했다.

아 친절한 별이 이런 미광의 많은 보석을
내게 보이니 지상에서 당신들을 장식한[3] 건

---

1 94-98 참조.
2 독수리 모양 짓기 마침. 독수리의 목과 머리, 날개를 펼친 곡선이 M(엠)자 모양.
3 독수리는 황제의 독수리로 정의의 통치 상징.

여기 하늘 명령으론 무슨 정의를 내리는가!

난 거기에 흐르는 그 마음에 기도하니
너희가 간주하는 너희 행동과 권력은 너희
빛들이 구름을 일으킨 모든 연기의 근원.   120

다시 한 번 그 분노가 솟구쳐
기적과 순교[1]로 세운 그 신전[2]에서
장사 행위를 하는 데에 관해서다.

오, 내가 훑어본 하늘의 전사 군단이여,
여기 지상 위에서 모두를 위해 기도하나
이런 예들로서 흩어져 버린다!

오래전의 남자들은 칼로 싸웠으나
지금 전투는 여기저기서 행함을 뜻하니
하나님 아버지의 빵은 누구도[3] 부인 못 한다.

---

1 초기 교회는 초대 기독자들의 순교 바탕으로 수립.
2 순교로 세워진 로마 교황청 부패 한탄. 특히 성직 매매 질타.
3 구약에선 만나. 신약에선 생명의 말씀 그리스도.

오직 죽이려고만[1] 하는 너희는　　　　　　　　　130
죽은 바울과 베드로를 기억하라. 너희가
빼앗은 포도원[2]을 위해 그들이 아직 살았으니.

너희는 잘도 말하리라. "난 그에게 그리 만족해
존경한 분인데 그분 혼자 살기를 바라서
순교[3]에 이르게 춤을 추었으니

나는 바울도, 어부도[4] 둘 다 모릅니다."

1　교황 요한 22세(1316-34), 파문 선고 남발한 행태 질타.
2　진지한 기독교회.
3　세례 요한이 살로메의 춤으로 죽듯이, 세례 요한을 도시의 수호 성인으로 택한 피렌체 타락상이 살로메와 같다고 성토.
4　바울과 베드로를 모를 정도로 피렌체 기독 정신 부패했단 질책.

19곡

제6천국 '목성 천국1'

목성 천의 혼들이 구성한 독수리가, 자신들 소개. 단테의 의문점 알기에 풀어준다고. 하나님의 권능이 정의의 근원이니 피조물이 그분 권능에 도전할 수 없다. 피조물이 창조주를 이해하길 바랄 수 없기에, 정의란 창조주 의지의 확증을 위한 존재라고 강조. 심판 날 그리스도를 부를 많은 기독자들이, 어떤 이교도들보다 더 멀리 하나님께로부터 떨어질 거라고 언급. 기독교 국가들의 악한 왕들 명단으로 결론.

지금 날개를 활짝 편 모습으로 나타난
이는 사랑스런 상으로[1] 달콤한 성취 속에
그 행복한 혼들이 함께 지은 건데

각각 해에 불타는 루비처럼 보이며
그리 강렬한 불이 붙은 듯
해 전체가 내 눈에 반사하듯 한다.

---
1 독수리란 로마 제국 깃발이자 중세 기독 봉건 제국들 상징.

지금 내가 말하여야만 하는 무언가는
일찍이 아무도 말한 이도 쓴 이도
생각한 이도 없는 가장 치열한 환상이다.

새 주둥이의 움직임을 보며 내가 들으니   10
한 목소리의 말로 "나" 그리고 "나의"
"우리"와 "우리의"로 들린듯하다.

"정의와 은혜를 통해 내가 여기 있다."
말하며 "기쁘다. 위대한 영광에는 결코
욕망으로 앞지르거나 성취하지 못했다.

지상에는 나의 기억이 남아 있는데
거기서 그런 명령은 했으나
결코 역사로 이루지를 못해서다."

석탄불이 많이 타는 데서 따듯함만
나오듯이 그 많은 사랑의 혼들이   20
그런 상을 형성해서 한 목소리만 냈다.

"오, 영원한 꽃들이여." 내 시작하길

"영원한 기쁨이여, 당신들의 다양한
향기들을 하나로 나타내준 분들이여.

당신들이 숨 쉬듯 큰 갈증에서 날 풀어주시길
이는 아주 오래 나를 굶주림에 가두었는데
지상에선[1] 찾지 못할 음식이기 때문입니다.

내가 모르는 건 비록 다른 왕국[2]일지라도
하나님 정의가 자신을 한 거울로 모양 지은
당신들이 받는 그 사이엔 가림막이 없습니다.   30

당신들이 벌써 아주 열중해 듣는 걸 아는데
당신들은 그리도 오랫동안 굶주린
나의 의심이 무언가를 정확히 압니다."

머리 두건에서 날아오른 한 마리 매처럼
머리 주위를 돌며 날개를 치면서
그런 의지를 보이며 자신을 보이듯이

---

1 천국 지식 향한 단테의 갈증.
2 하나님 보좌하는 천사들이 하나님의 정의를 반사.

그런 내 신호에 열십자를 지어 보이면서
그리도 복 받은 그들만이 알 수 있는
하나님 천국의 은혜를 찬양하면서

시작하길 "세계의 경계를 그분 나침반으로   40
돌리는 분께서 그리도 나타낼 게 많으시어
그 안에 감추심을 많이 배치하셨으니

그분 모든 권능을 전체 넓은 우주에 그렇게
많은 인상들로 줄 순 없지만 그분 말씀만은
무한한 과잉으로[1] 넘치도록 해주셨다.

이에 대해 첫 자만이 우리에게 분명 있었기에
그 창조의 정상이던 그 자신이 또한
그 빛에서 조급하게 미완성으로[2] 타락했다.

이로서 분명한 일은 그 모자라는 본성마다
선함을 위한 그릇이 너무나 작았기에   50

---

1 창조로서 하나님 권능이 나타남. 인류가 이를 충분히 이해 못함. 성서의 말씀은 무한 확장이라 그 안에 정답이 있다는 가르침.
2 천사 루시퍼, 최초의 피조물, 그의 자만심이 창조주 배신.

끝 모를 그 자신만이 오직 유일한 척도.

이를 따르는 너희의 통찰력이
오직 하나인 지성의 빛을
모든 것 안에 불어넣어야만 해서

자신의 본성이 그 힘을 가질 순 없더라도
자신의 시작을 보는 건 그들이 현존하며
나타내는 방식이 뛰어나기 때문이다.

너희 세계가 받은 통찰력으로서
영원한 정의의 심층을 볼 수 있으니
어떤 눈보다 깊은 바다를 관통할 수 있다.　　　　　60

해안 근처 바다는 밑바닥을 볼 수 있으나
먼 바다일 땐 볼 수 없다. 그러나 그 깊은
속은 안 보여도 분명 거기에 바다가 있다.

거긴 빛이 없으며 구름 없는 빛에서
결코 방황하지 않고 모든 암흑의 번쩍임에

그늘이 지거나 이에[1] 독이 된다.

지금까지 네가 수수께끼 속의 번득임을 지녀서
그 속에 살아 있는 정의가 숨긴 건데
너의 모든 날들에[2] 질문하던 거다.

네가 말하길 '인더스 강 쪽에 태어난   70
한 남자가 있는 데선 아무도 그리스도에
관해 그 무엇도 말하거나 쓰지 않지만

그의 모든 소망과 행동이 선하여
인간의 이성으로 심판할 수 있을 때
모든 행동과 모든 말에서 그는 죄가 없었다.

신앙 없이, 세례 없이 그가 죽음을 맞았는데
그가 저주받는다면 정의가 어디에 있는가?
정녕 그의 잘못인가, 신앙을 갖지 못한 게?'

지금 그 심판의 자리 위에 앉아

---

[1] 인간의 이해심은 감각 앞세운 의심에 흔들리기 쉬워, 검은 악의 유혹에 빠지기 쉽다.
[2] 누구나 한 번은 품음직한 다음의 71-81절의 의문점들.

백만 마일 떨어진 경우를 네 짧은 시야로[1]   80
판결하려는 너희는 누구냐?

네가 나와 같이 말 주고받기를 좋아하는데
그런 지시에 대해선 성서에 없으나
그 경우는 명백히 의심이 생길 수 있다.

세속의 피조물들이여! 진창 속마음이 어리석다!
원초의 의지는 그 자체로 선하며,
자신을 저버릴 수 없는 최고의 선이다.

정의는 단순히 그[2] 안에 꼭 맞아서
창조물은 일찍이 자신을 선에 끌지 않으니
이 선함이 이를 창조했기 때문이다."   90

바로 황새가 그의 둥지 위에서 새끼들을 먹이려고
공중에서 선회할 때 그 새끼 하나가
그녀를 쳐다보면 그에게 먹이듯이

---

1 욥기38장 하나님께서 욥에게 소용돌이 속에서 대답하신 웅장한 대목들. 욥은 그리스도를 모르는 고대 이방인. 진실한 믿음으로 구원받았듯이 버질도 구원받으리란 암시.
2 천국 3곡 85절, 그분의 뜻 안에서 우리 마침내 평화 찾으니

내가 눈을 위로 올리니 그 축복받은
상이 그 날개들을 움직이면서 수많은
의지로서 모두가 이에 뜻을 합했다.

이들이 돌며 노래로 말하길 "나의 주의가
너의 이해를 앞지르니 이런 영원한 심판이
죽을 인간의 기지를 훨씬 넘어선다."

거룩한 혼들의 불꽃이 잠시 정지하자   100
한 번 만든 깃발¹, 전 세계를 통해 로마인들을
그리 나타나는 모양을 여전히 지어가면서

다시 말하길 "일찍이 그 누구도 그리스도를
믿지 않으면 그분께서 십자가상에서 돌아가시기
전이나 후에도 정화하지 못한다고 한다.

그러나 '그리스도! 그리스도!' 외치던 자들이
그 심판 날엔 그분을 결코 들은 적 없던 자들보다
그리스도에게서 훨씬 멀리 있으리라,

---
1 로마 황제의 독수리 깃발.

에티오피아 인들¹ 두 무리가 하나는 영원한
부자로, 하나는 발가벗겨 남는 둘로 나뉘는   110
거기서 그러한 저주를 받으리라.

페르시아 인들이² 그날에³ 그들이 열린 책에
그들 모든 잘못이 기록해 있음을 볼 때
너희 왕들에게 말할 건 무엇이겠느냐?

거기서 그들이 보리니, 앨버트 통치를 들을 때
그 행위에 대해 곧 펜으로 쓸 준비가 될 테니
프라하 왕국을 통해 강탈할⁴ 일들이다.

거기서 그들은 그 해안가에 세느 강에 닥친
슬픔을 보리니 화폐 주조의 변조를 통해
성난 멧돼지⁵에게 죽은 그자 때문이다.   120

거기서 그들이 가득한 탐욕의 자만을 보리니

---

1 모든 이교도들을 대신해서.
2 앞에 나온 에티오피아 인들처럼.
3 심판의 날.
4 합스부르크의 황제 알버트(1298-1308), 1304년 보헤미아 침공.
5 프랑스의 공정한 왕 필립, 1314년에 야생 멧돼지에게 사망.

스코틀랜드와 잉글랜드 인들을 광기로 몰아서
그들 중 어느 쪽도 그 자신 곁에[1] 없기까지다.

그들이 호색과 안락 가운데 산 인생을 보리니
스페인의[2] 보헤미아[3]의 그자들 때문에
그들은 가치를 결코 바라지도 알지도 못했다.

그들이 절름발이 예루살렘을 보리니
그의 덕성이 첫째라고 표기한 반면에
그의 사악은 숫자 천[4]이 필요하다.

그들이 그 탐욕과 비겁함을 보리니   130
그 불의 섬의 보호자로서
늙은 앙키세즈가 그의 긴 날들을 마친 데서[5]

바로 그의 하찮음을 강조하려니

---

1 영국과 스코틀랜드 국경을 넘은 전투가 거의 그칠 새 없다는 비판.
2 카스틸레의 왕 페르디난드 4세 1295-1312 통치.
3 웬세스라스 4세(1278-1305년경).
4 앙주의 무능한 찰스 2세, 1285-1309 마욜리의 왕, 예루살렘의 왕.
5 아라곤의 프레데릭 2세(1296-1337경)는 화산섬 시칠리아 통치, 아이네이아스의 부친이 죽은 곳(『아에네이드』 3권 707절).

이를 기록할 말들이 좁은 공간에 너무 많아
그 소소함을 쓰긴 모순이리라.

누구나 그 추한 일을 볼 수 있으니
삼촌과 형에[1] 대해 샅샅이 훑어낸 그 짓으로
두 개의 왕관을 쓴 영예로운 경주다.

노르웨이와[2] 포르투갈의[3] 왕들이
거기 기록되며 라스치아의 그도   140
믿지 못할[4] 화폐 주조를 잘 해서다.

아, 복 받은 헝가리는 지금 더 이상 없을[5]
나쁜 취급을 받을 테고! 복 받은 나바르여,
그 험한 바위 최전선을[6] 무장했더라면!

---

1 프레데릭의 삼촌 마요르카 왕 제임스. 형제가 아라곤 왕 제임스.
2 왕 하콘 5세(1299-1319년경).
3 왕 드니스(1279-1325년경).
4 세르비아의 밀루틴의 왕 스테판 우로스(1282-1321년경)가 베니스의 화폐 위조. 라스치아는 세르비아 왕국의 주요 지방.
5 헝가리는 1300년에 앤드류 3세가 통치, 성 스테판 가문 마지막 왕. 1301년에 찰스 로버트에게 승계, 찰스 마르텔의 아들.
6 피레네 사람들. 나바르는 1305년 프랑스에 합병.

끔찍한 예보로 이를 취하라.

니코시아와 호마구스타가[1] 어떤 고통을 당하는지,

그들 자신의 야수 아래서 으르렁거리는 슬픔을.

이 모두가 다른 데서 온 자와 전혀 다름없는 자 때문이다."

---

1 키프러스 섬의 주요 도시 둘을 지적, 1300년엔 프랑스 왕 루시그난의 헨리 2세가 통치.

20곡

제6천국 '목성 천국2'

그 독수리가 바위에 흐르는 물소리 같은 말소리를 내며 단테에게 자신의 눈을 보라 언급. 그 눈동자 안에서 다윗 왕의 혼이 설명. 독수리 눈썹 따라 주둥이서 가까운 순서대로 트라얀, 히스기아, 콘스탄티누스, 나폴리와 시칠리의 윌리엄 2세와 리페우스가 있다고. 이 중에 두 이교도가 있어 단테가 놀람. 이들이 선한 이유를 들려준다.

그의[1] 빛이 우주에 비치다가 우리의
반구 아래로 내려가면 대낮의 모든 빛의
조각들이 사라진 때라서

하늘엔 오직 그 혼자 처음 빛에 쪼여
한 번 받아들인 그 하나[2]에서 수많은
빛을 통해 반사를 시작한다.

---

1 태양.
2 별빛. 별들은 태양빛을 반사한다.

이런 천상의 과정이 곧 우리 세계의
상징인[1] 통치자들의 마음에 와서 닿자
거룩한 주둥이 안에서 아무 소리가 없더니

이런 모든 살아 있는 빛들이 점점 불어나   10
영광 속에 빛난 그들이 노래하는 동안
내 기억이 이를 잡기엔 어려워졌다.

오, 영원한 미소의 화관의 달콤한 사랑이여,
거룩한 배려로 숨 쉬는 영들의 사랑이여,
플루트를[2] 통한 너희 숨결이 얼마나 화려했는가!

그러자 사랑스럽게 반짝이던 보석들이
여섯째[3] 빛의 보석들임을 내 보았으니
그들의 천사 같은 찬송들이 침묵을 지켜서

내겐 웅얼거리는 물소리같이 들리니
바위에서 바위로 조용히 흘러내리는   20
그 물의 풍부한 근원에서 나오는 듯했다.

---

1 제국의 독수리.
2 독수리를 구성한 혼들.
3 여섯째 천국인 목성 하늘.

기타의[1] 목에서 나오는 소리가 음악을
이루듯 백파이프를 통하는 바람으로
음악을 지어내듯이

기다리는 간격 없이 곧 독수리의[2]
웅얼거리는 소리가 그 목을 타고 나오는데
그 목의 속이 빈 듯하다.

거기서 한 목소리가 나더니 다음엔
주둥이를 열어 말을 만들어내는 듯하여
마음으로 기다린 기억이 난다. 30

"언젠가 반드시 죽을 독수리들이 해를 견디는
나의 부분들이" 이런 말로 시작하는데
"지금 위축하지 않고 위를 응시해야 한다.

나를 지은 그 불의 모양 중 내 머리의 눈에
불꽃을 일으키는 혼들이 모두 자신의
가치로서 가장 높은 데 있다.

---

1 이 악기는 연주자가 왼손을 그 줄 위에 두어야 한다.
2 이 의전 독수리는 그의 옆머리만 보여서 한쪽 눈만 보인다.

그 가장 가운데 눈동자처럼 반짝이는 분이
한때 거룩한 성령을 위한 가수였고
그 궤를 한 마을에서 다른 데로[1] 가져갔다.

지금 그가 장점을 얻을 수 있었음은 그의   40
시편이 은혜의 박차로만 이룬 게 아니라
그가 강행한 오직 그의 의지임을[2] 배웠다.

눈썹을 그리는 다섯 중 나의 입에
가장 가까이 있는 자는[3] 아들을 위해
슬퍼한 과부를 위로했던 자다.

지금 그가 달콤한 인생 경험을 통해
그리스도를 따르지 않는 인생이 지불하는
가치와 반대하는[4] 인생의 가치를 배웠다.

그리고 그 주위, 그 위의 호를 따라서

---

1 다윗 왕은 십계명의 궤를 예루살렘으로 가져온다. 연옥 10곡 55-69절 참조.
2 성령의 영향을 언급.
3 트라얀은 이교 출신 제왕(A.D. 98년-117), 한 과부 아들의 복수 감행, 교황 그레고리(연옥 10곡 70-93)의 기도로 트라얀도 구원받음.
4 그가 천국에 있는 사실에 주시.

다음에 내가 말하려는 그는 그 참다운　　　　　　50
회개로[1] 그의 죽음을 지연시켰다.

지금 그가 불멸의 법령이 어떻든 바꾸지 못함을
아니 지상에서 참 기도를 할 때 내일을
달라는 기원이 실제로는 오늘을 위한 거였다.

나와 같이 그 법령을 좋은 의도로
따라 했던 그가 악한 열매를 맺어
한 그리스인이 그 목자에게[2] 양보하게 하였다.

지금 그가 악이 어떻게 계속 일어나는가를
보니 비록 그의 선행이 자신은 해치지 않으나
전 세계가 이를 통해 몰락할 수 있다는 거다.　　　60

그 아래 곡선 위로 네가 보는 그 사람이
윌리엄인데[3] 그 땅을 슬프게 했던 자로

---

1 히스기야 왕의 회개와 15년 수명 연장 받음(열하 20:1-11).
2 황제 콘스탄티누스(A.D. 303-337)가 로마에서 비잔틴으로 천도. 서쪽 통치권을 로마 교황에게 넘김. 교황권이 정치권력과 결탁하는 악의 원인 제공자란 질타. (지옥 19곡 115-117과 천국 6곡 1-6)
3 나폴리와 시실리의 왕(약 1166-1189).

찰스와 프리드리히[1]가 살았을 때 울게 했다.

지금 그가 하늘들이 항상 의로운 통치자를 위한
사랑에 얼마나 충만한지 그의 찬란한 모습에서
이를 여전히 명백하게 보여준다.

이 틀린 세상에서 누가 트로이인 리페우스[2]가
이 눈동자를 구성한 다섯째의 축복받은 빛들에
나타나리라고 상상할 수 있겠는가?

지금 그는 넓은 세계가 하나님 은혜에 관해　　　　　70
여전히 대단히 둔감한 걸 보기에
그의 전망이 늘 좋을 순 없다는 거다."

종달새가 하늘로 치솟듯이
처음엔 노래하고 다음엔 조용히 만족하길,
그녀를 만족시킨 그 마지막 달콤함으로서.

그런 표시가[3] 내게 보였는데 그분의 영원한

---

1 천국 19곡 127-129와 130-132에서 독수리가 비난했다.
2 버질이 트로이인들 중 가장 바른 사람이라고 언급한 이교도(『아에네이드』 2권 426-27).
3 독수리.

기쁨의 상으로서 그분의 개개의 명령이
실재가 되는 일이다.

비록 내 의문점을 참았으나
이를 덮은 그 색깔이 유리같이 맑아서   80
나는 생각을 입 밖에 내려고 성급했는데

그러자 들리길, "어떻게 그럴 수 있느냐?"
내 모든 무거운 의문의 힘이 나와서
환희로 빛나는 그 깃발에 불을 일으켰다.

그러자 곧장 그 눈이 더 밝게 반짝이며
그 복 받은 깃발이 나의 놀라움에 대답하니
더 이상 내가 불안하지 않았다.

"나는 네가 그럴 순 있으나 볼 순 없는
이런 일들을 믿는다고 말하는데 이는 비록
믿더라도 여전히 감춘 그걸 볼 수 있어서다.   90

너는 마치 이름은 알지만 그 본질은
볼 수 없기에 그 앞에 또 다른 걸 더

놓아주지 않는 사람처럼 행동한다.

하늘 왕국이 폭력을 견뎌냄은
사랑과 살아 있는 소망의 강렬함 때문이라
거룩한 의지로만 정복하기에

남자가 남자를 패배시키듯 하지는
아니하나 하나님의 뜻은 승리니까
자비심을 통해 이길 거라고 여기기 때문.

나의 눈 위의 첫째 빛과 다섯째가[1]   100
네가 의심하게 하는데 그저 네가 그들을
천사들 영역의 장식으로만 보기 때문이다.

그들 혼이 이방인 아닌 기독자로 지상의 삶을
떠났으니, 하나는 고통 받은 발의 굳은 믿음[2],
다른 하나는 고통 받던 발이었다.

하나는[3] 바른 의지로는 결코 돌아가지 않는

---

1 트라얀과 리페우스의 혼들.
2 이방 기독 신자로서 더욱 고된 발길의 삶이라는 묘사.
3 트라얀.

지옥에서 자신의 뼈로서 돌아왔는데
살았던 소망 위에 부여한 보답으로

기독자들에게 힘을 준 그 소망에 힘입어
하나님께서 그를 다시 살게 하시고 110
그의 의지로 개종하게끔 제공해서다.

육신으로 잠시 돌아온 영광의 그 혼이
내가 말하려는 그가 잠시 동안이지만
그분의 권능이 그를 구할 수 있음을 믿고

그 믿음이 그러한 참사랑의 불을 켜서
그가 두 번째 죽었을[1] 때는 이 축제에
합류할 가치가 있었다.

그 아래의 다른 자는[2] 깊은 우물 같아서
창조된 자의 눈으론 결코 미칠 수 없는
그 근원에서 떠오른 그 은혜를 통하여 120

---

1 위의 43-48 참조.
2 리페우스.

은혜 위에 은혜로만 그의 모든 사랑을
정의에만 두었기에 하나님께서 그에게
우리의 미래 보상의 시야를 보게 하셨다.

이런 믿음에 서자 그가 더는 우상 숭배의
악취를 참지 않았으며, 이를 고수하는
왜곡된 길의 고수자들을 꾸짖었다.

세례를 행하기 천 년도 더 이전에 그에게
세례를 주려는 네가 본 그 마차 오른쪽을
따랐던 똑같은 세 여인이[1] 있었던 거다.

오, 운명론자들이여, 그 영원함에서 그 원동의   130
원인을 보지 못하는 시선을 가진 그들부터
너희 근원은 얼마나 멀리 있는가!

죽어갈 자들이여, 판단을 신중히 해라.
우리가 하나님을 뵙고 있더라도
아직 그분께서 택하신 모두를 우린 모른다.

---

[1] 기독교의 세 덕성(믿음, 소망, 자비)이 기원전 철학에서 있어서 이를 실천한, 역사의 훌륭한 존재들이 지옥의 림보에서 증언한다(지옥 4곡 림보).

이 안에서 우리 지식의 불완전한
달콤함이 있기에 우리 선함은 이로 인해
정화하니, 하나님 뜻이 곧 우리 뜻이다."

이런 방식으로 그 거룩한 상들이
내 자신의 모자란 시야를 보게 하였기에　　　　　　140
내 위안을 위한 달콤한 약이었다.

류트를 잘 켜는 연주자처럼 노련한
가수와 함께 하면 떨리는 현이
노래하는 기쁨보다 더 커졌다.

독수리가 말한 동안을 회상해보니
그 두 빛들이[1] 기쁨에 넘쳐
눈꺼풀을 둘 다 떴다 감았다 하듯

그의 말에 동조하며 불꽃들을 깜박였다.

1　트라얀과 리페우스의 혼들.

21곡

제7천국 '토성 천국 진입'

두 여행자가 일곱째 천국 토성 도착. 사다리 하나가 떠오르며 빛들이 사다리에서 내려오다 한곳에서 다양한 활동. 단테가 베아트리체 격려로 가까운 빛에게 여러 질문. 단테의 청각이 토성 천국의 음악 수준을 견딜 수 없기에 침묵한다고. 그의 눈이 베아트리체 눈빛을 견디는 만큼 힘들어서라고. 하나님께서 말을 하라고 정해주신 이유를 누구도 이해할 수 없으며, 많은 일들이 피조물의 이해심을 초월한다는 설명. 이는 피터 다미안의 혼.

지금까지처럼 눈을 내 숙녀 얼굴에 다시
고정하니 나의 마음도 따라서
모든 바깥 근심에서 멀어진다.

그녀가 미소 없이 말하길 "내가 웃으면
네가 얼마 동안이지만[1] 뜬 숯에 타버린

---

[1] 제우스가 신의 충만한 영광을 세밀레에게 보이자 번개 천둥을 동반해 그녀가 재로 소실.

세밀레 같을 수가 있어서다. 왜냐하면

나의 아름다움이 천상의 궁전의
그 별들 위에선 점점 더 밝아지니까
네가 보다시피 우리가 위로 오를수록

일시가 아닌 영광으로 빛나는 이 번쩍임이   10
인간인 너의 모든 강인함을 천둥에
흩어지는 잎새들마냥 떨게 하리라.

우리가 일곱째 영광으로[1] 올라왔으니
야수인 열렬한 사자의[2] 아래이기에
그의 힘과 섞여 그 빛을 아래로 내린다.

이제 네 눈과 마음이 꼭 함께해야 하니
이 거울[3] 안에서 네게 나타날 표상을 위해선
너의 눈이 거울이기 때문이다."

축복 받은 그녀 얼굴에서 전망이 배양된

---

1 항성인 토성.
2 사자자리.
3 토성은 거룩한 마음을 반사, 단테의 눈은 거기서 본 걸 반사.

방식을 아는 사람은 내 천상의 안내자로, 20
날 위한 청원에 내 맘이 돌아섰음을

발견했을 때의 기쁨을 인정하니
그때 내 기쁨은 그녀 명상에
내 기쁨을 억제하고[1] 순종했음이다.

그 이름을 품은 수정체 항성 안에서
세상을 돌 때 이의 친밀한 지도자가
그 사악함 아래 모두 알려지진 않고[2]

내가 보니 빛에 쏘이며 위로 향하는
황금색 사다리에 이르렀는데
그 끝 간 데가 내 시야를 넘어섰다. 30

하늘에서 돌고 돌아 오르는 그 많은
영광들이 독특하게 빛나면서 결합하는
빛이라고 생각하며 바라보았다.

---

[1] 베아트리체에 순종하는 단테가 그녀를 통해 천국을 알려는 열망이 점점 더 커진다.
[2] 그리스 신화의 신, 새턴(토성)의 통치기간, 행복과 고결한 시간인 황금 전설의 시대였다고 한다.

갈까마귀 떼가 함께 날며 서서히
스미는 버릇으로 아침을 깨우듯이
날개를 치면 추워서 따듯이 하려고

얼마는 날다가 돌아오지 않고 얼마는
날아버리고 얼마는 날던 데로 돌아오고
다른 것들은 둥글게 돌며 자기 집에 남듯이

그들의 반짝이는 모습이 그러해서   40
그들이 함께 내려오듯이 보이더니
다시 한 번 그들이 사다리 가로대에 이르렀다.

한 번 멈춘 그중 하나가 가까이 오며
점차 밝아지기에 내가 마음으로 말하길
"난 당신이 내게 전한 사랑을 봅니다.

내가 말하거나 하지 않거나 늘 암시하고
지도하던 그녀가 쉬기에 그런 내 소원과
반대라서 말을 잘 하지 못합니다."

내 침묵을 본 그녀가 모든 걸 보는

그분 시선으로 나를 격려했으니 50
"네 열망을 그에게 침착하게 표현해라."

내가 시작하길 "당신의 대답을 내가
배우기엔 무슨 장점도 충분하진 않으나
내게 이 요구를 허락한 그녀를 위하여

오, 복 받은 영이여, 당신의 행복 안에
숨은 분이여. 부디 내게 알려주시기를.
당신이 내게 이리 다가와 자리한 이유를.

낮아지는 항성들을 통해 헌신하는 회전에서
왜 당신들이 이 하늘에 있으며, 어째서
이 천국의 하늘이 교향악을 멈추었습니까?" 60

그가 말하길 "너의 시력도 청력도 죽을
인간이라서 노래가 여기에 없으니
베아트리체가 네게[1] 미소하지 않은 것과 같다.

사다리 계단을 하나씩 내려오는데

---

1 일곱째 하늘이란 암시, 베아트리체의 미소 없음에 단테가 궁금증.

순전히 너를 내 말로만 행복하게 하고자 하니
날 둘러싼 빛들과도 함께하는 거다.

나를 강요하는 이는 그리 큰 사랑이 아니라
의로움이 점점 커지는 만큼 사랑이 위에서 타며
불타는 이런 모든 혼들을 검소하게 이끈다.

우리가 섬기게 한 그 깊은 자비는
신속한 섭리자로서 세상을 다스리고
네가 인지한 대로 여기 모두 정렬하셨다."

"압니다." 내 말하길 "오, 신성한 광휘여!
어떻게 이 속박 없는 사랑의 궁정에서 당신을
섬기게 하신 영원한 섭리에 만족을 하는지

그런데 왜 이를 알기가 어려운지
왜 당신이 무리를 떠나서 혼자인지
당신 손안의 일로서 예정한 건지요."

내가 말하려던 걸 마치기 전에
이 중심의 축을 돌리던 그 빛이

맷돌처럼 빠르게 도는데

그때 그 안에 있던 사랑이 답하길
"내게 내려온 그 빛이 거룩해서
그 사랑이 내가 숨은[1] 과녁을 꿰뚫었다.

그 권능이 내 이해와 연합해 나를
자신보다 훨씬 높이 올림은
최상의 본질이 내려오신 때부터다.

나를 태운 그 행복이 왔기에
내 시야가 아직 분명한 만큼
빛나는 그 화염을 따라갔다고 할 수 있다. 90

하늘에 있는 가장 명쾌한[2] 그 혼이
그 눈을 하나님께 가장 고정한 세랍[3]조차
네가 열망한 답을 줄 순 없다.

---

1 단테가 볼 수 있는 영의 사랑은 오직 빛 하나다.
2 처녀 마리아.
3 치품천사(세라핌은 세 쌍의 날개를 가짐)들이 하나님의 최측근 천사들, 고로 그들의 기쁨이 가장 강렬한 빛을 낸다 함.

네가 묻는 건 그 영원한 법령들의
혼돈 속에 깔려 있기 때문이니 그 깊이가
피조물의 시선이 일찍이 닿을 수 없는 곳이다.

네가 지상에 돌아가면 이 모두를 보고하여
아무도 감히 다시는 이런 신비에
도전하지 않도록 하여라.

여기선 빛나는 지성이지만 지상에서는   100
연기 같으니 무엇을 거기서 볼 수 있겠는가,
가장 높은 데서도 볼 수 없는 걸?"

그의 말들이 내게 그런 어색함을 부과해
질문하길 멈추고 그가 누구인지
묻기로 자신을 추슬렀다.

"이탈리아 두 해안[1] 사이에 치솟은 바위들
네 탄생지에서[2] 멀지 않고 그리 높아서
천둥이 고함치는 훨씬 위에 있는데

---

1   아드리아 해와 티레니아 바다 사이의 아페닌 산맥.
2   피렌체.

바위들이 꼽추 형태라 카트리아라 부르고
그 위에 신성한 사원이[1] 있어서 110
한때는 오직 기도에만 헌신하였다."

그렇게 그가 세 번째 연설을 시작해
계속 내게 말하길 "거기서 하나님
섬기기에 그토록 내가 엄격하여

음식의 양념도 오직 올리브유만
더위와 추위를[2] 통해 내 길을 가볍게 하여
만족하니 명상만이 내 모든 거였다.

그 수도원이 풍부한 수확을 하늘에
제공했는데 그리도 불모지가 되어서
곧바로 그 진실이 밝혀질 거다. 120

거기서 난 피터 다미안[3]이었다.
아드리아 해의 우리 숙녀의 집에선

---

1 산타 크로체 디 폰테 아벨라나의 베네딕트 파 수도원.
2 여름과 겨울.
3 신학자이자 열성 개혁가(1107-1172). 라벤나 출신.

죄[1]인 피터라고 더 잘 알려졌다.

내 생명이 거의 끝날 무렵
강제로 그 모자를[2] 써야 했는데 이는 항상
나쁜 자를 더 나쁘게 이끄는 복식이었다.

게바가[3] 왔을 때 또한 성령의[4] 위대한 그릇이
왔을 때 그들이 굶주리고 맨발이라 그들이
어디에 묵든 간에 취하는 음식에 기뻐했다.

지금 현대의 목자들은 그들의 어느 쪽에서든   130
강한 받침대가 필요하니 앞서 그들을 이끌 자와
중량 있는 남자들을 뒤에서 들어 올릴 자다.

그들 외투를 입고 말을 타면 외투가 말을 덮어
(인내심이여, 어떻게 이 모두를 견디십니까?)
두 짐승들이 한 가죽 아래 움직이다니!"

---

1 그는 스스로 "페트러스 페케토"라고 신호했다.
2 추기경의 붉은 모자.
3 베드로. "예수께서 그를 부르실 때 말씀하시길, '너는 요나의 아들 시몬이다. 너는 게바라 불릴 것'이니 해석하면 반석."(요1:42)
4 바울. "주님께서 '그는 내가 선택한 그릇' 이방인들 앞에 내 이름을 전하게..." (행9:15).

이에 더 많은 불꽃들이 소용돌이를
만들면서 아래로 움직이는 걸 보니
소용돌이마다 점점 아름답다.

그들이 이 빛의 주위로 모여 머물면서
그리도 깊은 소리로 울부짖었는데　　　　　　　　　　140
지상엔 이에 맞는 비슷한 소리가 전혀 없어

나 또한 이해할 수 없는 천둥 벼락 같다.

22곡

제7천국 '토성 천국'

  영들의 천둥소리에 놀란 단테가 베아트리체를 보고 안심, 그가 듣고 본 일이 거룩한 열성의 결과니 두려워 말라고. 단테가 머뭇거리자, 베네딕트의 영이 단테가 말하지 않은 질문에 응답. 베네딕트가 그의 수사단의 퇴폐 맹비난. 그리스도 교회가 베드로와 바울의 검소에서 시작했으나 그들 모두 그 초심에서 멀다고. 베아트리체의 모습을 보자 단테가 항성천의 별들에 왔음을 발견. 쌍둥이자리로 그가 태어난 별자리. 베아트리체가 단테에게 아래를 내려다보라 하여, 짧은 동안 지상에 자리한 모든 죄와 근심 회상, 그의 눈을 다시 베아트리체에게.

내가 당황해 놀란 눈으로[1]
안내자를 돌아보는데 꼭 어린애가
자신만만 달리다 급히 서서 뒤를 보듯

돌아보면 그 어머니가 숨이 차 핼쑥한

---

1 천국21곡 140-142 참조.

아이를 늘 따듯한 목소리로
안심시키듯이 그녀가 나를 도우려고

묻기를 "네가 지금은 모두가 거룩한
하늘에 있음을 아직도 모르느냐?
모든 일이 선을 위해 여기서 행한 일임을.

어떻게 그 노래가 너를 바꾸었으며   10
어떻게 나의 미소가 너를 상상케 해서
지금 그 소리가 너를 이동하게 하는[1]가를.

네가 그들 울음에서 기도를 들었다면
벌써 그 복수를[2] 이해했을 터이니
네가 죽기 전에는 볼 거다.

하늘 높은 데서 여기로 친 칼이 너무 늦거나
빠르게 자르나 예외가 있으니 그들 시선에서
이를 위하여 오래 떨며 갈망하는 자 때문이다.

지금 다른 영들이 있는 데로 돌아서면

---
1 천국 21곡 4-12 참조.
2 부패하고 탐욕스런 고위 성직자들.

네가 주목해야 할 많은 영들을 보리니　　　　　　20
네가 보면 내가 암시한 데다."

그녀가 바라는 데를 향해 눈을 돌리니
백 개의 작은 해들이 모여서
서로가 내는 빛으로 더욱 아름다웠다.

나는 욕망에 짓눌린 사람처럼 서서
비록 이에 쏘일지라도 감히 질문을 못하니
그가 너무 멀리 가버릴까 두려워서다.

그때 가장 크게 빛나던 그 보석들 중의
하나가 앞으로 올라오더니 자신이
누구인지 말하며 내 소원을 들어준다.　　　　　30

저기서 내가 들으니 "네가 나처럼 오로지
볼 수 있는데 우리 안에서 타는 자비심에
생각을 늦추지 말고 표현해야 하리라.

그래서 네가 그리 늦지 않게 네 목표에[1]

1　지고천에서의 하나님 모습.

닿으려면 내가 지금 답을 해야 하니까
네가 그리 주저한 그 생각 자체다.

카씨노가 있는 그 비탈 그 산 정상에
오래전부터 미혹당해 악의를 품은[1]
사람들이 항상 모여 들었는데

내가 그 이름을 소개한 사람[2]으로서   40
그가 거기서 아래로 내려와 남자들에게
숭고한 능력을 주게끔 진실했다.

그런 은혜의 영광이 나를 채웠으나
세상 모두를 그리 타락시킨 타락한
그 교단이 이를 둘러싸게끔 이끌었다.

여기의 다른 빛들 모두가 기독교
영성 수도사들인데 그 따듯함으로
거룩한 열매와 꽃을 피웠다.

---

1 카씨노의 산 위에 아폴로의 고대 신전은 탐욕스런 자들의 지칭.
2 베네딕트(약 480-약 547)로서 서방 금욕 생활의 창시자, 카씨노 산에 유명한 수도원 세워 베네딕트 파 설립.

여기 둘은 마카리우스[1], 로무알두스[2].
여기 내 형제들이 그들의 발로　　　　　　　　　　50
수도원을 지키며 마음을 순화했다."

내가 답하길 "당신이 보여준 사랑의 말과
당신 안에 빛나는 친절한 생김새가
좋은 주의를 환기해 나로 하여금 크게

이끌려 더욱 확신을 하니
마치 해처럼 장미를 열어서
그 꽃잎을 활짝 펼친 듯합니다.

그런 은혜로 당신께 청하니 내 아버지께서
당신의 가리지 않은 얼굴을 보게끔
허락해 주실 수 있으면 합니다."　　　　　　　　60

그가 답하길 "내 형제여, 너의 높은 열망은
지고천에서[3] 충분히 이루어지리니

---

1 아프리카, 알렉산드리아의 마카리우스(405년), 동방에 수도원을 설립.
2 로무알두스(약 960-1027), 카말도디 수사단 설립자, 베네딕트 파를 개혁.
3 최고천이라고도, 엠피리언이라고도 한다.

내 자신과 다른 모든 자의 열망과 같다.

그곳은 완전함, 원숙함, 완결함이 있는
모든 열망의 최고천이니 각각의
부분이 항상 존재한 대로[1] 있는 데다.

극단이 없고 공간 속에 있지 않아서
거기까지 이르는 우리 사다리는
우리 시야를 넘어서 날아가 버린다.

이를 한 번은 족장 야곱이 보았으니   70
지상에서 하늘까지 가장 높은 사다리 계단들을
천사들이 오르락내리락[2] 움직이는 걸.

그러므로 지금 거기 이르고자 그 누구도
지상에서 그의 발을 들어 올릴 수 없으며
나의 법을 쓴 양피지도 못쓰게 되었다.

거룩한 열성으로 집을 지은 벽들이

---

1 최고천은 움직임이 없다.
2 창28:12.

지금 범죄 소굴로서 수사들이 그들의
자루에 부정한 음식이 흘러넘친다.

하나님께서 그리 악하게 여기신 엄청난
고리대금업이 싫지 않은 탐욕스런 수사들이   80
그 수확에만 미치게끔 마음들이 이끌려

교회의 지갑을 지키는 게 이러해서
하나님 이름으로[1] 이를 묻는 이런 자들에게
그 친척들이나 처첩들이 속하였다.

죽을 인간의 육신이란 그리도 부드럽고 약해서
지상 위의 그 선한 출발을 견디지 못했으니
참나무에서[2] 도토리를 취하던 그 시간부터다.

베드로는 금도 없고 은도 없이 시작했고
나 또한 기도와 금식으로 시작했고 프란시스코는
그의 모든 검소 속에 그 수사단을 시작했다.   90

---

1 성직자.
2 초기 기독교 시대 사도들, 특히 바울과 베드로의 짧은 활동 기간.

네가 모든 사람의 시작을 보면
그들이 여행한 델 보게 되어서
흰색이 갈색이 됨을 보리라.

요르단 강물이 멈추고[1] 홍해가
하나님 명령에 도망친 거보다 더하게
이를 위한 놀라운 치유가 있으리라."

그런 설명을 하고 다음엔 돌아서서
그의 동료들에게 가니 그들이 다시 모여
모두 회오리바람처럼 휩쓸렸다.

내 친밀한 숙녀가 그 사다리로 그들 뒤로　　　　100
끼어들라고 아주 작은 신호를 하여서
그녀의 능력이 아직 내 본능을 압도했다.

지구에선 솟아오르면 수직으로 떨어지는
자연의 법을 따라야 하여 그 날개 위로는
내 마음처럼 결코 빠르게 움직이지 못한다.

---

1 여호수아3:14-17.

그러니 독자여, 내가 복 받아 개선한 혼들을
다시 보려는 마음만은 자주 나의 죄들을
슬퍼하고 죄스런 가슴을 때리기 때문이니

당신들 손가락을 그 불꽃에서 꺼내기에 그리
짧은 시간이 아니듯 황소자릴 찾아 거기[1]　　　　　　110
들어간 듯 그 신호를 내가 인식했다.

위대한 힘의 능력에 무리 진 영광의 별들이여,
내 모든 재능에 대해선 이들에게 빚을 졌으니
이렇게 그들과 같이 있는[2] 만큼이나

당신처럼 솟아오른 거기에 당신이 숨긴
모든 유한한 자들의[3] 부친인 그가 있었으니
내가 처음 투스칸의 공기 아래 숨 쉴 때였다.

지금 내가 그 위대한 은혜를 받아서
그대의 주위를 도는 그 높은 행성에 들어오니

1　여덟째 하늘 항성천에 올랐다. 천체로는 쌍둥이자리 제미니로 황소자리 타우러스를 좇음.
2　단테는 쌍둥이자리(제미니 좌 5월21-6월.21일 경)출생. 학문 연구, 예술 면에 소질 있다는 점성술.
3　태양.

이는 그대의 지역인데 나의 자리가 되었다.   120

내 혼이 지금 진심 어린 기도로 탄식하길
여기서[1] 나를 기다리는 그 힘든 길을 취하게
능력을 얻을 수 있는 그 소망부터였다.

"너는 마지막 축복받은 자에 그리도 가깝구나,"
그렇게 베아트리체가 시작하며 "너의 두 눈을
지금 크게 뜨면 더 예민하니 그리해서

네가 더 깊이 그[2] 안에 들어가기 전에
우주 위에서 아래를 내려다보길,
내가 벌써 너의 발아래 두었으니.

그러면 네 마음이 전보다 더 기뻐서   130
개선하는 그 군중들에게 나타날 수도
그들이 구속받아 창공에[3] 기뻐서 온 자들이니."

---

1 단테가 여전히 시인으로서 접하는 예술의 어려움을 강조.
2 항성천의 복 받은 자들에 속할 수 있단 그녀의 암시.
3 천국의 하늘들.

눈을 돌려서 모두를 통해서 온 거기 아래
일곱 하늘들의 그 둥근 공들을[1] 보고 나서
슬픈 광경에 미소 지었다.

나는 이를 생각한 그 남자를 입증해야 하니
이는 적은 일이 아니며 어디서 보든
정의 안에서 바르게 생각해야 했던 사람이다.

내가 라토나의 딸의 광휘를 보니
그녀의 속에 그늘이 없기에 이는 사전에   140
그녀 생각을 상당히 깊이[2] 했던 데다.

나는 당신의 아들[3] 히페리온이 어떤가보니
반짝이지 않으며 디오네도, 마이아[4]도
둘이 다 그에게 가까이 돌고 있다.

다음에 잠시 주피터[5]를 보았는데

---
1 지구가 우주 중심이라는데 하늘에서 보니 타락해서 초라하단 심경의 토로.
2 천국 2곡 46-148(특히 59-60)에서 달의 검은 부분들에 대해 참조.
3 태양, 아폴로-헬리오스, 히페리온의 아들.
4 수성-머큐리는 신화의 모친 마이아, 금성-비너스의 모친은 디오네.
5 목성은 찬 토성과 더운 화성 사이 위치. 온화한 별이란 묘사.

아버지와 아들 사이에서 그들의 그런
다양한 위치가 어떠한지 꽤 분명했다.

행성들 일곱을 다 볼 수 있었으니,
그들이 얼마나 광대하고 얼마나 빠른가를.
그들 사이의 거리가 얼마나 먼가도.　　　　　　　　150

내가 돌고 있는 쌍둥이자리에서 우리가 사는
그 악덕한 작은 타작 마루가 내 시야로 산맥의
정상들부터 강들의 입구까지[1] 전부 들어와서

나는 내 눈을 그녀의 사랑스런 눈으로 돌렸다.

1　단테를 추방한 고향, 그리운 피렌체의 산하를 하늘에서 본다.

23곡

제8천국 '항성 천국 진입'

　단테가 베아트리체를 보니 어미 새가 새끼들 먹이를 먹이려고 긴장한 모습 같다. 그때 성자들과 개선하는 그리스도가 나타나, 단테가 그리스도의 부활한 몸의 환영을 견디지 못한다. 베아트리체가 위로하길, 모든 사람이 정복해야 할 환상이라 설명. 단테가 베아트리체 미소를 보며 표현할 수 없는 기쁨, 말할 수 없는 하늘의 광경이 항상 남는다며 독자들에게 천국의 환영을 전하는, 그의 임무의 어려움 토로. 항성천의 혼들을 구경.

　모든 새들이 자기 집 잎사귀들 곁의
　새끼들이 잠든 둥지 가까이 앉아서
　우울하게 모든 걸 숨긴 밤을 지새우며

　그들의 그리운 얼굴들이 무사하길 근심하며
　그들을 먹이려 일상의 먹이를 찾아
　(참말 힘든 수고로 오직 하나씩만)

벗겨진 가지 위에서 밤 시간이 가서
둥근 사랑의 해를 열렬히 갈망하는
새벽이 깨어나길 열렬히 기다린다,

그들과 똑같이, 내 숙녀가 똑바로 열심히   10
거길[1] 바라보며 해가 그 속도를
늦추는 후광 아래 서 있었다.

그토록 사로잡힌 그녀는 갖지 못한
무엇을 오랫동안 바라면서
그 소망에 만족한 사람처럼 보였다.

이는 기다림의 사이를 뜻하는 시간의
간격마다 짧아지면서 바라보는 사이에
하늘이 점점 붉어졌다.

베아트리체가 말하길 "개선한 혼들을 보라,
그리스도 승리 속에 이런 구체들이[2]   20
돌아가면서 맺어진 열매들이니!"

---
1 자오선, 태양이 정오에 서는 지점.
2 인류에 영향을 주는 천국에 속한 위인들의 결과라는 언급.

그녀 얼굴이 그리 열렬히 타오르고
눈에는 그런 기쁨이 넘쳐
할 말을 잃어 그냥 지나간다.

둥근 보름달이 뜨면 모두 평화롭듯
트라비아[1]가 요정들이[2] 시중들 동안 웃고
하늘이 마지막 휴식으로 물러나면

천 개의 빛들이 그 그늘에 놓이니
하나인 해가 그들을 다 타오르게 하면서
태양[3]이 머리 위에서 빛나는 듯하다.

밝고 맑은 그 살아 있는 광채를 통하여   30
그 대신[4] 열중해 보았으나
이 덧없는 인간의 눈으로는 견딜 수 없었다.

아, 달콤하고 사랑스런 나의 안내자!
그녀가 "너를 압도하는 그 강한 힘을

---

1 달, 다이아나와 그의 요정들의 의인화.
2 별들.
3 그리스도.
4 부활하신 그리스도.

거스를 무엇을 줄 수 없구나.

여기 지혜의 힘으로 땅에서 하늘까지
길을 연 건, 거기에 오랜 동안
그런 열망이 있어서다."

바로 구름이 커지면 담아둘 수 없어   40
불이[1] 터져 나와 그 본성을[2] 곧잘 거슬러
지구를 때리는 듯하다.

바로 그런 내 마음이 그 축제 속에
커지더니 스스로 터졌는데 그때
그게 무언지 난 기억할 수 없다.

"네 눈을 뜨고 더욱 아름다워진 날 봐라.
네가 이런 걸 볼 수 있는 건
내 미소를 움츠리지 않고 응시해서다."

나는 자신이 잊어버린

---

1 벼락.
2 불이 타면 불길이 위로 오르듯 신앙의 지성 열정과 닿아야 한다.

환영이 맴돌아 이를 마음에 되돌리려 50
무척 헛되이 애쓰는 자와 같아서

그런 제안을 들었을 때 그리도 큰
무게로 다가와서 이는 과거를 말하는
책에서 절대 없앨 수 없는 거다.

이런 모든 혀가 지금 크게 소릴 내면
모든 자매들과 함께 있는 폴리힘니아[1]가
그 영양 넘치는 음식으로 요새를 쌓아도

그들이 천분의 일에도 결코 이르지 못할
그녀의 거룩한 미소에 관한 진실이라서
거룩한 얼굴이 더욱 밝아졌다. 60

천국을 상징화하기는 이렇듯
거룩한 시인도 때론 도약해야 하니
장애물을 건너뛰는 보행자들 같다.

그들이 떨면서 알게 할 무거운 주제라고

---

1 노래로서 찬미하는 시의 여신.

생각하여 이를 견뎌야 할 어깨로 아무것도
하지 않는다면 비난받아 마땅하리라.

결코 작은 배로는 항해할 수 없는
험한 물결들을 뱃머리가 헤쳐가야 하니까
그 사공이 자신의 근육을 아낄 수 없어서다.

"사랑스런 내 얼굴에만 취해 있지 말라.   70
그리스도 빛의 영광이 핀 사랑의 정원에서
너는 왜 명상하지 않느냐?

여긴 거룩한 말씀이 화신한 장미[1]가 있다.
또한 바른 길을 수행해 그들의 향기를
지닌 모든 백합[2]도 있다."

베아트리체의 말을 듣고 좋은 조언을
열심히 따르다가 다시 약해지는
시력에 당황하였다.

---

1 처녀 마리아.
2 사도들.

조각난 구름을 통해 해를 보듯
꽃으로 가득한 초장이 비치며,　　　　　　　　　　80
나의 두 눈을 그늘이 보호하여

영광스런 영들의 무리가 보이나
위에서 타 내려오는 빛들 아래선 여전히
그 빛들의 근원을 찾을 수 없었다.

친절한 권능의 당신이 그들을 그리 새기게
높은 공간으로 내 시력을 일으켰기에
나 있던 데선 약한 시력에 당신을 못 봅니다!

그 아름다운 꽃[1] 이름이 내 기도에서
매일 아침저녁 나를 일으켜 가장
위대한 불에 집중하게 이끌어주길.　　　　　　　90

내 두 눈이 그 살아 있는 별을 보면서
고결함과 본성이 그 위와 여기 아래
모두를 정복했다고 묘사하는데

---

1 마리아, 신비의 장미.

그때 그 하늘에서 횃불 하나가 내려와
그녀의 허리를 감아 그 주위를 돌면서
왕관 같은 반지의 모양을 짓는다.

무슨 음조인지 아주 황홀하여
이 아래서 그 혼을 향해 스스로 끌린
천둥에 깨진 구름 사이로 보이는

그 현의 음악으로 가늠하면 100
사랑스런 사파이어 왕관에서 나오는
가장 밝은 빛의 사파이어 하늘이었다.

"나는 천사의 사랑이다[1]. 항상 회전하며,
그 자궁에서 숨 쉰 그 기쁨에 관하여 노래하니,
우리의 갈망이 거주하는 장소다.

내가 항상 돌아보는 하늘의 숙녀시여,
당신 아들을 좇아 당신이 최고의
구체에[2] 들기까지 거룩하게 합니다."

---

1 대천사 가브리엘.
2 엠피리언, 지고천.

그 둘레를 돌던 찬양 소리가 그때
그치더니 모든 다른 빛들이   110
마리아 이름을 되풀이하는 게 들렸다.

우주 안에 회전하는 모든 구체들의 황금 외투[1]
하나님의 숨결 속 그분의 법들과 명령 안에
가장 뜨겁게 타는 불로 살아 있는데

우리 위로 높아서 이 본질의 해안에선
그토록 먼 거리라 일별하지 못하니
거기 내가 위치한 데서 보일 리 없다.

이런 내 눈이 그 화염의 왕관을 쓴
숙녀를 따를 힘이 없으니 이분은 위로
오르는 그녀의 아드님을 따른다.   120

그에게 젖을 먹일 어머니를 향하여
그의 사랑을 불꽃들로 표출하기 위해
팔을 들어 올리는 어린 아기처럼

---

1 원동천, 모든 다른 구체들을 회전하게 이끄는 원천이다.

각자가 내는 백열 광선들을 뻗기에
이들의 타오르는 화염은 깊은 애정이라
그들이 마리아를 향함은 의심할 바 없다.

그들이 거기 머물러 내 눈에 보이는데
노래하길 "하늘의 여왕"[1] 너무 부드러워
그 첫 기쁨을 결코 잊지 못한다.

그 아래 지상의 그런 기름진 그릇들에[2]   130
가득한 풍요로움은 이런 선한
농부들이 심은 거란 말인가!

그들이 지금 거기 사는 막대한 부의 기쁨은
그들이 황금을 거절했던 바빌론에서[3]
그 비참한 추방으로 얻은 거다.

여기서 지금 그가[4] 그 승리로 개선하여
하나님의 아들과 마리아 아래서

---

1 부활절 찬송.
2 성자들.
3 바빌론의 유대인 추방(B.C. 597-538경), 에덴서 추방된 인류 비유.
4 베드로.

오래고 새로운 양쪽의 종교 법정[1]에서

그 손에[2] 영광의 열쇠들을 지닌다.

---

1 신구약을 지배한 성자들.
2 마16:18-19

24곡

제8천국 '항성 천국1'

베아트리체가 항성천의 혼들에게 단테의 천국의 호기심을 만족시켜 주길 요청. 혼들의 빛이 기쁜 빛을 내며 일치. 이들 중 가장 밝은 빛이 베아트리체를 세 번 돈다. 그녀가 그 밝은 불의 혼에게 청하니 베드로다. 그가 단테에게 신앙 문답. '신앙이 무엇이냐'로서 시작, 여러 질의에 정성껏 응답. 이로써 모든 계몽의 근원인 삼위일체를 단테가 언급하자, 베드로가 그의 대답들에 기쁜 나머지 칭찬하며 세 번이나 단테 포옹.

"오, 복 받은 당신들, 하나님의 어린양 축제에
초대 받은 동료들이여, 당신들을 기른 분께서
당신들 갈망을 항상 들어주시어

하나님 뜻으로 이 남자가 당신들 식탁에서
흘린 걸 미리 맛보게 하셨으니, 심지어
지상의 그의 시간이 채 지나기 전이오.

당신들 마음이 그의 무한한 갈망을 감안해
그의 갈증을 풀어주시길. 당신들이 늘
마신 그 샘을[1] 그가 그리도 바라니까요."

베아트리체가 말하니 기쁨의 영들이   10
많은 유성들처럼 번쩍이며 불타서 스스로
고정된 축을 도는 구체를 형성하였다.

시계 속 바퀴들처럼 조화를 이루며
돌아가는 중에 큰 게 하나 눈에 띄게
멈춘 듯이 가장 작은 하난 나는 듯이[2]

그렇게 돌며 춤추는 이들 구체들의 빠르고
느린 다양함 속에서 그들의 자산이
무언가를 내가 깨달았다.

유난히 점점 커지는 아름다운
한 구체가 불꽃을 아주 기쁘게 내뿜으나   20
뒤엔 무엇도 남기지 않으며 밝아졌다.

---

1 진리, "영원한 생명으로 들어가게 솟아나는 물의 샘".
2 둥근 바퀴들이 맞물리며 돌듯, 가장 큰 하나가 그 무게를 돌리면, 작은 것들이 따르고, 그 다음에는 더 빠르게 움직여 돌아간다는 뜻.

그 빛이 베아트리체 주변을 세 바퀴 도는데
한편에선 찬송 소리가 그리도 장엄해서
이와 겨룰 만한 상상은 못 하겠다.

단순한 말 아닌 다양한 질량의 큰 소리라서[1]
이를 다 접어 그릴 순 없어 내 펜이 상상의
그늘로 도약을 해야만 한다.

"오, 거룩한 누이여, 너의 헌신의 기도가
우리에게 이 사랑에 열중하는 영감을 주어
밝은 그 구체에서 떨어져 나오게 하는구나."   30

이러면서 돌기를 멈춘 복 받은 그 불이
사랑의 숨결을 나의 숙녀를 향해 내쉬며
위의 말들을 반복하였다.

그녀가 "주님께서 지상에 가져오신
놀라운 기쁨의 열쇠들을 받은
위대한 남자의[2] 영원한 빛이여,

---

1 단테가 다녀온 항성천을 그가 본 대로 쓰기 너무 어렵다는 뜻.
2 베드로. 천국 23곡 136-139참조.

이 사람을 당신이 옳게 보는 모든 관점에서
무겁거나 가볍게 좋을 대로 시험해 주시기를
한 번 물 위를[1] 걸은 당신 믿음을 고려해서요.

그의 사랑, 소망, 믿음을 당신이 알더라도   40
그게 강한지 약한지를, 당신은 어디서 모든
사건이 발생했는가를 볼 수 있고 압니다.

왕국의 시민권은 진실한 믿음을 통해서 오며
그 영광을 표해야만 하니까 그가 이에 대해
말하는 일이 옳습니다."

지금 그 학위를 준비하듯 말없이
스승이 그 사실을 제안하기까진
그가 논쟁을 넘을지 정하지[2] 못한 듯이

그런 모든 이성으로 내 자신을 준비하며
그녀가 말하는 동안 바란 건 질문자들이   50
그런 전문가여서 준비해야 했기 때문이다.

---

1 마14:25-31.
2 중세 대학들의 과정, 스승이 주제를 내고 제자와 토론, 결론 냄.

"선한 기독자여, 말하라. 네 자신이 수행한 걸.
무엇이 신앙인지 말해라." 내가 얼굴을 들고
질문을 한 그 빛에게로 향하며

베아트리체를 돌아보니 그녀가 즉시
내 안에 있는[1] 그 근원의 물들을
쏟아 내라고 신호한다.

"지금 백부장의 대장[2] 면전에서 행하는
내 고백의 규약들에 은혜 주시어 내 사상을
충분히 표할 수 있게 해주시길." 나의 기도가　　　　　60

계속 이어서 "진리를 쓴 그가 우리에게 말하길
이 사람이 당신 형제를[3] 뜻하며
당신과 함께 로마에 옳은 길을 놓았고

믿음은 바라는 것들의 실체이자 보이지
않는[4] 것들의 증거라고 쓴 이가 내게

1　단테 자신의 신앙으로서 깨달음.
2　초대 기독교 신자들 용감히 이끈 사도 베드로 칭송.
3　사도 바울.
4　히11:1.

이의 본질과 골수로 나타났습니다."

그가 말하길 "네 대답이 좋은 자질을 보여주니
그가 믿음이 실체라고 한 이유를 안다면
그 증거로 이를 정의해 보아라."

내가 "이런 사실들은 심오해서 그런 모습들
스스로 내게 보여주었는데 이는
저 아래 남자들 눈에는 감춰진 거라서

그들 존재가 오직 믿음 속에 살고
아주 높은 소망의 참 근거가 되어
믿음이 소망의 실체라는 기반이 섭니다.

이 믿음에선 지금 이에 더한 증거가 없어서
우리가 삼단 논법을 논하니 모든 논쟁에 대한
증거가 필요한 부분입니다."

그때 들리길 "만일 우리가 저 아래 지상에서
가르친 모든 걸, 이토록 잘 이해한다면
궤변가들의 궤변이 발붙일 데가 없을 텐데."

그 불을 켠 사랑이[1] 그리 내뿜고 말하며
덧붙여 "네가 받을 시험은 금전의
무게와 그 순도에 관한 거다

말해라. 네 지갑에 이것이 들었는가를."
내가 답하길 "네. 갖고 있으며 아주 둥글고
밝아서 조금도 가짜일 수가 없습니다."

그러자 그 깊은 빛이 기뻐하더니
이런 말을 하였다. "귀한 보석이자 모든
덕성의 반석인 나에게 말을 해보라.   90

어디서 그게 왔느냐?" 내가 "그 무거운
이슬에서 왔으니, 이는 성령에 의해 떨어지고
신구약성서 양쪽을 통해 발산한 거로서

이런 관점이 삼단 논법으로[2] 나타나서
내 마음이 그 사실에 결론을 내어
다른 논쟁들이 무디고 둔해 보입니다."

---

1 베드로.
2 논쟁. 중세의 대학들이 삼단 논법 형식으로 수업.

그러자 들리길 "이런 전제들로 이끈 게
신구약이라는 굳은 결론 위로 왔는데
그게 어째 하나님 말씀이라고 생각하느냐?"

내가 "그 진리가 빛을 가져온 증거가   100
그 일들¹ 안의 본성이기에 뜨거운 쇠를 만들듯²
모루로 쳐선 결코 이를 수 없습니다."

그가 다시 말하길 "이런 일들이 일어난 걸
너는 어찌 믿어 그 책이 입증한 그분의 진리를
무엇으로 증거³하느냐?"

내 답하길 "세계가 기독교로 변함이
필요한 기적은 아닐지라도 모든 일보단
훨씬 더한 기적입니다.

당신이 한때 가난하게 굶주려 그 들판에
와서 심은 그 한 그루 포도나무가   110

---

1 삼위일체 신앙.
2 삼위일체 신앙은 강제로 만들어지지 않는다.
3 베드로가 단테에게 한 계통의 논쟁을 제안.

자라더니만 지금은 덤불로¹ 변했습니다."

이렇게 말을 마치자 높은 합창들을 하는데
"Te Deum"² 구체들의 이런 가락은
그곳에서만 들리는 노래다.

시험을 하던 그 영이 나를 인도하며
모든 가지들을 통하며 위로 올리더니
꼭대기 무성한 곳에 이르자

다시 시작하길 "너의 지성이 추구하게 한
그 사랑이 은혜로서 너의 입을 열어 말하게
도왔으니 이는 당연한 일이다.   120

나는 네가 말한 모두에 찬성한다.
그러나 지금 네가 무엇을 믿어 어떻게
너에게 왔는가를 설명해야만 한다."

"오, 거룩한 아버지여, 당신이 그리 굳게

---

1 초대 교회에 시작된 기독교 확산이 그 무엇보다 큰 기적.
2 "당신 주님을 우린 찬양합니다."라는 기쁨의 찬송.

믿은 걸 마침내 보려고 그 무덤에[1] 닿으러
젊은이보다 빨리 달린 당신이여."

그렇게 내가 시작하니 "당신이 나에게 쉬운
설명을 바라는데 이는 확실한 믿음의 본질과
또한 이의 기원을 선언하는 겁니다.

내 믿음은 오직 유일한 하나님을 향합니다,　　　　130
그분은 사랑으로 하늘을 지으시고 영원히
움직이지 않으시며 그들 모두를 움직이십니다.

이를 위한 증거가 많지 않고 오직 하나,
실제와 형이상학 또한 하늘에서
비처럼 내리는 그 진리가

모세, 시편, 예언자들 그리고 적어도
성경을 말씀해주는 거룩한 성령이신
당신들 사도들을 소생시킨 분입니다.

이런 세 분들을 나 또한 믿습니다. 영원한

---

[1] 요20:3-9, 그리스도 무덤에 요한보다 늦게 와서 먼저 들어감.

본질이며 진실로 한 분이며 세 분이시라   140
'단수'[1] 그리고 '복수'로 동등하게 쓰십니다.

성경이 한 번 이상 더 많은 이런 주안점을
맘속에 남겨 이가 내가 말한 신비한
사실을 더 깊이 생각하게 만들었습니다.

이가 원리로서 불꽃을 일으켜
화염으로 터져 퍼지는데
별 하나가 어둠을 밝히는 것과 같습니다."

기쁨의 말을 들은 주인처럼
팔을 뻗어 전달자를 둘러싸자,
그 전달자가 힘을 다물었으니   150

마지막 나의 말에 그가 날 축복하며 노래하여
세 겹 원에 내가 둘러싸였으니
말하라고 명한 그 사도의 빛에 의해서다.

내가 한 말에 그리도 그가 기뻐하였다!

---

1 거룩하신 삼위일체는 혼자이자 동시에 세 분이심.

25곡

제8천국 '항성 천국2'

단테가 '신곡'으로 피렌체 세례당에서 월계관 쓰는 소망 토로. 베드로 다음 빛이 야고보라고 베아트리체가 소개. 두 빛들이 서로 인사, 단테가 그들로 인해 눈부심, 야고보와 질의응답. 단테가 마지막 답을 요한계시록에서 인용. 더 눈부신 사도 요한이 나타남. 단테가 사도의 빛을 볼 수 없음은 그가 살았기에. 단테의 혼란은 요한의 빛도, 베아트리체도 안 보이기 때문.

만일 이런 일이 생긴다면 지난 수년간
나를 초췌하게 하는 하늘과 땅 양쪽에서
거룩한 이 시가 그 역할을 다하여

날 막는 증오심을 걷어냈으면 하는 거니
나 자신의 교회로[1] 내가 어린양처럼 자던 데서

---

1 그의 고향 피렌체, 그를 추방했다.

늑대 떼인[1] 적 하나가 전쟁을 일으켜

다른 목소리와[2] 다른 양털[3]을 갖게 된
내가 시인으로 돌아가 세례 받은 데서[4]
월계관을 쓸 수만 있다면

하나님께서 혼들에게 알리신 믿음에   10
내가 들어갔기에 그 믿음에 베드로가
왕관을[5] 이처럼 내게 둘러주어서다.

그 다음 일어난 건 같은 구체에서
빛 하나가 처음에[6] 이어 나오는데
그리스도께서 대리자로 남긴 사람.

내 숙녀가 기쁨에 차서 말하길
"봐라, 봐! 이분이 지상에서 갈리시아를

---

1 악의에 찬 피렌체 사람들.
2 보다 성숙해진 단테의 시.
3 그 자신 겉모습이 바뀌기보단 현명한 양으로 바뀌었단 표현.
4 피렌체의 세례당 건물.
5 천국 24곡 151-54 참조.
6 첫 교황 베드로.

방문했던[1] 성자다."

거북 비둘기 한 마리가 제짝에게 날아가
그들의 열정을 나타내려고 선회하며 20
속삭이는 그런 방식으로

이들 서로 각각 당당함을 내보였으니
영광의 왕자들이 다른 자들에게 환영받고
거기서 그들 축제의 음식을[2] 칭송한다.

그들의 축하가 끝났을 때
그들 둘 다 잠시 내 앞에서 조용히 쉬며
그리도 반짝여 내 시력을 압도했다.

베아트리체가 미소 짓고 말하길
"유명한 인생으로 우리 예배당을 관대히
보게[3] 하는 분이 높은 하늘에서 30

---

1 야고보.
2 하나님을 보는 영의 영양분.
3 베아트리체가 야고보를 언급.

소망을 다시 반사해서 보낸다.
너는 벌써 이 상징이 어떤가를 아는데
그리스도께서 큰 기쁨을[1] 세 번 보이신 때다."

"너의 머릴 들고 확신을 가져라.
죽어야 할 세상에서 왜 여길 온 건가.
우리들이 빛 안에 있음은 성숙해서다."

이런 위안이 둘째 불에서[2] 내게로 와서
내 눈을 이 언덕들[3] 위로 올리니 거기가
전에 나의 눈을 그리도 압도하던 데다.

"그분 은혜를 통해 네가 죽기 전에   40
그분의 가장 깊은 궁정에서 그분의 시종들과
대면함은 우리 황제의 뜻이니

이를 위해 넌 다시 한 번 이 궁정을 보고
네 자신과 다른 자들 모두가 의로운 사랑에

---

1 베드로, 야고보, 요한은 실제로 믿음, 소망, 자비의 상징
2 야고보.
3 두 사도들.

빠지도록 한 소망으로 너를 굳세게 해라.

이가 무언지, 어떻게 네 마음에 꽃을
피웠는지, 무엇에 네가 끌렸는지 말해라."
이는 둘째 빛이 다시 말한 거다.

나의 안내자로 이리 높은 데까지 날게끔
날개를 달아준 상냥한 숙녀가 내가   50
말하기 전에 그에게 답을 주었다.

"교회 전사인데 그보다 더한 소망을 소유한
자가 없고 우리 무리를 통해서 빛나는 분인
태양 안에서 이를 쓴 걸 볼 수 있습니다.

이가 그를 애급에서 예루살렘으로[1]
나오게 승인하여 싸우기를 다한 그의 날들이
오기 전에 이를 보게 하는 겁니다.

다른 두 개의 질문들은 당신들이
청한 게 아니나 그가 얼마나 많이

---
1 지구에서 추방의 장소인 하늘까지 사람의 진짜 고향.

당신들 덕성에 기쁜가를 말하니 60

내가 그를 떠나 그가 그들을 찾기 어렵고
그들이 그를 자랑할 수 없으니 그에게 답하여
하나님 은혜가 도움이 되게 해주십시오."

그들의 선생들과 함께하면서
당면한 시험을 잘 치를 수 있게
열성으로 준비하는 학생들처럼

내가 말하길 "소망은 미래에 있을 영광의
확실한 기대며 은혜의 장점이고
사전 행위로서 만들어집니다.

내 안내자로 이 빛의 많은 별들에서 온 70
내 마음에 이를 처음 부은 그가
최상의 하나님을 위한 최상의 가수[1]입니다.

'당신 안의 그들이 소망하길' 그런 한 구절을

---

1 다윗 왕, 시편 저자.

'누가 당신 이름을[1] 아는가,' 거기 나와 같은
믿음으로 하나님을 모르는 분이 계십니까?

그분의 순화로 인해 당신이 당신 서한에[2]
또다시 소망을 부어 내게 넘치게 하여
난 지금 당신 비를 다른 사람에게 내립니다."

내 말하는 동안 그 살아 있는 숨결에서
크게 불이 타며 떨리는 화염이 나와   80
빠르게 빛을 내더니 터지고 또 터졌다.

다음엔 숨을 쉬며 "내게 불붙은 사랑이
그 덕성을 추구하여 그 종려 가지를[3]
얻어서 벌판에서 한 번 쉬기까지

위대한 소망으로 오래 산 너에게
내 숨 쉬어 뜻한 바는 지금 내 기쁨이니
너는 소망이 약속한 게 무언지 설명해라."

---

1 라틴어로 시편 9:11의 번역.
2 야고보서의 일반 서한들.
3 죽는 것, 하늘에서 그의 자리를 이겨서 갖는 것.

내 말하길 "성서인 구약과 신약으로
하나님께 친한 혼들을 목표로 세웠고
이는 내게 소망으로 약속한 겁니다.　　　　　　　　90

이사야가 말하길 선택된 각자가 그의 고향
땅에[1] 두 겹의 옷들을 가지리라 했으니
고향 땅이 우리들의[2] 이 달콤한 땅입니다.

당신 형제들[3] 곁에서 자세히 표현했으니
그분은 그 하얀 옷들을[4] 말씀하실 때
이 계시를 수행하셨습니다."

이런 말들을 말한 즉시
"Sperent in te"[5] 라고 위에서 울리며
회전하는 구체들이 모두 화답하였다.

그들에게서 그처럼 밝은 빛이 타는데　　　　　　100

1　이사야 61:7 "그들의 땅에서 두 배를 소유하리니: 영원한 기쁨…"
2　천국.
3　요한.
4　계7:9 "셀 수 없는 큰 무리가 흰 옷 입고 어린양과 그 보좌 앞".
5　"그들이 당신 안에서 소망하길"(라틴어).

이는 마치 별들 같아 게자리로 보이며
겨울이 끝없는 낮의[1] 한 달을 자랑하는 듯하다.

처녀좌가 길을 좇아 떠오를 때처럼
그 춤은 헛되지 않아 나쁘든 좋든
그녀 행위로 신부를 영예롭게 하니

바로 그런 밝은 영광의 움직임을 보니
다른 둘을 향해 그들이 리듬으로 춤추길
열렬한 사랑에 가장 어울리는 춤이다.

그가 노래하고 춤추는 속으로 들어가니
나의 숙녀가 그들을 지켜보는 동안   110
새 신부마냥 조용하여 움직임이 없다.

"이는 우리의 펠리컨[2] 그리스도 품에
기댄 자로서 십자가 상 위에서

---

1 12월 21일과 1월 21일 사이에 게자리는 동쪽에서 서쪽으로 진다. 만일 게자리 안에 요한을 나타내는 이 빛처럼 밝은 별이 있다면, 그 달 동안은 낮이 계속되리란 믿음의 기쁨 비유.
2 요한13:23 "예수가 사랑하신 자가 그의 품에 기대었는데." 펠리컨은 새끼들이 위급하면 자신 피를 먹여 살리기에 그리스도 상징.

가장 큰 신뢰를 내렸던[1] 그 사람이다."

내 숙녀가 그렇게 말하며 전보다
더욱 그들의 확고부동한 의도에서
눈을 떼지 않고 주시했다.

부분 일식 때 해를 보려고 눈을
가늘게 뜨고 긴장하는 사람처럼, 열심히
힘들게 보고 나면 장님처럼 되듯   120

이 마지막 불 앞에서 이런 말들이
들려오기까지니, "왜 너는 거기에 없는
무언가를 보려고 애써 깜박이느냐?

내 몸은 지구 흙 속의 모든 다른 자들과
그 영원한 계획에서[2] 우리 모두 그리는
수가 충만하기까지 남으리라.

---

1 요한 19:25-27 "예수의 십자가 곁에 그의 어머니가 섰으니…
2 그의 몸은 마지막 날에 그의 혼과 합칠 것이며 구원받을 모든 자들이 구원될 때다.

그 두 겹 옷으로[1] 축복받은 수도원에서
오직 이렇게 단둘의 빛만 올라온[2] 자들이니
이를 네 항성에 필히 네가 보고해야만 한다."

이런 섬광을 발하는 빛이 마치자   130
그들이 삼중창의 소리로[3] 내는
아름다운 화음의 춤추기도 끝나서

노 젓는 사람들이 몰아치는 물결 속에
위험과 두려움을 제압하는 키잡이의
호각에 다 함께 집중하듯 했다.

그때 내게 덮친 혼란이란!
베아트리체를 보려고 돌아보나
지상의 희열인[4] 그녀를 볼 수 없었으니

그녀가 그리 옆에 있었음에도!"

---

1 두 겹의 옷이란 몸과 혼.
2 그리스도와 마리아. 천국 23곡 118-20.
3 베드로 야고보 요한.
4 단테가 요한의 빛으로 눈이 보이지 않게 되었다(118-23).

26곡

제8천국 '항성 천국3'

요한이 단테의 실명이 일시하며 베아트리체가 나중에 고친다, 설명. 단테가 그에게 답할 교리 문답 생각. 요한과 다시 베드로와 비슷한 대화. 하나님 지식이란 믿음의 근원이 인간 이성을 단련시키는 철학과 성서에서 왔노라고 단테가 응답. 이에 항성천의 혼들이 천둥소리로 단테 찬양. 놀라는 단테, 베아트리체가 시력 회복케 함. 단테에게 네 번째 빛이 보임. 아담의 빛. 한창 때의 성인으로 창조된 인류의 시조, 아담이 단테가 묻지도 않은 질문들에 답을 해줌.

내가 시력을 잃어 한참 근심하며
서 있는 동안 불을 껐던 그 화염이[1]
한숨을 내쉬며 내 주의를 끌더니

말하길 "네가 나를 응시함으로 다 쓴
시력을 되찾으려면 이야길 함으로써

---

1 요한.

이를 상쇄하게 되리라.

시작해라. 너의 혼이 갈망한 끝이 무언가
말을 하면서 기억해라. 지금 이 눈부심이
영원한 장님이 되는 건 아니라는 점을.

하나님의 이 나라를 통과하게 널 인도하는 10
그 숙녀는 아나니아가 그 손에[1] 사용한
능력을 그녀의 눈 속에 지니고 있다."

내가 "그녀의 선한 기쁨이 빠르건 늦건
이런 내 눈에 닿으면 그녀가 들어간 문들의
늘 타는[2] 불을 나에게 가져와 안도합니다.

그토록 만족해서 이 궁정을 지키는 그 선이
모든 걸 쓰신 처음과 끝이라 그 사랑을
낮고 큰 목소리로[3] 읽게 나를 이끕니다."

---

1 아나니아스, 그리스도 신봉자로 바울의 시력 회복(행9:17).
2 천국 하늘들로 오를 때마다 빛이 점차 강해지는 그녀 눈동자를 통해 천국을 여행한다는 단테의 자부심의 묘사.
3 성서의 모든 말씀들이 귀에 쟁쟁했다는 묘사.

갑작스런 번쩍임에 생긴 내 맘의 두려움을
일소한 바로 그 목소리가[1] 지금 내 맘을   20
다시 논술로 돌아서게 해주었다.

그가 내게 "넌 아주 정교한 논리로 말해야
하니, 너로 하여금 그런 표식을 향해 네 활을
당기게 한 목표가 무언지 선언해야만 한다."

내가 답하길 "이성과 철학
그리고 성서에서 여기까지 내려 보낸
그 권위가 내 안에서 사랑을 새겼으며

선을 위하여 아직까지 이해하는
선처럼 사랑의 불을 붙이고 불을 켜서
한 층 한 층 선을 더 쌓아갑니다.   30

그러므로 이런 능력을 지닌 그 본질
밖에선 무슨 선을 찾을지라도 이는
이 빛에서 반사한 따름일 뿐이라서

---

[1] 사도 요한에 대해.

어느 다른 본질보다 더 한층 그 마음을
이 논쟁의 기본으로 한 진리를 구별하는
사랑에서 감동을 하게 합니다.

내 마음을 잡도록 도운 진리는 모두 영원한
모든 물체들에게[1] 원초의 사랑이라고
설명하는 그분에[2] 의한 겁니다.

나를 위해 이런 특허를 만든 참 저자가   40
모세에게 전하고자 그분 자신이 말씀하신
'내 모든 선함이 네 앞을 지나가게 하리니.'[3]

당신 또한 이를 당신 스스로 소개[4]하였기에
이런 신비를 선언할 때 여기나 저 아래나
다른 모든 선언을 뛰어넘는 겁니다."

그때 들리길 "인간 지성의 결론 그리고

---

1 천사들과 사람들.
2 아리스토텔레스. 철학은 인간 지식 최고 경지나, 하나님 신성에 무지. 단테가 철학과 성서 고찰로 나온 신앙 깊이를 사도 요한에게 보고.
3 출33:19. 모세가 하나님을 뵙겠다고 시나이 산에서 고집하자, 그를 바위틈에 숨기시고 하나님께서 지나시며 그 소리만 듣게 하심. 단테도 모세와 같은 열성이라는 응답.
4 요한복음에 소개한 구절들(요1:1-14).

모든 권위가 그에 동의하는 너의 사랑들의
최상을 하나님께로만 고정하였구나."

그래도 만일 네게 그분께 너를 끌어들인
또 다른 밧줄들이 있다면 이 사랑이 얼마나   50
많이 너에게 날을 세웠는지도 설명하여라."

그리스도의 독수리[1] 의미는 감춘 게 아니라서
거룩한 목적을 내가 쉽게 인지하니
나의 선언과 함께하길 원하기 때문이다.

내가 "날 선 이빨들 모두가 나를 물어뜯어
그 힘이 하나님께 향해 내 마음을 돌리게
나의 사랑을 자극하여 묶었기에

세상의 본성과 나의 그러할 죽음을
그분께서 견디셨기에 나도 살아야 했으며[2]
모든 믿는 자들 소망이자 나 자신의 것인   60

---

1 독수리가 사도 요한의 일반적인 상징.
2 단테 자신의 고난이 죽을 만큼 견디기 괴로웠다는 고백.

앞서 말한 생생한 지각으로[1] 그 비틀린
사랑의[2] 바다에서 나를 끌어내다가
그 정의의 바닷가에 놓아주셨습니다.

영원한 정원사 정원에 남긴
잎사귀들이[3] 그분께서 주신 그 선을 좇아
나의 사랑을 유도합니다."

내가 침묵하자 모든 하늘들이 지체 없이
한 찬양으로 반향하며 다른 자들처럼
내 숙녀도 찬송하니 "거룩! 거룩! 거룩!"

날카로운 빛이 졸린 자를 일으켜 세우듯
선명한 영들이 그 영광으로 달리는데
모든 눈들의[4] 점막을 통하여 오니까

깨어난 그가 아직 꽤 눈부신 채로
갑작스런 시력이 아직 거의 조금뿐이라서

---

1 신앙 열성이 지옥, 연옥, 천국을 여행하게 한다는 깨우침.
2 세상 과욕이 부른 단테의 추방이 비틀린 사랑, 이로써 단테가 살길을 찾음.
3 신앙에 살던 인물들을, 하나님 정원의 나무와 나뭇잎, 새로 묘사.
4 단테 시력 되찾아, 항성천 혼들의 빛이 달리는 듯 보인다는 뜻.

그 판관이 그를 서둘러 돕기까지 했으니

베아트리체가 내 눈에서 모든 비늘을
없애길 그녀의 눈에서 오는 빛으로써 하는데,
그 광채가 일천 마일 밖까지 달한다.

이가 나를 전보다 훨씬 더 잘 보게 하여
다소 망연해진 내가 물었으니 거기   80
네 번째 빛이 보인다고 한 거다.

내 숙녀가 "그 영광 안에서 그분의
피조물을 사랑하신 하나님께서 일찍이
창조하신 모든 혼들의 첫 번째다."

꼭대기로 지나가는 바람 아래서 구부려
복종하던 나무가 다음엔 그 자신의
본성으로 이를 다시 들어 올리듯이

그리도 잠시 그녀가 한 말이 흥미로워서
내 자신을 찾자마자 말하고자 하는
불타는 갈망이 다시 돌아왔다.   90

내가 "오, 오직 성숙해서[1] 태어난 분이여.
오, 고대의 아버지여, 모든 신부들이
딸이자 며느리[2]인 한 분이시여.

내 가장 깊은 전념이 갈망하니 당신이
내 소원들을 아시니 그들이 말하지 않은 걸
빨리 당신께 듣고 싶으니 말해 주십시오."

때로 덮개에 싸인 동물이 모든 충격이
가시기까진 벌벌 떠는 움직임이
그 덮개 아래선 두 배나 되듯

그처럼 그의 빛의 덮개 아래서   100
그 원초의 혼이 득의만면한 그런 기쁨을
내게 주려고 거기 온 것임을 분명히 했다.

그가 숨을 쉬더니 "그들이 네게 표현하지
않았더라도 네가 무엇을 가장 의식하고

---

1   한창 때의 성인으로 창조하신 아담의 모습을 단테가 상상한 묘사. 이를 미켈란젤로가 시스틴 성당 천장화 「천지창조」로 남김.
2   온 인류의 조상이란 단테의 시적 표현. 이브의 창조 묘사.

바라는가를 너보다 더 잘 아는데

왜냐하면 진실의 거울이 그 모든 걸
반사함을 내가 보기 때문이나 그 분의
완전함을 늘 반영하진 못하기 때문이다.

너는 광대한 시간의 확장을 알기 원하니
하나님께서 높은 정원에[1] 날 두신 때부터   110
긴 장정을[2] 위해 널 그녀가[3] 데려오기까지다.

내가 기뻐했던 그 정원에서 그 큰 분노의
정황까지 얼마나 있었는가와 내가 창조한
언어가 무언가 하는 거다.

아들아 이 긴 추방의 원인이 그 열매 맛을 본
자체가 아니라 오로지 그 정해진 한계를
벗어나는 주제를 넘은 데 있다.

---

1 에덴은 인류 위해 하나님 지으신 지구의 한 동산, 금단의 과일 먹고 쫓겨남은 천상의 추락 비유. 이를 단테가 연옥의 지상천국으로 설정.
2 지옥, 연옥, 천국 여행 기억을 되돌려서 기록해야 하는 긴 여정.
3 베아트리체와 함께 하늘의 모든 항성들을 통과하는 여정.

태양은 내가 이런 사랑의 회중을[1] 갈망할
동안 (버질과 같이 베아트리체가 오기까지)[2]
사천삼백이 년을 공전했다고[3] 기술한다.   120

나는 해가 그 길을 지나가는 걸,
12궁도가 구백 번과 서른 번이나
도는 걸 지상에[4] 있는 동안 보았다.

내가 쓰던 그 언어가 아주 탕진한 건
님로드 사람들이 결코 완성할 수 없던[5]
그 작업을 수행하던 때다.

뭐든 단순한 이유 없이 내는 게 없으니
우리 인간이 별들을[6] 따라 줏대 없이
좋아하는 게 영원할 수 있기 때문이다.

---

1 사후에 선한 영혼의 혼들이 모인 천국에 속하기를 갈망한 회중.
2 메시아 사건 이전의 선한 죽은 사람들이 예수의 십자가 수난으로 지옥에서 승천한 기록을 아담이 증언(마27:50-53).
3 그리스도 오시기 전에 아담은 림보에 4,302년간 있었다는 계산.
4 아담은 지상에서 930세를 살았다(창5:4)고 하니 자녀를 셀 수 없이 많이 낳았다는 상상이 가능하다.
5 바벨탑(창11:1-9) 건축은 전통적으로 님로드(지옥 31곡 40-81)가 협조했기 때문이라 상상. 그들이 거인족이라니, 힘도 세서 탑 건축 속도 놀라웠을 가능성.
6 점성술로서 사람들이 태어난 별자리로 점치는 관습, 아담이 질책.

말하는 게 사람에겐 자연스러우니   130
이 언어를 하건 저 언어를 하건 무엇이
좋은가를 너는 결코 떠나선 안 된다.

내가 그 비참[1] 속으로 내려가기 전에
야Jah는 지상에서 위대한 선의 이름이었고
그분께서 지금 이 기쁨으로 나를 두르신다.

후에 그분께서 엘El로 불리신 건 정당한데
사람의 관습이 거의 가지 위의 나뭇잎 같이
하나가 가면 다른 게 오기[2] 마련이다.

그 소용돌이가 일어난 그 높은 산에서[3]
나는 흠 없이 불순한[4] 인생을 그 모든   140
첫 시간에서 그에 따른 해가 사분면으로[5]

변하기까지 여섯 시간을 살았다."

---

1 아담이 죽어서 머물던 지하의 지옥 상황.
2 야Jah와 엘티, 하나님을 위한 히브리어 지칭, 존칭을 달리하는 관습부터 하나님 섬기는 진실한 바른 길에서 살지 아니하였다는 비판.
3 에덴동산의 삶을 아름다운 산 위로 묘사, 지상천국이란 명칭 생김.
4 에넨농산에 아담과 이브가 살았던 기간.
5 해의 지구 공전은 360도, 90도면 하루의 4분의 1이란 상상.

27곡

제9천국 '원동 천국 진입'

온 항성천이 영광이라 노래하여 단테가 음악에 황홀해짐. 베드로가 다시 오는데 강렬히 빛나 붉게 보인다. 베드로가 교황 정치의 부패 한탄. 교황권 타락이 세속 정치와 결탁 때문이라고, 금전 위주 교회 거래 흥성에 맹분. 그가 단테에게 자신에게 들은 모든 걸 확실히 전하라고 당부. 다음에 모든 혼들이 지고천 향해 오름. 다시 베아트리체를 보니, 그녀가 주는 미소로 단테가 원동천인 아홉째 하늘에 오른 걸 인식. 베아트리체가 이 항성이 움직여서 모든 걸 지키며, 인간의 시간과 계절을 제공한다며, 하나님의 마음이 존재하는 천국이라고 설명.

"아버지와 아들과 성령께 영광을!"
천국의 모두가 그렇게 노래하는 바람에
노래의 달콤함에 몰두하였다.

보니까 온 우주가 거의 미소를
짓는 듯이 나타나 그 황홀함이

귀와 눈으로 다 들어온다.

오, 의기양양! 황송한 행복감!
오, 사랑과 평화가 꽉 찬 완전한 인생!
오, 비할 바 없이 열망할 값진 재산이여!

눈앞에 네 번째 횃불이[1] 빛나는데   10
그가 처음에 나를 향해 오면서
점차 커지는 빛으로 반짝이기 시작해

그 변하는 빛의 모양을 짐작컨대
목성 같기도 하여 목성과 화성이
새처럼 깃털을[2] 교환키로 한 듯하다.

지금은 섭리가 천국의 모든 직위들과
시간들을 정해서 복 받은 합창이
주변에 침묵을 부과하는 중인데

내가 듣길 "내가 후광을 바꾼 게

---

1 세 사도들과 아담.
2 온화한 목성이 화성의 붉은 색인 분노로 바뀌는가 생각 중.

놀라운 건 아니다. 왜냐하면 내 말할 때   20
이들 모두가 변하는 걸 또 볼 테니까.

지금 지구에서[1] 차지한 나의 자리가
그 지구의 내 자리가 거기라고 하지만
하나님 자신의 아드님 시선에선 비어 있다.[2]

내 무덤에다[3] 쓰레기 구덩일 만들어서
피와 더러운 게 넘쳐 이가 반원 속 수준이라[4]
거기 떨어지는 자를 그 아래서 보면 즐거우리."

이에 반향해서 천국의 빛들이 하나같이[5]
아침과 저녁때에 햇빛을 마주한
구름들처럼 색깔을 칠하였다.   30

한 숙녀가 자신이 확실히 정결하지만
그저 다른 자의 잘못을 듣기만 하고도

---

1 로마 교황청 교황자리 비유.
2 하나님 시선엔 그 자리 없는 거나 마찬가지, 제구실 못 하기에.
3 기독교는 초대 교회 신자들 순교가 바탕이라고 베드로가 강조.
4 베드로 무덤 위에 교황청이 뿌린 부패 타락상을 베드로가 맹타.
5 항성 천국의 야고보. 요한, 아담 외에 다른 혼들이 베드로 질책에 큰 동감으로 동조를 표시함.

곤혹스러워하듯이

베아트리체의 모습도 그리 변하였으니
천국에 이런 일식이 있던 게 틀림없는데
전능한 분께서 고통 받으신[1] 그날이었다.

그의 말이 계속했으나 전과 달랐고
목소리가 너무도 변했지만
외관이 더 많이 변하지는 않은 듯했다.

"그리스도의[2] 신부가 나의 라이너스의   40
클레투스[3]의 피로 데려 온 거라서
황금을 얻기에는 즐거워하지 않았다.

오히려 이런 행복한 인생을 얻고자
식스투스, 피우스, 우르반, 칼릭스투스[4].
그들은 온갖 눈물겨운 투쟁 끝에 순교하였다.

---

1 그리스도께서 겪으신 십자가 수난.
2 그리스도와 교회의 관계 숙고 요청.
3 기독교 초기 1세기의 교황.
4 기독교 초기 2, 3세기의 순교한 교황들.

우리 승계자들이 이런 걸 목적한 게 아닌데
오른쪽엔 그리스도의 사람들이 앉게 하고
왼쪽엔 다른 부분 자리로[1] 남긴 것이 아니다.

내가[2] 맡은 그 열쇠들을 증오 속에서[3]
세례자들끼리 맞서게 하는 기준의 상징으로   50
돌리라고 하지도 않았으며

사고파는[4] 특전들에 의지하라고
그 인장 도장을 만들라고 한 일도 없기에
그런 철면피에 수치와 분노로 내가 붉어진다.

여기 위에선 모든 초장들이 내려다보여서
옷을 양치기마냥 걸친 그 난폭한 늑대들에게
하나님께서 복수를 벼르시는데 왜 너흰 잠들어 있느냐?

---

1 하나님의 자비를 베풀기가 베드로 자리 왼쪽에서 할 일인데, 부패 청탁, 금권 정치만 몰두하는 자리로 전락했다고 교황직의 맹타.
2 천국과 지옥의 열쇠. 연옥 24곡 35 참조.
3 교황 보니파스 8세의 바르지 못한 처신 질책. 지옥27곡 85-93 참조.
4 성직 거래를 금전으로써.

카홀스와 카스코니[1] 그 남자들이 우리 피를
마시러 준비하니, 오, 이런 선한 시작이
이 무슨 악행으로 종국을 맞을 셈이냐! 60

로마를[2] 위해 세계에 알려진 스키피오를
구하러 왔던 그 높은 섭리가 곧 우리를
도우러 올 걸 나는 믿는다.

육신의 짐을[3] 가진 너, 내 아들아,
다시 아래로 내려가면 네 입을 열어라.
내가 숨기지 않았으니 너도 숨기지 말라."

그때에 우리 대기에서 비가 내리듯이
하늘에서 염소가 뿔로[4] 해를 건드린 듯이
얼어붙은 수증기가 가루로서 내리듯이

나에겐 양쪽 다 그런 장식으로 보였으며 70

---

1 요한 22세와 클레멘트 5세의 사채업 문서, 사채업 유명한 지명.
2 B.C. 202년 스키피오 아프리카누스가 한니발을 쳐부수어, 로마 주권을 안전케 하여, 후에 로마 제국 황제와 교황의 자리가 되었다.
3 그의 육신.
4 겨울의 한가운데.

그 승리의 수증기가 눈처럼 위로 올라가는데
잠시 우리와 함께 머무르던[1] 그분들이었다.

이윽고 내 눈이 그들 모습을 좇기엔
더 이상 닿을 수 없는
그런 먼 거리로 올라갔다.

나의 숙녀가 그만 보라며 말하길
"네 눈을 좀 아래로 낮추어
얼마나 멀리 돌아왔는가를 보라."

내 여행한 걸 보니 처음에[2] 내려간
그 시간부터 반원 속의 그 모든 길,   80
중간 지점부터 그 첫 나라의[3] 그 끝까지

나는 카디즈를 넘은 그 미친 율리시즈[4]의
모험인 동쪽 해안도 보고

---

1 여덟째 항성인 항성천에서 부상하는 혼들로서 그들이 지고천으로 부상.
2 지옥 1곡에서 지옥 여행을 시작한 그곳.
3 단테가 북반구 지상, 예루살렘에서 지하로 지옥 중심 제9지옥까지 내려가는, 즉 둥근 지구의 반원의 핵심으로 들어가는 지옥 여행 묘사.
4 반원 남반구인 연옥으로 나와 반원인 남반구 정상인 지상천국에서 지구를 떠나서 천국 여행하는 과정 묘사.

유로파가 귀한 짐[1]이던 해안도 봤다.

나는 우리의 타작 마루를[2] 모두 보려
했으나 해가 내 발 아래로 간 게
신호보다[3] 더 빨리 나를 떼어났다.

내 숙녀를 향한 불타는 마음이
항상 더해가서 일찍이 어느 때보다
더 눈을 그녀에게 집중하였다.　　　　　　　　　　90

일찍이 지어진 모든 예술과 자연이 목장처럼
눈을 잡아끌며 마음을 그리도 매혹케 하는
육신이나 숨이 멎는 경치도 한결같지만

그녀의 웃는 얼굴을 보려고
돌아보았을 때 비친 그 거룩한
기쁨에는 비할 바가 아니었다.

1　페니키아 해안은 주피터가 황소로 가장, 유로파 납치했던 장소. 지금의 시리아 연안.
2　단테가 지나온 지옥과 연옥의 장소이자 지상. 비행기도 없던 시대에 독자들이 상상해 보게 이끈 대단한 환상의 묘사.
3　캄캄하게 어두워져 안 보였다는 표현. 지구가 공전하고 단테도 베아트리체와 공전하는 행성들을 여행하기에.

그녀의 미소로 허락받은 내가 그 권능에 힘입어
레다의[1] 사랑스런 둥지로부터 낚여서 나간 듯
가장 빠른 항성[2]에 나를 올려서 넣었다.

이 모두가 너무 생생하고 너무 높아서   100
한결같은 그녀가 나를 위한 자리로서
어느 부분을 선택했는가는 모른다.

나의 소원을 분명히 보는 그녀가
기쁜 미소로 말을 하는데 하나님께서
그녀 얼굴을 기뻐하신 듯이 보였다.

"우주의 본성이 중심을[3] 잡고서
그 주변을 회전하게 하는데
여기가 그 모두의 거점이다.

이 하늘보다 더한 덴 어디에도 없고
하나님 마음이 이를 돌리는 사랑과   110

---

1 백조 레다를 사랑한 그리스 주신 주피터가 백조로 변해서 영문 모른 레다처럼, 단테도 최상의 은혜로서 천국 여행한다는 자부심.
2 원동천, 또는 수정천이란 명칭.
3 지고천의 하나님 품성을 받은 원동천이 우주를 돌린다는 묘사.

이를 내리는 힘[1] 양쪽에 불을 켜신다.

빛과 사랑이 둘러싸여 회전하는 만큼
이를 둘러싼 나머지도 회전하니 이 지극한 원리는
오직 유일한 그분만 이해하신다.

그분의 움직임은 아무도 측정하지 못하지만
그분께서 다른 모두의 움직임을 측정하시며
다섯의 두 곱이 열[2]인 듯이 일을 하신다.

그 그릇 속의 뿌리가 시간이 가면
그 잎사귀들을[3] 어떻게 피우는지 보이듯이
이는 결국 네가 수행해야 할 일이다.   120

오, 사람을 삼키는 탐욕이여!
그들을 그리도 깊이 삼켜서 그 바다 표면
위로 그 누구도 눈을 떠올리지 않는구나!

---

1 원동천이 받은 하나님 빛과 사랑, 두 가지. 그 하나인 빛은 그가 받은 하나님 품성의 기쁜 반영, 다른 하나는 이 빛의 기쁨인 사랑을 혼자가 아닌 전 행성들에게 내리게 한다고.
2 이 빛과 사랑을 받는 기쁨이 그 받은 만큼 같은 빛과 사랑을 베풀고 퍼트리게 하는 힘.
3 기독교 전도 효과가 다름을 언급. 열매가 좋으면 좋은 전도 효과.

거기서 꽃피려는 의지가 의심할 바 없으니
그땐 그 영원한 비가 내리기 시작해 자두 열매
대신 피부가 부풀어 오르게 변화할 거다.

신앙과 고결함이 오직 아주 어린 아이들에게만
주어지는데 그 두 가지 모두 다 두 뺨들이
늘어지는 신호가 오기 전에 사라지고 만다.

하나는 옹알거리는 아기일 동안만 꿋꿋하다.   130
나중에 성인이 되어 수다스러울 때엔
금식을 어기고[1] 축제조차 때때로 한다.

여전히 옹알대며 친애하는 모친에게 조심스런
사랑의 행동을 하면서도 한편 그녀의 죽음을
보려는 큰 열망에서 그리한다.

마찬가지로 우리 창백한 피부가 빛에
노출하면 검게 변하듯이 그의 자손이[2]

---

1 교회가 정한 시간인 금식과 절제 지키기도 하지 않는다.
2 햇빛에 과다 노출되면 피해를 입듯이, 신앙의 과도한 열성도 악의 열매 맺는다는 베드로의 중대 언급.

저녁에 떠나서 아침을 가져오게 한다.

지금 너는 이에 어떤 의심도 갖지 않은 걸
기억해라. 거기 지구엔[1] 통치자가 없음도.　　　　140
그래서 인류 가족이 방황해야만 하는 걸.

아직 백 번째의 하루가 지나기 전에
지상에서 무시한 야누스가 겨울[2] 밖으로 나와
이런 위의 구체들이 이런 빛을 내리쏠 터이니

우릴 위해 그리 오래 기다린 그 폭풍이
뱃머리들을 지금 있는 데서 선미를 돌려
전 함대가 진로 안으로 돌아올 터이니

참열매란 꽃 핀 다음에 맺을 거다."[3]

1　자격도 양심도 없는 수많은 교황들을 저격하는 베드로의 언급
2　전쟁과 평화 양면 지닌 야누스 신처럼 변덕스런 당시 교황 질타.
3　지상의 잘못들에 대해 하늘의 징벌이 다가온다는 예고.

28곡

제9천국 '원동 천국1'

  베아트리체가 기독교계 회복을 예언, 단테가 그녀 눈에 반사되는 빛의 밝음이 작열하는 한 점을 본다. 그 주위를 한 원이 도는데 원동천보다 빠르다. 원동천과 여덟의 구체들도 그 한 밝은 빛을 돈다. 중심에 가장 가까운 원이 가장 밝고 중심에서 멀수록 밝기가 덜해진다. 단테가 황당하니 우주 중심이라는 지구가 거기서 가장 멀고 느려서다. 단테가 하나님 본질이 우주와 사물의 법들에 얽매이지 않는다는 진실을 깨닫자, 모든 구체들이 수백만 불꽃을 방출하며 호산나로 찬양.

모든 비참 속에서 나의 인간이란
위치가 거부당할 때 그녀가 내 마음을
천국에 들어가도록 열었으니

이런 생각들이 들기 전에
뒤에서 빛이 비치어 돌아서니,
거울에 비친 촛불을 본 사람처럼.

거울이 진리를 말하는지 아닌지를
알리려는 응답으로
음악의 선율인 노래로 하는데

그런 기억이 말을 하게 하여   10
내가 이런 밝은 눈들을 보았기에
이로써 사로잡힌 사랑에 내가 엮였다.

내가 둘러볼 때 눈에 들어온 건
공전하는 구체 속에 무언가 나타나
이에 누구나 그 눈이 사로잡힐 터라서

빛을 발사하는 한 지점이 보이기에
이를 가까이 하고자 눈을 거기에
열중하니 명민해져

인간의 눈으로 보이는 가장 작은 별이
모든 별들을 하늘에서 모을 때는   20
그 별의 크기가 달만 해질 수 있다.

그때 거기서 분명 멀지 않은 데서

수증기가 가장 심할 때 이를 취한

그 별[1] 주변의 후광보다 더하게

그 지점 둘레에 불타는 한 원이 구르는데

너무 빨라 그 바깥 줄이 가장 빠른

동력으로[2] 우리 우주 세계를 돈다.

또 다른 원이 그 첫째 주변을 돌고

그 다음에 세 번째 그리고 네 번째 다음에

다섯째 여섯째 원도 마지막이 아니다.   30

일곱째가 그 다음을 따라 그렇게 확장하며

그 주노의 전달자가[3] 심지어 완전해도

이를 품기에는 아직은 더 좁을 수 있다.

여덟째 아홉째가 있으며 각각이

그 바로 앞의 것보단 더디 움직이는데

첫 번에서 멀어질수록 그러하다.

---

1 달.
2 원동천의 빛의 능력.
3 이리스로 무지개 상징. 무지개가 하늘에 그리는 둥근 호가 원 전체의 일부이듯, 단테가 보는 천국의 이치 또한 그렇다는 묘사.

그 화염이 가장 맑은 빛을 내는데
그 완전한 불꽃에서 가장 가까운 거리니까
이가 진실에선 가장 가깝다는 생각이 든다.

나의 숙녀가 내 깊은 억측과 의구심을   40
바라보다가 말하길 "그 지점에서
그 하늘들과 자연 전체를 좌우한다.

그에 가장 가까운 원을 보면 그 원의
움직임이 그리 빠른 건 이를 관통하는
타오르는 사랑을 통해서임을 알 수 있다."

내가 그녀에게 "우주가 내가 보는 대로
이 바퀴들의 순서와 동일하다면
당신의 말에 만족할 텐데

우리가 오로지 관찰한 우주에선
그 구체들이 그들이 도는[1] 중심에서   50
멀수록 더 거룩합니다.

---

[1] 지구에서 가장 가까운 달이 가장 느리고, 지구에서 가장 먼 원동천이 가장 빠르다. 이는 당시의 천동설을 비웃는 논리라서 놀랍다. 하나님의 빛과 천동설인 과학과 신학을 비유 풍자.

지식을 위한 내 소망이 이런 놀라움과
천사의 신전이 지닌 유일한 경계인
사랑과 빛을 만날 수만 있다면!

내가 좀 더 듣고 싶으니 그 반사 양식이
원본과 다른 이유를 옳게 설명해 주시오.
답을 얻고자 헛된 숙고로 허비 않게."

"지금 네 손가락들이 이런 매듭 풀기에
익숙하지 않음에 놀랄 건 없으니 부족한
노력은 할수록 곤경에 빠질 테니까!" 60

내 숙녀가 덧붙이길 "내가
말한 걸 네가 지니면 만족하리니
거듭 생각해서 너의 재치를 단련해라.

구체들 실체가 어떤 건 크고 어떤 건 적으니
이는 그들 모두를 통하면서 점점 커지거나
점점 적어지는 덕성으로 분배된다.

그 선함의 영향을 받으면 받아들인

각 실체들 부분이 각기 이루어내는
결과로서 다르게 나타난다.

그 우주의 나머지를 같이 휩쓰는 가장 큰　　　　　　　70
구체가[1] 그 원에 응답해야만 하니
그 최상을 알기에 가장 사랑하는 데다.

지금 이런 실체들 안에 내재한 덕성을
깊이 고려해라. 그들을 단지 구체들로만
보지 않도록 네가 힘써라.

그러면 네가 놀라운 조화를 보리니
각각의 하늘 안에 있는 지성이[2]
어떤 건 크고, 어떤 건 적다는 거다."

지금 반구를 떠난 공기가 고요하고
밝은 듯이 북풍이[3] 그의 뺨[4]에서　　　　　　　　　　80
더 부드러운 바람을 불어낼 때면

1　원동천.
2　이를 움직이는 천사들의 질서.
3　북풍.
4　북동쪽부터 봄바람이 온다는 뜻. 천국의 진리를 이해하기 시작한다는 묘사.

처음에 이를 가로막던 구름이 흩어져
마침내 하늘의 모든 아름다움이 드러나면
그 명료함에 기뻐서 하늘이 웃는다.

나에게 즉시 그 숙녀의 답이 주어진 건
그녀의 명쾌한 응답이 하늘의 별처럼
정확한 진실이기 때문이다.

그녀의 말이 내 속에 자리 잡기 무섭게
녹은 금속이 불티를 튀기듯이
그 반지들이 앞서서 불꽃을 내기 시작했다. 90

각각의 불꽃이 그들 화염[1]으로 둥글고
많아서 수백만이 달리면서 장기판에
두 배를 둔 것[2]보다 더 많이 늘어났다.

호산나 합창이 이어지기에 노랠 들어보니
항성천이 그들을 취한 데로서

---

1 단테가 베아트리체 설명에 원동천 이해, 그들의 기쁨 표현.
2 장기판 발명자가 왕에게 보상으로 곡물을 달라고 청한 우화. 장기 둘 때 상대와 첫판 때, 각자 판 위에 두 배수를 두면(1+2+4… 등, 기하학순), 마지막 판은 수천의 수천만으로 증가.

그들이 항상 있길 뜻한 데라고 한다.

내 안의 불확실성을 살핀 그녀가 말하길
"그 가장 가까운 원들이 너에겐 세라핌과
케루빔으로 나타난다.

중점 추적을 그런 원정으로 좇으며   100
그분을 닮고자 대단히 힘썼기에
그들 모습이 숭고함을 지닌다.

이럼으로 왕좌들을 아는 다음 주변의 원을
사랑하며 하나님의 심판을 품은 그들이
끝까지 본래의 삼인조에게로¹ 데려온다.

그러니 네가 알아야 할 건 그들 모두 측면
영상으로 얼마나 먼가에 따라서 그 기쁨은
각각의 지성이 진리를 발견한 대로 보인다.

너는 축복이 어떻게 영상의 활동에 달렸는가를
볼 수 있으니 사랑하는 활동이 아니라   110

---

1 세라핌(치품천사의 복수, 세 쌍의 날개), 케루빔(지품천사의 복수), 트론스(좌품천사는 아홉의 천사 위계 중의 제3위).

영상의 영향력이다.

그들 영상의 장점이 척도인데
은총이 일으킨 그들의 선한 의지가
위치를 이루어 그런 진전을 이룬다.

이리하여 싹튼 두 번째 세 화음이 항상
성장하는 이 영원한 봄 속에서 백양궁이
캄캄한 밤하늘들을[1] 통해서 내내 빛나며

"호산나" 부르며 영원한 겨울들이 없는
삼중창의 멜로디를 모두 셋씩 있는 기쁨의
배열로 행하며 함께한다.   120

그들 자신의 성직 위에 이런 다른 자들이 있으니
통치권이 첫째 다음이 덕행이 높은 자들 그다음이
권력자들이니 이들 배열의 세 번째다.

다음이 그 반지들 속의 끝에서 둘째인
권품천사들과 대천사들의 소용돌이다
마지막이 쾌활하고 기쁜 천사들이다.

---

1 백양궁 성좌는 모든 계절들의 밤하늘에 볼 수 있으나 여기선 봄을 뜻한다.

이들 배열들이 곧장 위를 응시하며
아래로는 그들이 그리 많은 영향을[1] 지녀서
모두를 데리고 하나님께로 다 끌어간다.

그의 열망과 사랑 속에서 디오니시우스가[2]   130
이 모든 배열들을 생각해 그들 이름을 지어
그들을 분별했는데 바로 내가 한 대로다.

그레고리[3]가 이후에 다르게 하길 청하여
그 결과로 그의 눈이 하늘에서 열렸을 때
자신에 대해 웃으며 돌아섰다.

이런 신비한 진실들이 지상의 한 죽을 자에게
나타났다고 네가 놀랄 필요 없으니 그가[4]
이런 구체들의 더 놀라운 진실들을 여기

위에서 말한 걸 듣고 보았기 때문이다."

---

1 인간들 위에.
2 아레오파고스 판관 디오니시우스(기원후 90년대 사망)가 바울의 설교로 기독교로 개종(행 17:34). 그가 천사들 질서의 구축 이론을 세웠다니 과연 그리스인이란 비웃음. 천사들 품계가 성서에는 없어서다.
3 교황 그레고리 1세(590-604년경).
4 사도 바울.

29곡

제9천국 '원동 천국2'

베아트리체가 한 지점을 보는데, 원동천 하늘에서 멀리 보이는 지고천. 그녀가 단테에게 원동천의 천사들 본성과 창조, 평가 설명. 하나님의 피조물인 천사들이 하나님 창조의 절정에서, 루시퍼가 자만, 배신, 하나님 은혜에서 타락, 그의 무리들이 깊은 지옥에 떨어졌다. 현재 선한 천사들이 하나님 곁에서 그분의 겸손과 인지의 존재로서 지닌 의무를 다하고 구체들 활동을 조절한다. 베아트리체가 이를 설명. 동시에 그녀가 부패로 타락한 전도자들을 향한 심한 공박도 곁들인다.

춘분과 추분으로 매년[1] 주야 평분시에[2]
하난 양자리 하난 저울자리로[3]
한 지평선을 두 양쪽 지역에 만들어

그 지점에 그들이 완전 균형을 취할 때

---
1 주야 평분시는 춘하추분이다.
2 아폴로(해)와 다이애나(달).
3 태양이 양자리에, 달이 저울자리일 때. 봄의 춘분.

황도대에서 자유로워지기까진 양쪽이
불균형하여 그들의 반구들이[1] 변하는데

얼굴의 미소를 그리 오래[2] 지닌 채로
베아트리체가 조용히 내 눈을 압도한
그 지점을[3] 바라보는 동안이었다.

"네 질문이 없어도 내 말하니" 그녀가 시작하길   10
"네가 가장 듣기 바란 걸 내가 보며 아니
언제 어디서나 매번 어느 때인가[4]다.

그분 자신의 선함은 커지는 게 아니라서
불가능하지만 그분의 영광이 돌아오는
빛 속에서 '나는 있다'고[5] 증거 하시니

그 영원하심은 모든 시간을 넘어

---

1 해가 지평선 아래 떨어지면 달이 그 위로 떠오른다.
2 하나님 계신 곳이 가까워져 그녀의 미소가 더 오래간다는 묘사.
3 항성 천국의 혼들이 올라가는 지고천의 빛이다.
4 하나님 시야에선 영원한 사물이지만 세상 시간이 정해진 인간에겐 하나님의 신앙과 접하는 시기가 언제, 어디서, 어떤 방식인가가 대단히 중요하다는 뜻.
5 천사도 인간들처럼 그들 자신들의 존재 의식이 있다.

천국 29곡   335

모든 이해를 넘어 그분의 기쁨대로
영원한 사랑이 새 사랑들을 피우게[1] 한다.

이 모두에 앞서서 그분은 전에도
후에도 없으시며 나태하지 않으시니   20
그 하나님의 영이 물표면[2] 위로 운행하셨다.

형태와 물질이 단순히 합쳐지듯
삼중의 활[3]에서 삼중의 화살을 쏘아도
절대 실패 없이 과녁을 맞히는 존재 같으시다.

유리, 호박, 수정 컵처럼
빛이 그들을 비추면 틈이 없음을 알기에
그들이 즉시 빛을 밝히듯이

이들이 점차가 아닌 즉시로
하나님 삼위의 영향을
이 존재 속에 비친다.   30

---

1 천사들을 창조하셨다.
2 창1:2. '그리고 하나님의 영이 물의 표면을 운행하셨다.'
3 하나님의 세 가지 존위(삼위일체 하나님)께서 쏘아 보낸 빛의 존재를 뜻한다.

질서는 그 실체들을 위해 세운 거로서
순수한 활동으로 산출한[1] 이들이
우주의 정상에 있었다.

잠재력이 제일 낮은 위치였는데
잠재력과 행동 사이엔 절대 느슨할 수
없는 그런 유대가 있었다.

제롬은[2] 거기 한 기간이 있다 주장하는데
천사들 창조에 오래 걸렸을지라도
우주 자체가 아직 만들어지진 않았을 때라고

내가 말한 많은 데가 성령의 기술인 40
진리의 입증인 만큼 많은 장소에서
주의 깊이 살피면 너는 찾을 수 있다.

이는 인간 이성으로 추리할 수 있어서

---

1 천사들.
2 제롬(약 340-420), 히에로니무스라고도 불림. 그가 라틴어인 불가타 성서 완역, 교황청 사용. 어려운 라틴어를 현재 이탈리아 일상어로 바꾸게 한 위인이 13세기 초에 정교 분리 주장한 프리드리히 2세. 이를 14세기 초 단테가 신곡에 사용해 성서 내용을 누구나 쉽게 널리 전파. 15세기 르네상스가 피렌체서 싹트는 계기 제공. 16세기 초, 독일어 성서, 마르틴 루터, 18세기 초, 영어 성서, 윌리엄 킨들이 번역, 청교도 신대륙 진출 계기 마련.

구체들을 움직이는 자들이 그들의 완전함을
사용하지 않으면 이를 생각할 수 없다.

지금 너는 때와 장소 이런 사랑들이
만들어진 방식을 정확히 알았으니
네 갈망의 세 가지 열정은 해소했다.

스물도 세기 전에
그리 빨리 천사들의 한 부분이   50
떨어져 최하의 요소를[1] 침해했다.

네가 본 대로 다른 자들은 머물기에
그들이 그런 기쁨으로 기술을 단련하여
회전하기에 절대 지치지 아니한다.

네가 본 바대로 그 타락이 저주받는 건
그 천사들 자만이니 모든 우주의[2]
무게로 압박을 받는 데서다.

---

1 지구 속 가장 깊은 요소인 제9지옥에 갇혀서도, 인류를 유혹하며 더럽히고 있다는 은유.
2 천동설의 시기 감안. 지구가 우주 중심인데, 지구 중심이면 최고의 중압을 받는 위치. 타락한
   천사 루시퍼가 하나님 명을 거역한 그 자만 죄의 무게 가늠케 하는 표현.

천국 29곡   339

여기서 네가 보는 이들은 모든 겸손을
아는 자들이라 그들의 이해심은
그리 지어진 그 선함에서 오는 거라 60

그들이 환대하는 은혜의 빛 속에서
받은 그 은총에 기뻐하며 그들의
의지 또한 확고하고 완전무결하다.

이를 확실히 하며 절대 의심 않고
받아들인 은혜가 거룩한 거니
이에 쏘인 네가 그 사랑을 따른 거다.

지금껏 말한 걸 네가 깨달았다면
충분히 명상하도록 너를 떠날 테니
더 이상 도움은 필요치 않을 것이다.

지상엔 너희의 다양한 학파들을 통해서 70
천사들의 본성이 이해심의 지성과
의지를 가진다고 사람들이 배우기에

내가 좀 더 말하니 네가 저 아래서

그 모호한 강의에 당혹하니까 진실에
관해 분명해야 하겠기 때문이다.

이런 실체들은 일단 그들이 하나님 면전에서
기쁨에 넘치면 그 무엇도 숨기지 않는
그분에게서 그들의 상을 절대로 돌릴 수 없다.

그들은 결코 그들의 상을 새 목표물로 인하여
가로지를 수도 없고 그 무엇도 잃을 게 없어서 80
기억할 필요조차 느낄 수 없다.

저 아래서 사람들이 생각하건 안하건
잠도 없이 진리를 말하니 꿈꾸는 동안에도
거짓말쟁이들은 더 큰 수치를 당하리라.

저 아래서 너는 자신의 즐거움과
흔들리는 허세의 사랑을 살면서도
철학의 외길로만 줄곧 걷지는 않았다!

그런 일조차 이 위에선 거룩한 성서를
뒤에서 혹평하거나 심지어 왜곡할 때조차

경멸하지 않는다.   90

세상에 이 씨가 뿌리내리기까지 얼마나 많은
피를 흘렸는지 그 곁에서 이를 겸손히 지킨
그가[1] 얼마나 복 받는가도 생각 못한다.

설교가마다 그의 고안들을 들락거리며
뒤따르려고 노력하는 겉치레를 하지만
성경은 오직 그들이 평화를 지키길 요구한다.

하나가 말하길 그리스도 수난 시에 달이
늘 가던 길에서 돌아서서 끼어들었기에
해의 빛이 지구에 닿지 않았다고.

그걸 말하며 누우니 태양이 자신의 빛을   100
감추어 스페인과 인도에서도 유다에서처럼
모든 게 캄캄해졌다.

피렌체는 그리 많은 라포스와 빈도스가[2]

---

1 사도 바울.
2 라포와 빈도는 피렌체 보통 사람들의 이름들.

없었지만 거기서도 매년 이런 종류의 이야기들로
이쪽저쪽 설교단에서 아우성이었다.

그래서 무엇도 모르는 어린양들이 바람만
먹이면서 변명도 없는 그들 목장으로 돌아왔으나
해악이 거기 깊은 걸 그들이 못 본다.

그리스도께서 첫 회중에게 '세상의 어리석은
자들에게 가서 설교하라' 말씀하지 않으셨으니   110
진리로만 그들 위에 세울 수 있게 하셨다.

진리가 그들의 입을 크게 울려서
믿음의 불로 싸움을 시작할 때
성서를 그들의 창과 방패로 만들었다.

설교자들이 많은 핑계와 조롱을 말하며
많은 웃음을 사리라, 자만에 부푼 그들의
두건에 그들이 더 이상 묻지를 않는다.

그런 모자[1] 속에 새 한 마리 둥지 트는데

---

1 마귀는 설교자의 두건에 숨어든다는 속설.

그걸 군중이 보려고만 하면 그들이 지닌
관용을[1] 볼 수 있을 거다.   120

이런 관용은 경솔을 배가하며
군중들이 설교가마다 그가 권위를
가졌거나 말거나 주변에 몰려든다.

안토니의 돼지가 이 계획[2]으로 점점 살이 쪄
그들을 먹이는 서민에게 거짓 동전을 주어서
다른 자들처럼 점점 탐욕스러워졌다.

지금 우리가 너무 본제를 벗어났기에
곧장 좁은 길로 뒤돌아 우리 길로 가자.
우리 시간이 짧기 때문이다.

천사들이 단계별로 점점 크게 발전해   130
그 많은 숫자로 말할 수 없으니
인간도 그만큼 개념을 갖는다.

---

1 그들의 죄들을 위하여.
2 안토니(251-356), 수도원 창시자, 돼지를 기르게 해서 탐욕스러워졌다는 조롱. 그런 목자를 따르는 대중들도 같다는 비판. 세속 이익증대가 교회가 할 일 아니란 강조.

더 자세히 다니엘이 나타낸 걸
보면 찾으리니 그가 의도한
수천 가지 수들엔 한계가 없단[1] 거다.

그들 모두에게 빛나는 원동의 빛은
그들이 많은 방식대로 취한 만큼
그 안에 영광들이[2] 있다.

이해할 만한 행위에 따라오는
영향으로 그들의 모든 사랑은   140
강도가 다양하다.

지금 너는 하나님의 도량을 분별하니
그분은 자신을 반사하는 많은
거울들을 이렇게 더 쪼개시며

전처럼 한 분으로 늘 머무신다."

---

1 단7:10, "천의 수천이 그를 섬겼으며, 만의 십만이 그 앞에 서 있었다."
2 천사들.

30곡

'지고 천국 진입'

천사들 원동천이 사라짐. 베아트리체에게 돌아서자 지고천에 오름. 순수한 빛의 최고 천국. 물질을 초월한 성자들과 천사들의 장소. 단테가 빛의 강을 보니 강둑마다 풀과 꽃이 만발. 강에서 튀어 오르는 불꽃의 천사들, 꽃의 성자들, 베아트리체가 설명. 그들을 그런 형태로만 볼 수 있다고. 그 강이 빛의 호수로 흘러 들어감 발견. 호수 둘레가 성자와 천사들의 반원형 극장 같아서 많이들 모여서 멀리 확장하나. 단테가 보기엔 어려움이 없다.

정오의 하늘이 6천 마일 떨어져 불타면
우리의 이 세계에 벌써 그늘이
한 행성에[1] 거의 다 드리워서

그리 높은 위에서 하늘의 기운이
변하며 희미해지는 별들이

---

1 해가 지구의 그늘 속에 가라앉으면 낮아진다.

우리 낮은 지구에선 보이지 않는데

태양의 가장 밝은 시녀[1]들이 나와서
하늘을 점점 닫으면 이 모든 빛이
가장 사랑스러운 하나에게 내려간다.

바로 그리도 나를 눈부시게 한 그 지점을   10
영원히 돌며 기뻐하는 그 천사의 원이
이를 에워싸는 듯 보이며[2]

조금씩 내 시야에서 사라져 보이지 않자
내 사랑이 강제로 나의 눈을
베아트리체의 빛으로 돌리게 한다.

일찍이 그녀에게 내가 말한 모든 게
찬사로만 그친다면 지금의 이런
경우는 그런 일과는 비할 바 없다.

내가 본 그 아름다움은 전적으로

---

1 오로라, 새벽.
2 원동천이 둘러싼 밝은 지점. 천국 29곡 9절과 28곡 16-18 참조.

모든 인간의 이해를 초월하여 오로지   20
창조주만이 익히 즐거워하시리라 믿는다.

이 과정에서 내가 극복한 걸 고백하노니
일찍이 모든 희극과 비극의 내가 쓴 시 작품의
어느 순간들보다 훨씬 더한 거로서

해가 가장 약한 환영을 보이듯
그 달콤한 미소의 기억이
나의 지성을 혼란 속으로 내던졌다.

일찍이 내가 그녀의 얼굴을 지상에서[1]
본 첫날부터 지금까지 이런 나의 노래
부르기를 방해한 건 누구도 없는데   30

지금 나는 예술가마다 자처하는 자신의
재능의 끝에 온 듯이 시의 구절에서 그녀의
아름다움 찾기를 멈출 자유조차 없다.

그녀에게 커다란 소리를 내며 떠난 가난한

---

1 그가 아홉 살이던 때.

내 나팔이 내는 소리보다 더욱 끝까지
이 어려운 물체를 따라 분투해야하니

자신의 일을 완수하려는 안내자마냥 그녀가
다시 말하길 "지금 우리가 가장 큰 몸체들을[1]
떠나서 순수한 빛의[2] 하늘로 향한다.

지성의 참된 빛, 충만한 사랑의 빛,　　　　　　　　　　　40
선한 사랑으로서 슬픔의 총체를
기쁨으로 바꾸는 빛 속으로다.

여기서 네가 두 종류의 천국 군대를[3]
볼 터인데 그들 중 하나가 나타나면
심판 날에[4] 그들을 네가 볼 때와 같다."

갑작스런 번갯불이 가장 명백한
물질을 보는 감각 능력을 눈에서 빼앗아
시력을 흐트러지게 할 수 있으니

---

1 원동천.
2 사물, 시간, 공간을 초월한 지고천.
3 성자들과 천사들.
4 그들이 올라온 구체에 있는 성자들.

그렇게 내가 살아 있는 빛에 휩싸여
그런 무거운 빛의 베일에 싸여서 떠나 50
내 시력으론 아무것에도 닿지 않았다.

"사랑이 늘 이처럼 환영하니 이 천국에
들어오는 사람들을 사랑 스스로 평화로이
그 화염을[1] 위한 촛대를 준비하기 때문이다."

이런 몇 마디가 내 귀에 채 들리기도 전에
내 일상 능력을 이해한 초월 속으로
들어온 걸 깨달았다.

나의 시력이 쇄신하며 회복했는데
거기엔 일찍이 내 눈이 대면할 리 없는
밝음이 있었기 때문이다. 60

내가 발견한 빛은 두 강둑 사이를
흐르는 불꽃의 강처럼 보이고 어느 때보다 훨씬
놀라운 봄으로 치장한 듯하다.

---

1 천국에 올라온 성자들, 그들이 지금 단테를 반긴다.

살아 있는 불꽃을 방사하는 그 냇물로부터
그 양옆의 꽃들로 뒤덮인 데까지
거의가 황금을 둘러싼 루비 같다.

그러면서 마치 그 향기에 취한 듯이
그들이 다시 돌진하여 놀라운 물결 속으로
그래서 하나가 들어가면 하나가 나온다.

"네가 불타서 보는 사물들의 더 큰   70
지식으로 몰아가는 너의 그 깊은 갈망이
나를 기쁘게 점점 더 부풀게 하여

네가 반드시 이 천국 샘물을 마셔야만 하니
맹렬한 갈증을 만족시키기 전에"
말하는 그녀가 내 눈엔 햇빛과 같았다.

그녀가 말하길 "그 강과 오고가는 황옥들과
그 초원에서 웃는 자는 오직 그들 진실을
예시하는 전제들이다.[1]

---

1 강은 거룩한 은혜, 보석들은(루비와 토파즈) 천사들, 꽃들은("초원에서 웃는 자") 성자들.

그런 고로 그들 자신이 미숙한 게 아니라
오히려 결함이 너희들 쪽에 있으니   80
네 눈이 아직 그리 강하거나 확실치 않아서다."

평소보다 꽤 늦게 깨어난 어느 아기도
그리 빠르게 그 어머니의 젖을 향해
그의 얼굴을 돌리지 않으니

그래서 내 양쪽 눈을 아주 맑은 거울보다
더 깨끗이 하여 그 냇물을 향해 숙였으니
우릴 점점 좋게 하는 의도로 흐르는 냇물이다.

나의 눈이 그 강에서 그런 갈증을 풀기 시작
하자마자 그 강의 길이가 변하더니
나에겐 한 호수로 보였다.   90

사람들이 만일 가장 복장을 입을 때
감추며 빌려온 비슷한 옷을 던져 버리며
그들이 입은 걸 더욱 유심히 보듯이

아직 더 많은 축복의 꽃들과 불꽃들이

그렇게 완전히 자신들을 바꾸며 변한
환영을 하늘[1] 양쪽 궁정에서 내가 보았다.

오, 하나님의 광채시여! 내가 본
그 진리의 통치의 그 높은 승리를 통하며
내가 본 걸 말할 수 있는 능력을 주십시오!

거기 그 위에 빛나는 한 빛이 있어 이가   100
창조주를 피조물들이[2] 볼 수 있게 하니 오직
그분 시선 안에서만 평화를 찾을 자들이다.

점점 반지 모양으로 범위를 넓혀나가
그 원주가 그토록 커지며
태양을 둘러싸는 허리띠 또한 넓어질 거다.

이의 전체 모습은 원동천이
반사해 오는 한 광선이기에
이의 생명과 잠재력 모두를 끌어낸다.

---

1 성자들과 천사들.
2 천사들과 인간들.

물에 반사하는 한 언덕의 아래처럼
자연의 모든 꽃송이들이 이를 치장할 때   110
마치 그 자신을 숭배하듯이

그 빛에서 층층으로 떠올라서 내가
온 주변에 위치한 수천의 거울을 보았는데
우리 중 그들 모두가 거기로[1] 되돌아왔다.

가장 낮은 지위라도 자신 안에 그리도
많은 빛이 있기에 얼마나 광대한 우주가
이 장미의 가장 먼 잎들까지 미치겠는가!

이 모든 넓이와 깊이를 위하여 내가 아주
분명히 본, 그 즐거움의 질량과 범위가
내 시야에 당황하지 않고 머무른다.   120

거긴 멀고 가깝고를 덧붙이지 않고[2]
주 하나님께서 대행 없이 통치하시니

---

1 그들을 지으신 하나님께 되돌아온 성자들.
2 거리는 그 경관에 효력을 주지 못한다.

자연의 법이 무효가 되어서다.

그 영원한 장미의[1] 노랑 속에서
부상하는 지위가 향기를 내며 퍼지며
영원한 봄의 태양까지 찬양하니

베아트리체가 말하길 원하는 나를
말 못하게 끌며 말하길 "너는 수많은
흰 옷 입은 자들의 이 회중을 본다!

우리의 도시 주위가 얼마나 먼가를 보며,   130
지금 우리 모든 좌석이 얼마나 붐비는가도,
겨우 극소수 지정받을 자리만 남았음도 본다.

너의 눈이 지금 머무는 그 위대한 왕좌 위엔
이 위에 놓일 그 왕관의 이유 때문에
이 잔치에[2] 네가 환영받기 이전조차

저 아래 거기선 8월쯤 그 혼이 앉게 될 건데[3]

---

1 그 광채를 내는 원의 중심. 장미꽃 중심이 노란 수술들 같다.
2 단테가 죽어서 하늘에 가기 전.
3 지상에서 황제가 될 지.

너의 이탈리아가 기울어지기 전에
통치하러 오게 될 고상한 헨리다.[1]

저주스런 맹목의 탐욕이 굶주림에 절반은
죽게 된 너를 오히려 유모를 떠민   140
아기처럼 만들었던 자들이다.

그때 거룩한 교회를 관장한 한 사람이
절대로 공공연히 못하고 비밀리에
그저 한길만[2] 걸은 헨리처럼 걸으리라.

하나님께선 거룩한 의자에[3] 앉은 그에게
고통주진 않으시나 그가 처박히리니
시몬 마구스 아래로서 그가 벌 받을 만한[4] 데니

아나그니가[5] 그를 떠민 데보다 더 깊은 데다."

---

1 룩셈부르크의 헨리 7세로 1308년 황제로 선출, 황제의 권위를 되찾고자 이탈리아에 왔으나 1313년 사망. 피렌체 교황당의 저항을 끝내 극복 못함.
2 교황 클레멘트 5세가 헨리를 좋아한다고 가장, 비밀 음모 짬.
3 교황 클레멘트 5세도 헨리가 죽은 지 일 년도 안 되어 사망.
4 지옥에서 성직 매매는 바위 구멍에 거꾸로 박힌 징벌 받음. 성직 매매 교황이 죽으면 앞의 교황처럼 처박힘. 지옥 19곡.
5 교황 보니파스 8세로 단테 당시 교황, 지옥19곡 53과 연옥 20곡 85-90 참조.

31곡

'지고 천국2'

단테가 바라보니, 성자들이 하얀 장미 형태 천국에 앉아 있고 천사들이 벌처럼 그 장미 속에서 날고 있다. 베아트리체가 사악한 정치 종교 권력층과 피렌체 비난. 단테가 그녀에게 질문하려 돌아보나 없다. 대신 한 노인이 안내 역할 자청. 베아트리체가 흰 장미 꼭대기 셋째 줄에 있다 함. 단테의 시력으로 먼 곳의 그녀에게 진심어린 마지막 감사 인사를 보내니 그녀가 미소로 응답.

내가 보니, 거룩한 투사들이[1] 순수한
백장미 한 송이 모양으로 그리스도께서 그의
배우자를[2] 위해 흘리신 그분 피와 함께하며

다른 용사들은[3] 그들을 그리 매혹한
장엄함을 지키며 노래하고 나는 모습의

---

1 천국의 승리로서 하늘에 있는 성자들.
2 교회를 그리스도의 신부라고 부른다.
3 천사들.

그 선함이 이런 모두를 위해 적합하니

마치 벌들이 꽃들에게 재빨리 자신들을
소개하고 다음엔 그들의 그런 달콤한
노고를 취한 데로 되돌아가듯이

셀 수 없는 꽃잎들을 가진 사랑스런 한없는　　　　　10
꽃 속으로 내려가고 다음엔 다시 올라와서
그들의 사랑이 항상 있는 데를 찾는다.

그들 모든 얼굴이 불붙은 석탄 같고
그들 날개는 황금빛, 그들 옷은 순백의
눈보다 희어서 어디에도 비할 바 없다.

그 꽃 속으로 소용돌이 모양을 내며 가니
그들 날개들의 펄럭임을 받아들여
평온함과 작렬함을 제공한다.

이 광대한 드나듦이
꽃과 위의[1] 빛 사이를 날지만　　　　　20

---

[1] 천사들이 인간과 하나님(그리스어로 천사는 메신저) 사이에서 전달하는 활동.

영광스런 장관을 방해하진 않는다.

우주를 통해 빛나는 거룩한 빛은
적합한 정도로 모두에 영향을 주며
그 무엇도 거역할[1] 수 없는 방식으로 일한다.

이 늘 행복하고 안전한 영역의 한 표시에[2]
사랑과 열망으로 다 열중해서
고대와 현대까지 사람들이 쇄도한다.

오, 유일한 별 안의 세 겹의 빛[3]이시여,
그들 눈 속에 번쩍임으로 그들을 행복하게 하고
우리의 대 환난을 위에서 보게 해주시다니! 30

헬리스에서 태어난 야만인들이
그녀의 충분한 사랑을 받는 아들[4]과 공전하며
모든 세월을 통치하는 로마에 갔더라면

---

1 천국에서 거리감이란 전망에 영향이 없다(천국30곡 118-21참조).
2 하나님.
3 삼위일체.
4 북에서 온 야만인은, 헬리스로 표현, 큰곰자리 성운, 작은곰자리는 아들.

망연해하였으리니, 라테란 궁전이[1]
그 그늘 속에서 모든 다른 유한한
작업들에만 몰두하던 시대였기에

그런 인간 세상에서 거룩한 데로 온 나는
일시적인 데서 영원함이 있는 데로.
피렌체에서 바르고 건전한 백성의 장소로.

내 얼마나 놀라웠을까 상상하시오! 40
무엇도 듣고 싶지 않아 잠시 멍하니
황홀과 혼미함 사이에 잡혀 있었다.

한 순례자처럼 그의 숨을 다시 돌려
경배하는 신전 주변을 바라보며 이게
무엇과 같은지 어떻게 말할지 둘러보듯

그 빛을 좇아서 각각 원의 겹을 따르며
눈으로 위를 보며 아래를 보듯이
지금 사방을 둘러보듯이 여행을 해 왔다.

---

1 한때 황제의 궁전, 단테 시대엔 교황의 자리. 고대 로마 건축의 영광을 나타낸다.

이 얼굴들이 자비를 말함을 보니
또 다른 빛의 불을 켜서 그들 자신의 미소와　　　　　　50
행위로 진실한 위엄을 나타낸다.

내 시야에 천국의 모습이 있었으나
전체적으로 내 눈이 아직은 여기의
어느 한 부분에도 길게 머물지 못했다.

내 한 번 더 집중하길 바라며 돌아서서
이런 일들 모두에 대해 그녀에게 묻고자 하니
내 맘에 여전히 남은 긴장감에 대해서다.

내 하나를 뜻하면 또 다른 일들이 생겨나
베아트리체를 돌아보니 그녀는 없고
영광스런 제복의 노인이 보였다.　　　　　　　　　　60

기쁨이 그의 온 모습에 확산하며
그의 눈들과 뺨과 친절한 태도로
그토록 친절한 부친에 알맞은 모습이었다.

급히 "그녀는 어디 있습니까?" 외쳤다.

그가 답하길 "베아트리체가 내 자리에 와서
너의 열망이 올바른 이 끝까지 데려가길 청했다.

네가 저기의 원들 주위를 올려보면
꼭대기에서 셋째 줄에서 그녀를 보리니
그녀의 미덕대로 정해진 보좌 위에서다."

난 그에게 답하지 않고 눈을 들어　　　　　　　　　　　70
왕관 같은 그녀의 후광을 보니, 그녀가
영원한 빛들을 스스로 반사해서다.

높은 그 위의 천둥을 치는 거기는
그리도 멀어 결코 눈이 닿지 않을 거나
바다 밑바닥에 던져졌을지라도

베아트리체가 내 시야에서 그리 멀지라도
내게 닿는 거리엔 아무 문제없어
그녀 모습을 보는 일이 방해 받지는 않았다.

"나의 소망 속의 숙녀여,
나의 구원을 위해 경멸을 무릅쓰고 당신의　　　　　80

발자국을 지옥의[1] 그 깊은 데까지 남겼으며

내가 보았던 그 모든 많은 일들 속에
당신 능력의 덕성과 친절한 사랑으로
이익과 은혜를 입으며 보았습니다.

당신은 한 노예인 나를 자유로 이끌어
이런 모든 과정을 좇는 모든 길들이
당신의 위대한 능력 속에 놓이게 하였소.

내 안에 당신 선함을 모두 간직해 당신이
데려온 건강하고 순수한 내 혼이 이 죽음의
사슬을 떠날 때 당신이 기뻐하기를." 90

이는 그녀에게 보낸 내 기도였다. 그녀는
매우 먼 거리였으나 나를 보며 웃더니
다음엔 그 영원한 근원으로 돌아앉았다.

그러자 그 노인이 "네 여행을 마무리 짓기

---

1 베아트리체가 단테 안내자로 버질을 데리러 림보에(지옥2곡 52 참조) 내려감.

위해 여기에 나를 안내자로 보낸 거룩한
사랑에 합당한 기도를 위하여

거리낌 없는 장미 주위로 네 눈을 날리며
아직 더 높이 오를 천국 광선들을 위해서
너의 눈을 준비시키려고 한다.

내 사랑으로 불탄 하늘의 위대한 여왕이[1] 100
우리가 필요한 모든 은혜를 허락해 주시길."
나는 신실한 버나드로서[2] 그녀에게 속한다.

크로아티아에서 온 순례자처럼 말하는데
우리의 베로니카처럼[3], 그녀가 고대의
소원을 만족하기 어려웠으니

그분의 유품을 보는 동안 놀라움으로 묻길,
"오, 내 주 예수 그리스도 참 하나님이시여,
이 모습이 바로 그때 당신 자신입니까?"

---

1 마리아.
2 클레어보의 버나드(1091-1153), 마리아 숭배자. 제2십자군 전쟁 선동자. 단테 조상이 거기 참전해 사망(천국 15곡 13-148 참조).
3 고대 유품, 갈보리의 길에서 예수 닦아서 얼굴 모습 새겨진 수건.

내가 그 같아서 이런 놀라움 속에
이 세상에 있는 그의 자비심 덕분에 110
명상하며 그 평화를 즐길 수 있다.

"오, 은혜 입은 행복한 이 나라의 자녀여!"
노인이 말하니 "네 눈을 오직 그 근원에
고정하지 않으면 알려지지 않으니

가장 높이 올라온 이런 지위들이
왕국을 주재하고 헌신한 여왕의
보좌까지 네가 자세히 조사해라."

내가 눈을 올리니 바로 그때
여명처럼 지평선 동쪽에 떠오르는
해의 빛을 능가하는 120

낮은 땅에서 그 높이까지 움직인 한 사람처럼
내가 눈을 움직이니 그 가장 먼 지역까지
이 빛과 있는 다른 모든 걸 극복했다.

우리가 기다리는 지구에서처럼

파에톤을 잘못 안내한[1] 불타는 그 장대가
점점 밝아지는데 그 양쪽은 덜 비치어

그 평화롭고 붉은 프랑스 깃발[2] 같이
한가운데는 바르게 온 주변은 점차로
그 불꽃이 작아진다.

내가 가운데 지점을 보니 날개를 활짝 편   130
천명도 더 되는 천사들이 축하하는데
각자 행한 대로 차별된 영광 속에서다.

나는 거기서 그들 활동과 노래들에
미소하며 모든 거룩한 자들의 눈 속으로
기쁨을 반사하는 한 아름다움을 보았다.

내가 인식한 모두를 쓸 수 있는
자질을 가졌다 해도 감히 그 기쁨의
조금이라도 말하려 애쓰진 않으리라.

---

1 태양의 수레 막대 고안. 파에톤이 그의 부친인 태양을 안내하는 헬리오스에게 허락받았으나, 말들을 조절하지 못해 죽었다(지옥17곡 106-8 참조).
2 마리아가 앉은 천국의 위치. 지구와 대조. 전쟁 일삼은 프랑스 깃발 조롱.

내 눈에 온통 집중하던 버나드가
그를 불타게 사랑한 그녀를[1] 위한　　　　　　　　　140
열정으로 그의 눈을 돌리며

나도 그녀를 응시하게 하였다.

---

1 마리아.

32곡

'지고 천국2'

버나드가 천국의 모양인 천상의 장미 설명. 원형 극장 두 개를 마주 겹쳐 놓은 형상. 겹겹의 좌석이 아래위와 옆으로 배열. 마리아가 꼭대기 윗줄, 히브리 여인들이 그녀 아래로 한 줄로 곧게 내려가게 배치. 반대쪽엔 거룩한 기독자인 남자들, 제일 바깥 윗줄에 세례 요한. 그리스도 이전 시대, 구약 인물들이 한쪽에. 채워야 할 빈자리도. 장미 중앙엔 일찍 죽은 아이들의 자리. 수태고지 알린 천사가 종려 가지 들고 있음을 단테가 본다.

그 거룩한 남자가 아직 희열에[1] 싸여,
  기꺼이 떠맡은 스승 역할을 다하듯 다음의
  성스런 말들을 내게 하였다.

"마리아가 임명 받아 닫은 그 상처는[2]

---
1 버나드가 마리아를 응시.
2 원죄의 상처.

그녀 발아래 그 사랑스런 숙녀가[1]
태고의 상처로 열었던 거다.

그 높은 데서 이브의 곧장 아래인
셋째 줄엔 라헬이[2] 앉고
네가 본대로 베아트리체가 그 옆이다.

사라[3], 레베카[4], 주디트[5] 그리고 한 사람[6]   10
그의 죄를 위해 울면서 "나를 불쌍히
여겨주오" 하던 시인의 증조모니

네가 볼 수 있는 이들이 그들 정도에 따라
내가 부른 대로 하나씩 아래로 자리해서
그 장미의 꽃잎을 통하여 움직인다.

일곱째 단계로 내려간 거기서부터 그렇게

---

1 이브.
2 야곱의 둘째 부인, 명상의 상징.
3 아브라함의 아내이자 이삭의 어머니.
4 이삭의 아내이자 야곱의 어머니.
5 외경 성서 인물. 아시리아 적장 목을 베서 유다 구한 주디트.
6 룻기 주인공인 다윗 증조모. 시편51장 시작 구절.

위로 오르면 히브리 여인들이 자리한 데부터
그 꽃송이의 모든 꽃잎들이 나누어진다.

왜냐하면 이는 그 경관에 따른 거로서
그리스도 신앙을 중심으로 그 계단을   20
둘로 나누어 벽을 하나 세운 듯하다.

꽃잎들을 다 활짝 편 꽃의 이쪽은
그리스도께서 아직 오시기 이전의 신앙을
가지고 축복을 받은 자들의 자리다.

그 반원 건너편 다른 쪽엔 빈자리가 있고
성자들이 부상하는 구세주를 향하며
그들의 얼굴을 돌리고 앉아 있다.

한쪽 위의 우리 숙녀의 보좌처럼
그녀 아래 한 줄로 앉은 다른 자리의
모두가 큰 하나의 나뉨을 이루어서   30

그리 나뉜 반대쪽에 위대한 요한이[1] 있으니

---
1 세례 요한.

거룩한 광야 생활과 그의 순교[1] 후에
2년을[2] 지옥에서 고통 받았다.

이런 구분을 명확히 하며 그 아래로
프란시스코[3] 베네딕트[4] 어거스틴[5]
다른 많은 자들이 우리 있는 아래까지 내려온다.

지금 하나님 법령의 깊이가 놀라우니
발동하는 신앙[6] 방식이 양쪽인 이 정원을
가득히 동등하게 채우면서 자릴 잡는다.

그걸 알면 그 지평선 아래 가운데서   40
이를 두 줄로 가르는 성자들이 그들 자신의
장점은 전혀 없이 앉아 있으나

다른 장점들이 정해진 조건들 아래 있어서다.

---

1 세례 요한은 그리스도 십자가 사건보다 2년 전에 죽음 당함.
2 광야에서 구세주 오신다고 선포, 증언하다, 헤롯왕에게 죽음.
3 천국 11곡 43-117 보라.
4 천국 22곡 28-51 보라.
5 히포의 주교, 교회의 가장 유명한 교부 중 하나(354-430 A.D.).
6 신구약성서에 나타난 대로.

이런 모든 걸 위해 풀려난 혼들이 있으니
그들이 결정하려는[1] 그 힘을 갖기 전이다.

네가 그들 얼굴을 볼 수 있으니,
그들의 어린이 같은 목소리에 주의하길
네가 오직 주의 깊게 듣고 보기 때문이다.

네가 지금 당황해 의문을 말하진 말라.
그러나 내가 널 위해 빨리 풀어 주리니　　　　　50
미묘한 사고들을 묶은 단단한 매듭 모두를.

이 영역의 모든 넓은 폭에는 그 무엇도
아무렇게나 자리한 게 하나도 없으니
굶주림 목마름에 고통당한 그 이상으로서다.

여기서 볼 수 있는 건 무엇이든
영원한 법의 행위로서니 그 반응이
반지와 손가락 사이처럼 정확하다.

이 사람들이 참된 인생을 찾아서 그리

1　그들이 철이 들기 전에 죽었다는 뜻.

서두른 이유가 없지 않기에[1]
그들의 자리가 높거나 낮게 다르다.   60

이 왕국을 통해 자리 잡게 하는 그 왕께선
그리 많은 사랑의 기쁨 속에 계시어
누구도 감히 더 이상 무어든 물을 수 없으며

그분의 기쁜 시야에서 모든 마음을 창조하며
그분 자신의 기쁨으로 다르게 은혜를 주시며
여기 사실 그대로가 그 정의를[2] 나타낸다.

성스러운 책 안에 분명히 적혀 규정한 대로니
쌍둥이 이야기가 있는 데로서
그들 어머니 태 안부터[3] 싸우면서 온 자다.

그러므로 그들 머리칼[4] 색처럼   70
그 최고의 빛을 충당해서 그들이 입을
은혜의 왕관을 그들에게 베푸신다.

---

1 "이유가 없지 않고는"이라는 라틴어 숙어.
2 아이들 축복의 정도가 다름도 하나님 칙령이라 질문할 수 없다.
3 쌍둥이 형제 야곱과 에서는 모친 뱃속부터 다툼, 하나님께서 정하심(창25:21-26).
4 에서는 붉은 머리.

그들이 벌어야 했던 장점을 고려하지 않고
여기에 다양한 지위로 자리 잡았으니
태어났을 때 그들의 성향에 따른 거다.

멀리 떨어진 세기 속의 너희 세계의 탄생은
최신이고 순결한 사람이 구원을 얻기에
충분한 건 그들이 부모의 믿음과 겹쳐서다.

다음엔 이런 초기 시대가 지나가자
모든 남자 아이들이 할례가 필요했는데　　　　　　80
순진한 날개를 주어 힘차게 날게 하였다.

그런데 지금 여기의 세기는 은혜로
그리스도 안에서 완전한 세례 없이는
그런 순진함엔 그 몫의 림보가 있다.

지금 그리스도를 닮은[1] 그 얼굴을 보라
가장 분명히 그 명료함 자체를 위해
그리스도를 볼 수 있게 너를 지으셨으니."

---

1 마리아.

내가 보니 그런 거룩한 현자들이 운반한
그 높은 데를¹ 통해 날도록 창조한
기쁨이 그녀 위로 비처럼 내리니　　　　　　　　　　90

놀라운 기적이라서 나에겐 이런
놀라움이 일어나지 않아서 무엇이든
하나님과 닮게 보인 일이 없었다.

전에 그녀에게 내려왔던 그 사랑이
노래하길 "아베 마리아, 은총을 받으시오."²
그녀 앞에 날개를 다시 활짝 펼치고 섰다.

그녀가 온 사방의 축복받은 궁정에서
거룩한 찬송에 화답을 하면서
거기 모든 얼굴들이 점점 밝아졌다.

"오, 거룩한 아버지, 우리를 경멸하지 않으시고
여기 당신의 보좌³가 되신 영원히 정해진　　　　　100

1　천국31곡 1-24에서 천사들이 천상의 장미 안팎을 날고 있다.
2　"마리아 만세, 은혜 충만"(라틴어).
3　버나드가 단테와 함께하러 천국의 자리 장미 중심을 잠시 떠남.

그 장소를 떠나서 내려온 분이시여,

우리 숙녀의 눈을 매혹으로 바라본 그런
행복감에 흡사 타오르는 불처럼 보이는
저 천사는 누구입니까?"

내가 다시 대답을 듣고자 마리아에게서
아름다움을 끌어낸 그에게 돌아서니
바로 해에서 나오는 새벽별 같다.

그가 말하길 "모든 확신과 은혜는
천사건 성자건 이를 그 자신 속에서 찾을 수   110
있으니 우린 그처럼 이를 가질 수 있다.

이는 하나님 자신의 아드님께서[1] 의도한
인간 육신의 무게를 입고 마리아에게
종려 가지를 갖고 내려온 자이기 때문이다.

지금은 다시 네 눈을 내 말대로 더욱 좇아서

---

1 천사 가브리엘, 수태고지 전할 때 종려 가지를 들고 있었다.

가장 은혜롭고 올바른 이 제국의 위대한
고귀한 사람들을 보아라.

저 위의 위대한 행복 속에 앉은
여 황제 가장 가까이에 앉은 그 둘이 있으니
이 장미의 두 뿌리기 때문이다.   120

위에서 그녀 왼쪽에 가깝게 앉은 그 사람이
우리 첫 번째 아버지니[1] 그토록 조급하게
인류에게 쓴 맛을 알게 한 자다.

네가 그녀 오른쪽 위로 거룩한 교회의 고대
창시자를[2] 보니 주께서 이 사랑스런 꽃을
열 수 있는 열쇠를 맡긴 자다.

그 옆은[3] 사랑스런 신부를[4] 위해 창과 못에[5] 찔려
견디신 그분 죽음에 앞선 그 두려운 시간들과

---

1 아담.
2 베드로.
3 사도 요한.
4 교회.
5 그리스도의 십자가상의 수난 기록.

재판들을 본 사람이 앉았다.

아담 곁엔 그들의 친절한 하나님께서　　　　　　　　　　130
만나로써[1] 영양을 누리게 해주신 은혜를
모르는 그 백성들 안내자가[2] 앉아 있다.

베드로 건너편엔 안나가[3] 보이는데
자기 딸을 응시하며 그리 행복에 차서
계속 호산나를 부른다.

우리 종족의[4] 아버지 반대쪽에는 루시로서
그녀가 너의 숙녀에게 첫 영감을 주었던
네가 자신의 불운에[5] 빠졌을 그 시기였다.

시간이 흘러(너를 위한 생명의 숨을 위해)[6]
우린 여기서 마쳐야 하니 재단사가 옷감에　　　　　　140

---

1 출16:14-15. 하나님께서 하늘에서 광야의 유다 인들에게 내려주신 식량.
2 모세. 애급의 노예 생활에서 이스라엘 민족을 이끌어서 구한 지도자.
3 마리아의 어머니.
4 아담.
5 루시는 단테의 위험을 베아트리체에게 알렸다(지옥 2곡 97-126).
6 천국은 시간이 없으나 단테는 살아서 지상으로 돌아가야 한다.

따라 그의 외투를 자르듯이

우리 눈을 원초의 사랑을 향해 돌리자.
그분의 광휘를 관통할 수 있게. 아직껏
우리가 달성할 무언가가 있는 듯해서다.

너의 미약한 날개로 잘 회귀할지 두려우니
네가 앞을 향해 간다고 믿으면
우리 은혜를 간구하는 본질이니

그 숙녀에게서 너를 도울 은혜를 주도록
너는 나를 따라 모든 열성을 다해야 하니,
네 마음이 내 말에 가까이 있기를." 150

그가 거룩한 보충 기도를 시작했다.

33곡

'지고 천국4'

버나드가 단테의 시야를 위해, 또한 지구에 가서도 은혜의 경지 지키길 하나님께 기도. 베아트리체와 성자들이 기도에 동참. 단테가 무엇을 보았는지 표현 능력과 기억력이 강화되나, 오직 그에겐 기쁨만 머문다. 단테도 그의 환영이 무슨 암시인지, 후세에 제공할 수 있기를 기도. 그러자 우주 전체가 사랑에 묶였음을 본다. 환상의 권능으로 삼위의 하나님께서 완전한 조화 속에 계심도. 그가 이를 뵙자마자 지상 복귀, 그 행복한 만족감 외엔 아무 기억 없다고 단테 호소.

"처녀와 어머니, 당신 아드님의[1] 딸,
모든 창조보다 더 겸손하고 더 고귀한
그 원대한 계획과 의도의 끝이시고

당신의 인간 본성이 그리도 고귀하시어
이를 지으신 분께서 창조하신 자신을

---

[1] 예수 그리스도.

무시하지 아니하십니다.

그 사랑이 당신의 태 안에 다시 불을 붙여
이 영원한 평화 속에 그 따스함을 발산하며
이 불멸의 꽃이[1] 꽃피게 격려합니다.

당신께선 천국에서 우릴 위한 자비한 대낮의   10
광채며 살아 있는 소망의 샘으로
그곳에서 인간 종족 사이로 내려오십니다.

숙녀시여, 당신에게서 그리 높고 힘 있는 은혜를
찾는 자들도, 당신을 향한 열망에 돌아서지 않고
헛되이 날개 없이 날려는 자도 있습니다.

당신의 사랑스런 친절은 오직 당신에게
기도하는 사람들만 아니라 수시로
기도하기 전에도 이릅니다.

당신 안의 자비와 동정이
당신 안의 넉넉함과 간결함이   20

---
[1] 예수 그리스도 향한 신앙심.

모든 창조 안에서 모든 선함을 찾습니다.

지금 이 남자가[1] 온 우주의[2] 가장 낮은
구덩이에서 여기까지 올라오며 그 안의
혼들을 하나하나 증명해 왔으니

그를 위해 당신의 동정심을 간청하니
그런 은혜로서 그의 눈을 더 높이 들어
그 최종의 구원까지 충족하게 해주십시오.

내가 지금 그를 위하듯이 그를 보는데
결코 불타지 않으니 내 기도가 당신께
닿기에 모자라지 않기를 기도합니다.　　　　　　30

당신께서 모든 구름을 흩어주시어
그의 인간 육신이 당신 기도로서 그 최상의
즐거움을 뵐 수 있게 하여주십시오.

나 또한 하늘의 여왕 당신께 기도하오니

---

[1] 단테.
[2] 지옥의 깊은 곳.

당신이 늘 바란 모두를 수행하여 이 남자의
뜻을 이루고 이런 환영 후에 안정할 수 있게

끓어오른 인간 열정을 살펴 억누르길 바랍니다.
베아트리체를 보소서! 기도하는 동안 모든
성자들도 손을 쥐고 탄원함을 보아 주소서!"

그가 멈췄다. 하나님을 사랑하고 존경하는 그런   40
눈들이 그 탄원에 맞추어 우리에게 나타나니
그녀를 환영하는 기도에 헌신하는 방식이다.

그 다음 그 눈들이 그 영원한 빛으로 돌아서니
거긴 아무도 그걸 믿지 않는 그녀 모습만큼
분명한 어느 피조물도 길을 찾을 수 있는 데다.

그래서 그 끝에 다가온 내가 자연의 과정에서
모든 열망을 경주한 내 갈망들이 종국의
경계에 다다른 걸 발견했다.

버나드가 웃으며 신호를 보내는데,
내 눈을 높이 들라고. 벌써 내 자신의   50

자유 의지로 내가 하던 대로 하는 나에게.

왜냐하면 내 시야가 점점 명확해져
점점 더 진리 자체이신 그 최고의 빛의
그 광선 안으로 들어갔기 때문이다.

그 지점에서 내가 본 건 어떤 말로도
이를 수 없는 초월이니 그 기억조차도
이와 같은 과잉으로 비틀거린다.

마치 꿈속에 무언가 본 사람 같이,
줄곧 열정에 사로잡혀 끝까지 함께했으나
일어나면 그 무엇도 남지 않는 사람처럼.   60

내가 꼭 그 같아서 모든 환영이 다 날아갔다.
이로써 생긴 그 모든 달콤함이 나와 함께
머무는 동안 나의 심장 속으로 증류했다.

그건 해에 녹는 눈과 꼭 같아서
바람에 나는 잎사귀들처럼
시빌의 신탁들처럼 빠르게 사라졌다.[1]

---

1 시빌은 그녀의 예언을 잎사귀로서 쓴, 여자 예언자, 이는 쉽게 바람에 흩날렸다.

그리 멀리 그리 높이 우리 인간의
이해를 초월하는 최상의 빛이시여,
내가 본 걸 무엇이든 마음에 남게 하여

그런 혈기를 마음 같은 혀에 주시어   70
그게 당신 영광의 섬광 하나를 내 뒤로
아직 태어나지 않은 사람들을 위해 남기도록

내가 깨달은 모든 기억들이 부분으로 돌아와
반복해 울리면 이런 작은 글줄이나마 써서
당신 승리의 어떤 개념을 주도록 해주십시오.

내가 살아 계신 광선의 예리함에 아래로 하며
그 번쩍임에서 피해야 한다고 생각하여
내 눈길을 돌리려고 상상했다.

그리고 내가 더 대담해진 걸 기억하는데
왜냐하면 이를 견디려는 내 응시가   80
영원하신 선함과 연합했기 때문이다.

오, 충만한 은혜시여! 내 감히 그 영원한

빛의 응시에 고정해서 내 시야에
티끌 한 점 남기지 않고 보도록 해주시다니!

그 심오함 속에서 사랑으로 묶여서
한 분량으로 모여 드는 흩어진[1] 우주를
통과하는 모든 걸 나는 보았다.

본질들, 재난들[2] 그들이 어떻게 스며들고
연관하여 그리도 내게 융합했는지. 내가
지금 말하는 건 미약한 불에 불과하다. 90

이 매듭인 우주 구조는 내가 아는 걸
본 건데 왜냐하면 말하는 동안
점점 커가는 기쁨을 느끼기 때문이다.

한 즉흥이 내게 일어나는데 더 큰 기억은
넵튠이 아르고의 그림자가 지나매[3] 벙어리가
된 이래 24세기가 지난 것보다 더 잃었다!

---

1 모든 근원은 하나님 안에 있고, 이 모두를 다 쥐는 건 사랑이라고
2 단테 자신이 어떻게 살아 있는 육신으로, 그 하늘들을 여행했는가를 기억해 내려고 힘쓴다.
3 인류의 기억에, 황금 양털을 찾아 아르고호가 떠난 항해보단, 단테의 천국 축복, 그 순간의 환영이 영원히 남으리란 뜻.

내 마음이 그런 놀라움에 잡혀
열렬히 고정해 움직이지 않고 응시하여
늘 하듯 한층 더 응시하려고 용기를 냈다.

그 빛 앞에서 그로써 만족하기엔   100
불가능하리라 여겨 어느 다른 것으로
만족코자 바꾸려는 자도 있다.

일찍이 모든 선한 의지가 그 빛 안에서
만족함과 완전함이 무언가 찾았기에
그 바깥에선 절대 부족해진다.

이제부터 내 기억하는 걸 표현하리니
가슴에 안긴 아기의 칭얼댐보다도
더 약할지라도 말이다.

내가 견뎌서 바라본 그 살아 계신 빛은
단순히 혼합되지 않은 외형만이 아니었으니   110
왜냐면 이는 전에도 항상 있었기 때문이며

나의 시야가 점점 크고 강해졌기에

그 겉모습이 변하는 듯 내게 보였던 게
결국은 내가 변화하였기 때문이었다.

명료한 심연 속에 그 빛의 깊은 데서
나타난 삼색의 원들이 셋으로서
그들 모두 한 등급인 채로

무지개에서 무지개로 그렇게 하나가 그 다른
하나를 반사하듯 보이며 그 세 번째가 그들이
똑같이[1] 숨 쉬는 불처럼 보이는 동안이다.   120

얼마나 약하고 부족한 진술인가,
내 맘에 남은 무엇이든 내가 보았던 가장
작은 조각일지라도 그 자체를 밝히기엔!

오, 영원한 빛이시여, 당신만이 당신을
품은 분이며 당신 스스로 사랑하고 스스로
이해하고 이해하는 미소를 짓는 분이시여!

그 원은 당신 안에서 한 빛이 반사함을

---

[1] 삼위일체이신 삼위의 하나님께서 동등하시다는 묘사.

그대로 품은 듯이 나타나며
잠깐 보인 작은 찰나였으니

그 자체 안에서 그 자신의 배색으로
인간의¹ 모습으로 그린 듯이 보여서   130
내 시선은 그런 매혹에 빠져들었다.

기하학자가 사각형에 원형을 응용코자
마음먹고 그 필요한 형식에 모든 노고를
쏟으나 결코 발견하지 못하듯이

나는 그 놀라운 광경에 직면해
인간의 상상이 어떻게 그 원이 놓인 데
적합할지 깊이를 잴 수 있길 원했다.

나는 내가 원한 곳에 날아갈 날개가 없었다.
오로지 갑자기 내 맘에 스며든 빛의 섬광과   140
그런 소망의 승인을² 받지 않고서는 말이다.

---

1 인간 모습의 하나님 뵘. 그분 형상으로 아담 창조하심(창1:27).
2 하나님 향한 열성으로 지고천에 오르는 승인 받음에 감사.

그게 그 높은 환상의[1] 마지막이었으니
지금 나의 모든 결단력과 갈망들이
부드럽게 공전하는 바퀴 하나처럼 해와

모든 별들을 움직이시는 그 사랑으로 돌아왔다.

---

1 지고천에서 삼위일체 하나님과의 조우.

J. G. 니콜스의 신곡 해설

단테의 일생

한 남자의 신화

우리는 우리에게 400년 가까운 셰익스피어보다는 700년이나 더 먼 시간에 살았던 단테에 관해 더 많이 안다. 현존하는 여럿의 유사한 초상화(매우 모던한 몇 장)를 통해, 그가 타향에서 죽은 후 피렌체의 동료 지오토의 세밀한 펜으로 단테가 어떻게 생겼는가도 안다.

그때의 우리 시인은 중키의 장년기로서 걸음을 약간 숙인 채 걷고, 진지하고 부드러웠다. 그는 항상 유행에 맞는 좋은 옷을 입었으며 그 나이에 어울렸다. 그의 얼굴은 길고 코는 매부리코에 눈은 다소 크고, 턱이 넓고 아랫입술이 윗입술보다 나왔다. 그의 안색은 어둡고 구불거리는 머리와 수염이 짙고 검었으며 표정은 침울하고 사려 깊었다. (지오반니 보카치오, '단테의 일생')

우리는 그의 결혼, 자녀, 그보다 많이 배운 약간 나이 많던 브루네토 라티니, 더 나이 많고 사회 지위 높던 귀도 카바르칸티(1258-1300)와 나눈 우정에 관해 안다. 그의 공생애 - 처음엔 공민의 책임자, 다음엔 고향에서 영원한 추방 뒤에 오는 책임과 결핍이란 고통 - 는 문서로 잘 보존되었다. 또 다른 신화도 물론 있다. 이는 솔직히 진실이 아닐 수 있는데, 그가 베로

나를 지날 때 한 여인이, 이 남자가 지옥에 다녀온 남자라고 선언하자, 이를 본 또 다른 이가 분명 수염이 그을렸고 연기로 인한 갈색 얼굴이라고 증명했단다. 이런 종류의 신화를 주변에 불러 모으는 남자가 그다. 그에 관한 놀라운 범위의 화제들이 만발함은 단테가 셰익스피어처럼 자신의 작품 뒤에서 사라지지 않아서다. 셰익스피어 일생은 극작가로 끝나나, 단테는 그의 걸작, **신곡**에 우뚝 서 있다. 단테가 자신의 드라마의 주요한 요소지만 같은 방식이 아니다. 초서Chaucer가 조롱하길, '*단테는 선동자인데 항상 거기서 두렵다 하면서도, 그의 노oar를 절대 놓지 않는다.*' 했다. 이도 그에 관해 그리 많이 아는 이유 중의 하나다.

피렌체의 초기 인생

1265년 단테가 출생한 도시 피렌체는 겨우 성장을 시작한 도시라, 정치와 문화가 우세한 투스카니Tuscany를 지향했다. 그의 출생 5년 전, 투스칸 황제당파(기벨린)와 피렌체 교황당파(겔프)가 몬타페르티 전투가 끝나자, 승리한 황제당파가 피렌체를 바닥까지 약탈해서 설득에 어려움이 컸다. 이는 사실 그대로다. 지금 상상하기 힘든 건, 유럽 문화가 피렌체의 영향 없이 가능한가와 단테 빼고 유럽 문학을 논할 수 있는가이다.

단테의 부친은 상당히 성공한 사업가였다. 사업 본질이 불확실하나 가족이 잘 살았다. 단테에겐 그의 시기에 적합한 정식 교육인 라틴어 문법과 관련한 논리와 수사학, 산수, 기하, 천문학, 음악 수업이 뒤따랐다. 그의 가장 성급한 독서열이 그의 배움을 배가해서 그의 이해력은 정상 교육의 요구치를 능가했다. 피렌체에서 그 시기에 가장 성취한 사회 일원으로 그가 혜택 받을 수 있었다. 그가 **지옥the Inferno**에서 그런 놀라운 교육을 언급한다. 외교관, 학자, 저자인 브루네토 라티니를 저주받는 동성애자 지옥에서 만날 때 그런 상황에서조차 존경의 위계를 표현해서다.

...왜냐하면 나는 아직 마음에 큰 고통이 있습니다.
다정하고 친절한 부친 같은 당신의
세상에서의 모습이 시간과 다시

사람이 영원해지는 방법을 내게 가르친...

(지옥 15곡 81~84)

이 몇 줄에 단테의 마음이 담긴다. 저주받은 브루네토가 영원한 운명이 중요함에도, 지상에서 유명해지려는 강한 갈망에 연민이 가지만 이는 단호한 심판이란 점이다.

1283년 단테의 부친 사망은 그가 한 후견자 아래 여러 해 있었다는 의미다. 1289년에는 그가 캄팔디노 전투에 참가할 만큼 자라서, 피렌체 교황파가 아래쪼 황제파를 쳐부수며, 몬타페르티의 재난을 거듭함을 보았다. 그가 또한 몇 달 후에 피사 영토를 침입하는 동안 카프로나 포위에도 있었다. 단테에겐, 후에 밀튼이 말한 "도망자의 종합 덕성인 훈련 없이, 숨을 멈추고 적을 보러 결코 돌격하지 않는"*(아레오파지티카)* 기질이 있다. 전투의 낙승에도 그가 전쟁에 내켜하지 않았음은 신체나 정신상으로 분명했다.

결혼

단테가 1285년 젬마 도나티와 분명히 결혼했고 그녀가 여러 자녀를 낳았음에도 추방당한 그를 따르지 않았다는 거 외엔 아는 바가 없다. 그녀는 그녀 자신의 재산을 소유한 걸로 보이며, 이는 단테에게 언도된 형 집행에서 제외되고, 후엔 한 가문의 경제 후원으로, 그녀가 피렌체에 머문 것이 실제로 좋은 일이었던 듯하다. 단테의 자녀들이 부친과 마지막까지 분명히 접촉했고 두 아들이 힘껏 합쳐 그의 죽음 후에 희극*La Comedia*의 여러 부분들을 보존했다.

베아트리체

단테에 따르면 그의 나이 9세에 생긴 가장 확고한 사건인 축제에서 만난 그보단 한두 살 정도 어린 소녀, 비체(베아트리체) 포르티나리이다. 단테가 그 즉시 사랑에 빠져 그 사랑에 머문다는 기술은 작품 배경과 긴 인생의 강박관념이 어떤가를 설명하기엔 좀 허술하다. 보카치오가 이 사건을 그의 **단테의 일생**the Life of Dante에서 논하는데, 그런 자세한 과정의 결과는 단테 자신의 **신생**New Life에서 읽을 수 있다고 한다. 이는 오직 단테의 **신곡** 100곡을 읽어야만 그 어린 시절 사건의 효과가 충분히 나타난다. 베아트리체가 24세에 죽어서 이 모든 것과 단테에 관해 그녀가 무슨 생각을 했는지 모르기 때문이다.

정치 활동

때가 되자 단테가 피렌체 정치에서 한 역할을 맡은 건 분명하다. 그 도시는 관료 계급과 상인 계급 사이에서 논쟁하며, 관료 계급 자체 내에서도, 기벨린(황제당파)과 겔프(교황당파) 사이의 경쟁에서 난폭한 혼란에 빠졌다. 이 마지막 분쟁의 하나엔 다양한 이권이 있다. 겔프와 기벨린의 적개심은 피렌체에만 한정하지 않고 몬타페르티와 캄팔디노 전투에서처럼 내부 사건들은 물론 외교 정책까지 영향을 끼쳤다. 이런 당파의 구분 뒤엔, 유럽 안전 세력의 명색뿐인 수장인 교황과 서구 기독교계 수장인 신성 로마 제국 황제 사이에 수세기 간의 알력이 있다. 종교상 양심 요구와 시민 의무 요구 사안에서 분쟁이 오래 이어졌다. 이 문제는 종교 권력으로 안전한 교황의 주장이 중세를 통하여 더욱 악화했다. 간략히 하면, 기벨린은 황제의 편, 겔프는 교황 쪽이다. 그 단순화를 단테에게 적용하면, 그가 겔프로 시작해서 교황의 안전 세력 주장을 개탄하며 철학의 기벨린으로 마쳤다고 할 수 있다. 더 복잡한 건 피렌체의 겔프가 둘로 흑당, 백당으로 나뉜다는 점이다. 1300년 어느 국면에서 단테가 7인의 행정원(두 달간의 선출직) 일원으로, 도시 평화를 시도하고자 겔프(교황)당 흑백 지도자 몇 명 추방에 동의한다. 이 중에 그의 친구 귀도 카바르칸티가 있다. 1302년 단테가 겔프(교황)의 백당인 자신을 발견하고 흑당을 저주해서 재산을 몰수당한다. 그가 도시 밖에 있을 때 그런 형 집행을 해서 생명은 구했지만, 대가는 추방이다. 세월이 지나 피렌체로의 안전 귀환과 재산 반환의 제안이 왔으나 그의 혐의들이 사실이라 공공연히 외치라는 전제를 제시한 조건부 수용이었다. 그는 그 제안을 조롱했다.

추방과 죽음

단테는 그 생애의 나머지를 이탈리아 도시와 도시를 돌아다녔는데, 인정 많은 후원자들에게 생계를 의지해서다. 완고한 믿음의 사람 단테에게 재난인 그 추방에서, 단테 개인의 선이 사회의 선과 함께 반등했다. 결국 긴 세월을 고향에 돌아가 그가 세례 받고 사랑한 세례당 산 지오반니에서 월계관을 쓰는 기쁨의 소망은 끝난 채, 실제 가능자인 **천국**에서 만난 조상 카치아구이다를 만나서 들은 대로 그 예언이 이루어진다.

네가 가장 좋아하던 건 뭐 하나라도 뒤에
남기고 떠나야 할 텐데 그게 추방의 활이
쏜 첫 화살에 네가 입을 상처리라.

너는 낯선 자의 빵을 먹는 쓰디씀
다른 사람의 집 계단을 오르내리기가
얼마나 힘든가를 느끼고 경험하리라.

(천국 17곡 55-60)

그가 머물던 장소들을 다 모아보면, 휠리Forli, 베로나Verona, 아레쪼 Arezzo, 트레비소Treviso, 파두아Padua, 베니스Venice, 루니기아나 Lunigiana, 루카Lucca, 베로나Verona에 다시, 그리고 마지막이 라벤나 Ravenna다. 이곳이 그가 신곡을 완성하고 1321년 죽어서 묻힌 데다.

단테 알리기에리의 작품들

단테가 피렌체에서 친구들에게 그의 시를 처음 보인 때는 십 대였다. 인쇄술이 없던 시절엔 책이 적고 비쌀 때라서 원고를 돌려서 보는 것이 출판 형식이었다. 그다지 흔한 일이 아니지만, 단테의 수혜자로는 시인과 성공한 남자들이, 특히 귀도 카바르칸티가 있다. 이런 종류 출판의 약점은 짧은 시들인데다 단테처럼 초기 등단은 흩어져버리는 경향이라서 지금 그 정확한 시기를 찾긴 어렵다.

*신생*Vita Nuova

단테의 첫 장편, *신생(New Life)*은 그가 20대 중반 나이에 작성했으리라. 부분적으론 수년 전 쓴 시들이며 대화체 산문이다. 가장 흥미로운 방식은 인물의 하나가 스스로 말하게 하여, *신생*을 예술 시로 읽게 한다. 마침내 단테는 베아트리체 찬양에 집중하기로 선언한다.

...만일 모두를 살피시는 분께서 기쁘시다면, 나의 생명의 마지막 몇 년을 더 견디기 바라니 그녀에 관해 어느 여인에게도 결코 쓸 일이 없는 것을 쓰기 바란다.

이런 말들을 썼을 때 그 마음에 벌써 가장 놀라운 야망인 *신곡*이 있었을지 모른다.

일상어 예찬 De vulgari eloquent

단테는 30대 무렵에 **일상어 예찬** Literature in the vernacular을 쓰기 시작했다. 비록 라틴어로 썼지만 단테가 일상어의 가치가 높다고 힘차게 알린다. 그 일상어는 라틴어보다 자연스런 어머니 무릎에서 배우려는 의식 없이 감각으로 배운다고. 라틴어는 이와 달리 반드시 문법 공부를 통한 기술 방식을 거쳐야만 배운다. 단테가 이탈리아 말을 하는 데 제기한 많은 문제점은 어떤 언어에나 적용할 수 있기에, 완성되지 않은 진술임에도 오늘까지 중요하게 보존하는 작품이다.

이런 단테의 저작들의 결과로서 페트라르크와 보카치오 작품이 그 이후에 나와서, 최근 이탈리아의 현재 표준어인 투스칸 말이 된다. 그들이 썼던 투스칸 어가 그만큼 잘 쓴 규범이기에 이탈리아 언어 형식이 되었다.

축제 the Banqueat

단테가 **축제** convivio를 쓴 건, 그의 추방 초기에 해설을 곁들인 열네 편의 시로 구성하려던 논설인데, 모두 축제 형식의 지식을 제공한다. 기획한 열다섯 책들 중에 겨우 넷만 완성했다. 그의 **축제** 방식 암시로 짐작컨대 그 시들이 조심스런 문학의 우화란 감성에서 문학의 비평을 초월할 수 있다고, 숙고했으리란 점이다. 단테는 백과사전 같은 야심찬 기획의 대본과 허구에 믿음이 가서, 서사시의 세밀한 시구가 **신곡**이 되면 좋으리란 결론에 이른다.

신곡 Divine Comedy

단테가 처음에 썼던, 원 제목 **희극** the Comedy은 추방 초기 연도에 시작했으리라, 대체로 생각한다. 전통이 하나 있으니 보카치오에 관해서다. 그는 **지옥**의 처음 일곱 곡들이 피렌체 시절에 단테가 쓴 것이라 한다. 단테의 추방 후에 이 곡들을 발견한 누군가가 그 가치를 알아보고, 이를 피렌체에서 알려진 시인 디노 후레스코발디에게 가져갔다. 그가 이를 단테에게 가져가게 했는데, 단테가 그때는 루니귀아나의 말라스피나 가문의 궁정에서 살았기에, 그 작업을 계속해야 한다고 요청했다. 이런 격려로서 단테가 계속했다. 100곡 중 93곡을 그의 추방 시기에 구성했다. 이런 특별 사안을 염두에 둔다면 1300년대에 그 시가 시작되었다니까, 단테가 인생 중반이라 부르는 나이에 올바른 길을 찾아 나올 수 없어, 고통 받은 암흑의 숲에서 흩어진 것을 비유라고 말할 수 있다. 신곡에서 **지옥**은 기어서 내려가야 하고, **연옥**은 올라가야 하며, **천국**에 가려면 우주로 부상해야 한다. 이러한 이동 과정의 중대성이 분명하다. 어쨌든 **희극the comedy**의 어디에도, 그 어느 연극에도 결함이 없다. 이러한 강력한 작품과 마주하는 독자라면 질문이 필요 없으니(몇몇이 그럴지라도) 그가 단테의 믿음들과 그의 전제들을 함께 하거나 하지 않더라도 그렇다. 우리가 호머에게 감사하려고 인간의 희생에 찬성할 수 있는가? 또는 버질을 즐기려고 고대 로마제국주의자일 수 있는가? 단테, **희극**의 연극이 우리를 두른 지금 세계와 꼭 같다. 그 결과로 우리를 본향으로 데려간다.

지옥Inferno

단테의 **지옥**은 700년 동안 많은 사람들에게 읽히며 충격의 시로 전한다. 처음에 이를 읽는 독자들은 저주받는 혼들의 육체의 고문들이 두려워서 일종의 극단의 공포 속에 빠져 흩어진다. 끓는 역청 속에서 혼들이 떠오르고, 인간의 배설물 속에서 허둥대고, 불이 서리처럼 내린 불타는 모래 위를 달린다는 데서 솟아나는 마음의 적이 첫 고문일 수 있다. 그리고 이런 대단한 형벌들이 명백히 그의 고안이고 독창이란 점이다. 성직 매매 죄를 진 교황들이 발들만 보이게 구멍 난 돌 속에 거꾸로 처박혔는데 그 발이 불타서 성자들 후광 같다고 풍자한다. 이 중 가장 독창적인 효과를 내는 형벌은 얼어붙은 죄수들의 **카이나** 얼음 지옥일 터이다. 친족을 배신해서 절망으로 울지만 그 눈물조차 얼어붙는다는 거다.

그들 눈에 겨우 들어 있던 촉촉한 습기가
속눈썹을 타고 쏟아져 그 추위에 얼어붙어
다시 눈썹에 붙어버리기까지 흘러내렸다.

(지옥 32곡 46-48)

단테는 많은 현대 독자들에겐 충격의 인물로 인식된다. 단테의 세계는 엄한 도덕이다. 자연스런가, 아닌가는 아무도 묻지 않는 세계다. 또는 자연스레 우리가 해야 할 바가 무엇인가로 이끄는 세계. 변명이 소용없는 세계다. 인간이 그들 자신의 선택으로 무엇을 해야 할 바로 이끄는 세계다. 그가 살았든 죽었든 그들의 선택 결과에 따른다는 세계다. 인간이면 자연스레 오는 표현의 태도이며 이해의 방식이다. 보카치오가 이를 간명히 한다.

성서에서 시의 허구보다 더한 다른 무엇은 그리스도 말씀이니 그분께서 사자, 어린 양, 뱀, 다음엔 용이며 다음엔 반석이신가?... 성서에서 구세주에 관한 말씀들에 포함한바, 보통말로 비유라고 부르는 한 방식인 평범한 감이니 다른 뜻이 아니라면 그 외에 더 무엇이 있나?

(보카치오의 **단테의 일생**)

평범한 대화로 이를 모두 표현하려면 때로는 어려움이 있다. 이는 특히 상징일 때 사용한다. **지옥 1곡**에 나온 표범, 사자, 암 늑대의 고안을 뜻한다. 땅속의 뒤집힌 옥수수 콘 모양의 거대한 구멍을, 단테와 버질이 매우 깊은 그 아래로 빠져들듯이 기어 내려가는 모습을 생각해 보라. 이는 **지옥**

에서 가장 중요하고 유일한 모양으로, 전체 **신곡**처럼 우리의 영을 불러일으키는 물리적, 심리적, 종말론적인 의미로 보이는 사실이다. **지옥**은 또 다른 기독교 비유 저서와 날카롭고 유명하게 비교된다. 아래는 존 번연의 천로역정(1678) 시작이다.

이 세계의 광야를 통해서 내가 걸을 때 내게 어떤 장소가 비쳤는데, 구덩이가 있기에 그 안에서 자려고 들어가 누웠다. 내가 잠자며 꿈을 꾸었다.

단테의 여행은 꿈이 아니다. 이는 역사가 되었다.

번연은 항상 그가 가는 곳에 따라 설명하려고 조심한다. 순례자가 언덕을 오를 때 주인공을 통해 "어려운 언덕"이라고 듣는다. 단테에겐 실망의 수렁이 있는데, 그렇게 살기를 뜻했던 자들이 진창에서 슬픔으로 뒹군다. 그러나 단테는 이를 그렇게 부르지 않는다. 번연은 분명히 "실망의 수렁에 이름"이라 부른다. 단테는 우리 스스로 깨닫게 한다.

그 표면 아래 더 많은 자들이 한숨 쉬나니
작은 거품들이 많이 올라오는 건
네가 어디로 눈을 돌리든 볼 수 있다.

진창 속 그들이 말하길 '해가 달콤한
공중에 빛날 때 우리 맘에 암흑이 머물러
굼뜬 허풍 같은 것만 잔뜩 들어 있었다.

지금은 암울한 진탕 속에서 심통만 난다.

(지옥 7곡 118-124)

지옥에서 융통성을 부리고 집요한 자를 우린 알지 못하나 화리나타가 있다. 그는 **지옥**에서도 지상처럼 자랑만일삼고 자신의 도시 정치에만 관심 보이는 그 속물근성을 보인다. 이는 그저 호기심을 끌려는 약점이 아닌 약한 인간의 속성이다. 단테가 저주하려는 이유들과 함께 밝힌 사실은 화리나타가 비록 **지옥**이지만 선한 기질을 수행하는 허용을 받아 생전에 한번 그 도시를 멸망에서 구했다는 굳은 고집이다.

거기 엠폴리에서도 나 하나였으며
피렌체 멸망에 모두 동의할 때
그 얼굴에 대항한 자가 오직 나 혼자였다.

(지옥 10곡 91-93)

그럼에도 이 화리나타가 단테가 속한 당의 적이었기에, 이 시를 읽지 않는 독자들로서는 단테가 그의 적들을 **지옥**에 넣고 친구들을 **천국**에 두었다고 비난할 수 있다. 이는 틀린 추정이니, 일곱째 원의 불타는 모래 위에서 옛 친구이자 스승인 "친애하며 친절한 부친 같은" 브루네토 라티니와 마주치는 때다. 우리의 판단이 하나님의 것이 아님은 브루네토가 동성애자라서 그가 받은 재능들이 그 저주 안에 나타난다. 브루네토의 저작들이 미혹이 아닌 그의 지성의 성취이나 저주나 죽음에 의해서도 동성애 죄는 무효가 되지 않는다는 사실이다.

내 보물을 네게 추천한 건 여전히 내가
산 동안이니 그게 하고 싶은 말의 전부다.
다음에 그가 돌아서 달려가는데 베로나에서

> 초록색 옷감을 위한 경주의 참가자들처럼
> 들판을 가로지르는데 그런 자들 가운데 가장
> 이기길 바라며 절대 놓치지 않을 승자처럼.
>
> (지옥 15곡 119-24)

지옥의 독자들이 하는 가장 큰 잘못은 일단 이를 조금만 짧게 읽고 더는 읽지 않고 중단하는 일이다. 단테의 **지옥** 전망에 압도당하더라도 이는 그저 일부에 불과하다. 도덕과 시의 최상이 아직 오지 않았기 때문이다.

연옥Purgatory

단테의 **지옥**이 **연옥**보다 더 많이 알려졌다. 죄가 회개보다 더 자연스럽고 대중적인가? 혹은 선보다는 악에 대해서, 단테 이전과 이후에 없을 만치 그리 많이 쓴 단테 때문인가? 놀랍게도 단테의 서술이 그의 첫 **희극**보단 **연옥**에서 더 납득이 간다. 선을 나타내긴 시작조차 쉽지 않아 악을 기술하기보다 훨씬 더 세심을 요한다. 이는 또한 독자들 쪽에도 세심하길 요구한다.

단테가 **연옥** 섬에 도착했을 때는 **지옥**에서 그 지구를 통하여 위로 피신한 후라서 강한 해방의 안도감이 흐른다. 맑은 밤이며 새벽이 그다지 멀지 않으며 그 좋은 공기에 숨 쉬기 훨씬 좋았다. 그 광경과 분위기(기상학적으로)가 변하는데 말하기 어렵다.

> 동양 청옥의 부드러운 색조가 맑게
> 달의 바로 그 둘레의 높이까지
> 그 방해하는 공기를 뒤덮음에도

*나는 보는 기쁨을 회복했으니
그토록 불안한 눈들과 가슴만의 생명 없는
대기를 분명히 뒤에 두고 지나와서다.*

(연옥 1곡 13-18)

　신곡의 모든 것은 가장 작은 사소함일지라도 일반적인 효과를 누린다. 연옥과 지옥이 다름은 즉시 안다. 지옥의 혼들이 목표가 없었던 반면, 연옥 산의 혼들은 목표가 있다. 단테 지옥의 첫 광경이 지옥의 방들에 자리가 없는 자들이다. 이들은 하늘을 위해 충분히 착하지 않았고, 지옥에 맞을 만큼 충분히 악하지도 않았기에 목표 없이 끝없이 돌고 돌며 달린다. 그들이 신을 위해서, 아니 살면서 신을 거역하지도 않았기에 사후에 그런 지경에서 머무는 혼들이다. 그러나 연옥은 이러하다.

*인간 정신의 죄가 펼쳐지는 데로서
하늘까지 치솟는 가치를 만드는 장소다.*

(연옥 1곡 5-6)

　이곳의 혼들은 우유부단하진 않으나 지은 죄를 회개하는 자들이다. **연옥**에서 죄인들은 그들이 포기한 죄들이 남긴 그들 부패를 성자들처럼 깨끗이 하려고 한다. **연옥**에도 **지옥**에 있듯이 고통이 있으나, 이곳의 고통은 끝이 보이는 고통이다. **지옥**의 많은 혼들은 이동할 수 없기에 끝없는 분노 혹은 짜증 때문에 움직인다. **연옥**은 낮 시간에는 대부분이 계속 이동하는데, 그들이 그리 강하게 효과를 갈망하는 의지대로 고통을 받아들이는 동안이다. 거기엔 육상 선수 같은 감각(육체와 정신)의 상쾌함이 있는데, **지옥**의 목적 없는 행동이나 무기력과 정반대다. **지옥** 속으로 점점 깊이 이동할 때 단테가 "전혀 빛이 없는 곳으로" 내려간다.(지옥 4곡 151) 그래서 그가 대척점인 **연옥**의 섬에 도착했을 때 그 밤의 별자리에서 네 가지 덕성의 상징인 별 넷을 본다.

> 그 하늘이 그들의 빛으로 기쁘게 보였다
> 오, 북쪽 지역이 참으로 과부 같은 건
> 너희 시야에서 그들을 제외해서다!
>
> (연옥 1곡 25-28)

단테가 넌지시 두 영역을 독자들이 비교하도록 격려하며, 그 두 군데가 그렇게 다름을 분명히 알린다. **지옥**은 땅에 있는 구멍인데 깔때기 모양처럼 생겨 점점 더 좁아지며 지구 복판으로 내려가는 구조라서 가장 나쁜 죄인들이 아래에 있고, 반대로 **연옥**은 옥수수 콘이 지상 천국까지 하늘로 솟아나서 **천국**을 향해서 뛰어오르는 장소의 형태다. 단테와 버질이 **지옥** 속으로 점점 멀리 깊어지며 주르르 미끄러져 내려가지만, **연옥** 산의 정상에 닿기 위해선 깊은 생각의 노력으로서 올라가야만 한다. **지옥**은 영원한 암흑이다. **연옥**에는 밤들이 있기에 그 시간에는 아무도 오를 수 없으며, 단순히 다음 날 낮의 노고를 위한 준비로 쉬는 시간이다. 때로는 그 양쪽 장소의 고통 사이에는 명백한 유사성이 있다.

연옥의 둘째 단 위에는 참새 잡이 매들처럼 철사 줄에 눈이 꿰매진 시기 죄를 지은 혼들이 있는데, 그들이 울면서 마리아와 성자들에게 기도하고 있다.

그런 진술들 사이에서 많은 모순과 병행의 유명한 사건이 부자지간인 귀도 다 몬테펠트로와 부오콘테 다 몬테펠트로이다. 이는 귀도가 교황 보니파스 8세에게 사기 상담을 했다. "큰 약속이니까 조용히 지켜야 한다(지옥23곡100)."고 강조하여 저주받았음에도 그에 앞서 용서받은 거다. 이는 회개 없이 피할 수 없다는 가치다. 부오콘테는 비참한 죽음과 파문을 겪지만, 마지막 회개로 구원받았다(연옥 5곡 85-129).

단테와 버질이 **지옥**을 통해 내려갈수록 점점 그들과 저주받은 자들 사이의 대화가 적어진다. 그리고 **지옥**의 가장 낮은 부분인 카이나에선 루시퍼와는 무슨 방식이든 말할 가능성이 없는데, 단순히 루시퍼가 그 입 한 가득 배신자들인 유다, 브루투스, 카시우스를 물고 있어서가 아니다. 카이나는 모든 것이 얼어붙을 만큼 죄질이 악해서다. 반대로 **연옥** 산의 단 위에서는 대화가 이어지는데 놀랄 만큼 유순하다. **지옥**에서 가장 동정할 만한 혼은, 단테가 만나는 오래전 스승 브루네토 라티니라고 할 수 있다. 브루네토와 단테가 헤어지는 데서 미소 짓게 하는데, 그 지경에도 자신 작품의 아집을 유지해서다.

내 보물을 너에게 추천한 건 여전히 내가
살던 데 살아서다. 그게 하고 싶은 말의 전부다...

(지옥 15곡 119-120)

이가 너그러움을 품게 하는데 **연옥** 산에서 단테가 유명한 세밀화가 오데리시 다 꾸비오의 기술을 칭찬하자, 그 화가의 대답에서 우러난 존경심이다.

"형제여" 그가 말하길 "그런 웃기는 일들을
볼로냐의 프랑코의 붓이 더 빛나게 그렸소.
지금은 그의 영광이고 난 매우 미미하오.

난 살아 있던 동안 거의 관대할 수 없었소.
왜냐하면 내 심장은 훌륭하단
말들에만 쏠려 있었기 때문이오.

(연옥 11곡 82-87)

이런 대화는 자만의 단에서 나온다. 이에 따르는 과정이란 지상의 명성의 덧없음으로서 단테가 자신의 시를 분명한 익살로 보이게 이끈다.

귀도에서 귀도가 고안한 우리 혀의 영광을
억지로 얻고자 애써서 지금은 아마 거기서
누군가 그들 둘 다 그 둥지에서 내몰지도.

(연옥 11곡 97-99)

오데리시는 하늘로 갈 운명이다. 단테는 아직 인간 자만에서 잘못하는 중이다. 거기 또 다른 시인과의 뛰어난 만남이 귀도 귀니첼리(26곡)다. 귀도가 아르노 다니엘을 말하길(지금 다른 의미로 유명해진), "모국어에 능통한 장인(1.117)". 그 곡 말미에 단테가 시인(그의 작품에서 단테가 주인공을 분별하듯) 아르노가 지방 사투리로 말하며 영예를 높인다.

지옥처럼 **연옥**도 소품이 많은데, 이들은 마음과 혼을 위한 중요 진술로서 극적이고 다채롭다. 소르델로가 버질을 동료 시민으로서 열렬히 만나는데(그런 유대감이 지옥에선 없고 지상에서도 늘 그렇진 않아서다), 이는 그와 말하는 분이 유명 시인인 줄 알기 전이다(연옥 6곡 58). 단테가 교회 권력과 권위에 관해, 그의 시에서 강조함에도 만프레드(연옥 3곡 118)의 마지막 애처로운 승리가 인간의 혼이 종내는 자신의 결정과 하나님 결정에 의지함을 보여준다. 또는 이상하게 효과적인 피아Pia의 만남인데 그녀

육신의 마지막 충격이 심해서 우리 맘이 머물고 단테를 위한 그녀의 관심도 있다.

"당신이 산 사람들 세상에서 한 번 더
당신 여행에서 충분히 쉬시길,

(연옥 5곡 130-131)

부디 이름이 피아인 나도 기억해 주시길
나는 시에나에서 자라고 마렘마에서 죽었습니다.
그 모든 걸 아는 자는 전에 나에게

보석반지를 주며 결혼하자던 자입니다."

(연옥 5곡 133-136)

독자마다 자기가 좋아하는 구절이 있다. 거기엔 선택할 형식이 많다. 이 시는 짧은 상들이 그리도 튀어나오나 이야기가 생생한 방식으로 진행하며, 그 단순함 너머엔 뛰어난 함축이 있다. 귀도 귀니첼리가 정욕 죄의 불타는 불속으로 돌아가는데 정욕 죄를 참회한 혼들이 정화의 고통을 잘 받아들인다는 방식이다.

다음엔 또 다른 자에게 양보하려는 듯
그가 타는 불속으로 사라졌는데 물밑에
있던 물고기가 불에 놓인 거처럼.

(연옥 26곡 133-35)

다음엔 그 이상한 진행의 **연옥**인데 그 혼들의 뱃사공(우연히 **지옥**의 뱃사공 샤론과 비교되는 충격)인 천사가 오직 "바다 위를 떠오듯" 보이는 거다.

빛 하나가 그리 빨리 바다를 가르며 오는데
어떤 새도 그리 빠르게 난 적은 결코 없었다.

(연옥 2곡 17-18)

그리고 차츰 이가 '하늘에서 보낸 뱃사공'으로 밝혀진다(연옥 2곡 43). 모든 상들이 그다지 역동적이고 예리하진 않다. 이런 상들이 익숙하지 않은 현대 독자들에겐 어렵다. 문자의 야수인 그리폰도 덧붙인다. 이런 일도 받아들일 수 있는 논쟁일 수 있다. 가능한 한 독자들이 기억해서 보존하는 건, 마지막 곡들에서 주인공 베아트리체가 단테에게 하는 대화에 나온다. 그녀의 엄하지만 단테를 위한 모성애 같은 사랑과 달램이다.

신곡의 어떤 번역도 원래 소리, 리듬, 구절의 힘을 받아들이긴 불가능한데, 번역이 자세하더라도 해설 없이, 이 시가 고수하는 모든 의미의 관심을 줄일 순 없다. **신곡**은 종내 어느 한 사람(전체를 포착하려 노력하려는데 대한 보상의 제안이 아님)에 의해 전체를 포착하기 어려우리라. 그러나 그 세 권 모두 복잡한 구조임에도, 그 안의 무슨 길과 무슨 장면이든, 개개인 독자에게 특별히 나타나 마음속에 머문다. 예를 들면, 프로벤자노 살바니는 자만의 고통을 받더라도, 친구를 위한 수치(연옥 11곡 118-42)를 겪어 죽자마자 **연옥**으로 간 거다.

모든 독자들은 스스로 완전히 선하거나 악하다고 느끼지 않을 수 있다. **연옥**이 그리 자연스럽게 운명의 종국으로 잘 비치기 때문이다. **연옥**이 끊임없이 강조하는 건 이곳이 영원한 집이 아니라는 거다. 이는 그저 **천국**으로 가는 한 단계의 부서이자 단테가 **천국**으로 가는 어떤 사건이다.

천국 Paradise

세 권 중, **천국**은 가장 덜 존중받는 책일 수 있다.

그저 죽을 운명인 인간이 시공간을 넘는 순수한 행복의 경지를 어떻게 산문의 용어로만 표현할 수 있는가? 단테 스스로도 그의 *희극*에 관해 주는 짧은 요약에서 마지막 책이 쓰기도 어려웠기에 읽기도 어려우리라 귀띔한다. 그가 그의 여행을 말한다.

끝없이 비참한 세계를 통과하며 내려갔고
그 산을 돌며 올라가서 그 높이 솟은 데서
나를 매료한 숙녀의 눈을 올리게 하여

빛에서 빛으로 천국의 하늘들을 통해...

(천국 17곡 112-15)

작은 범선으로 나를 따르려는 당신들이여,
내가 부르는 이 노래를 들으려는 열망에
대양으로 나가는 나의 배를 뒤따르는 자들이여,

다시 너희의 고향 해안을 찾아 돌아보면,
시야에서 나를 놓치어 너희가 실종하리니
대양을 건너려는 시도를 하지 말라.

일찍 아무도 이 바다를 모험한 자가 없기에...

(천국 2곡 1-7)

이가 조금 지나면 명백해서 우리에게 작은 위안을 준다.

단테는 머리 깎인 어린 양의 바람 같은 기질이 아니지만, 독자들을 그의 손으로 부드럽게 알려지지 아니한 하늘의 기쁨 안으로 이끈다. **천국** 2곡의 대부분을 왜 달의 표면에 검은 점들이 있는가를 설명하는 데 할애한다. 단테는 이 시의 현대 독자를 마음에 두었기에 이 문제에 매혹당할 가능성을 열어둔다. 단테의 시대에는 많은 독자들에게 진주처럼 보이는 달 천국에 가서 물에 비쳐 반사하는 얼굴에 사로잡힌 기술이 그러하다. - 그 지점이 하늘처럼 보인 첫 하늘이다.

이는 단테가 둔해서가 아니다. 아마도 천국에서 가장 위대하다고 볼 점은 **희극**으로 통하는 주제가, 모두 창조된 우주이며 가장 미천한 세세한 부분까지 내려가도 전체 조화를 이루는 한 부분이 된다는 점이다. 만일 우리가 이를 모두 본다면, 그때는 모든 것이 알맞게 모든 것을 관통하며 사랑하는 법을 볼 수 있고, 달의 어둔 지점에 대해서도 알게 되리라. 이를 단테가 간단한 수법으로 표현하는데 이 시의 마지막 곡 안에 소박한 은유가 있다.

그 심오함 속에서 사랑으로 묶여서
한 분량으로 모여 드는 흩어진 우주를
통과하는 모든 걸 나는 보았다.

(천국 33곡 86-88)

이러한 글이 많은 효과를 얻는 건, 단테의 무력증을 말하는 모습에서 인식한 방식이 그 능력을 넘는다는 거다. 그는 이를 **희극** 전체를 통해 사용하며 **지옥**의 시작에 감탄으로 시작한다.

그 울울한 숲의 두려움을 표현하긴
얼마나 어려운 일인가...

그러나 천국에서만큼 그리 자주 힘 있게 쓴 데는 아무데도 없다.

이런 모든 혀가 크게 소릴 내면
모든 자매들과 함께 있는 폴리힘니아가
그 영양 넘치는 음식으로 요새를 쌓아도

그들이 천분의 일에도 결코 이르지 못할
그녀의 거룩한 미소에 관한 진실이라서
거룩한 얼굴이 더욱 밝아졌다.

천국을 상징화하기는 이렇듯
거룩한 시인도 때로는 도약해야 하니
장애물을 건너뛰는 보행자들 같다.

(천국 23곡 55-63)

단테는 시인으로서 무슨 무능이든 용납 못한다. 그가 오직 몇 줄만 좀 멀리 간다고 말할 뿐이다.

그들이 떨면서 알게 할 무서운 주제라고
생각하여 이를 견뎌야 할 어깨로 아무 것도
아니하면 비난 받아 마땅하리라.

(천국 23곡 64-66)

여기에 자주 즉흥 말버릇인 시인의 임무의 어려움을 강조하는 기술에 관심을 집중한다.

이 다양한 말버릇이 단테가 천국에서 반복하는 고백이니 그가 무엇을 보았는지 자세히 간직하지 못한다는 거로서, 이를 표현하기 어렵다고 덧붙이는 거다. 이는 모든 자서전 작가들이 그렇듯이, 단테가 어떻게 그리 많이 기억할 수 있는가, 어찌 그리 정밀할 수 있는가에 주목해야 한다. 이는 순전히 단테의 기지여서다. 단테가 잃어버린 기억이 무엇일지 상상은 독자 몫이다. 이는 그의 마음에서 그저 미끄러질 일이 아니니, 그가 첫 곡에서 조심스레 우리에게 말하기 때문이다.

지금 나의 그런 욕망에 끌릴수록
마음이 심연으로 가라앉아서
이에 대한 기억을 좇을 수 없게 한다.

(천국 1곡 7-9)

기억은 우리의 세상 시간에서 중요하다. 다른 두 책들에 주로 있는 폭넓고 미묘한 방책들이 **천국**에는 훨씬 더 많다. **지옥**과 **연옥** 전체에 화려한 비유의 언어를 썼음에도 이들 양쪽 책은 모두 허구가 아닌 실재처럼 보인다. 단테는 그 시의 처음 시작인 암흑의 숲에서 완전히 깨어 있고, **지옥**과 **연옥**의 산에서 그가 경험하는 대부분을 깨어 있다. 이 양쪽의 시들 모두에서 신중하게 그 장소들과 어느 시간인지를 기술할 뿐 아니라, 장소를 자주 참조한다. 이는 단테가 독자들에게 무엇인가를 알리는 다른 길로서 **천국**의 실체보단 자신이 훨씬 덜 보이게 한다. 단테는 하늘에선 극히 주요한 방식으로 다르게 말한다. 그가 축복받은 무리를 달에서 처음 만나자, 베아트리체가 설명할 때다.

> *어떤 이들은 분명히 여기 이 별이 아닌 데로*
> *그들의 몫이 정해지니 최고천에서*
> *그들의 장소가 점점 낮아진다는 표시다.*
>
> (천국 4곡 37-39)

단테는 구원받은 사람들을 만나되, 죽을 인간의 이해로 받아들인 성서의 언어로 말한다. "하나님께서 알맞게 할당하신다(천국 4곡 44)." 이보다 더 좋은 은유가 있는가?

신곡이 암흑 숲에서 시작해서 **지옥** 그 바닥까지 점점 좁아짐에 따라 밀실 공포증을 일으키듯 진행하며 어두워진다. 날카롭게 이와 반대로 단테를 위한 **천국**은 점점 넓어지며 공간이 더는 존재하지 않는, 지고천까지 이른다. 거긴 놀랄 정도의 다양한 종류와 형태의 빛들이 있으며, 오직 유일한 빛, 하나님으로부터 그들 자신의 빛을 끌어낸다. 가장 놀라운 빛의 모양은 단테와 베아트리체가 가장 먼 구체라고 창조한, 우주의 원동천이다.

천국에 나타나는 순서가 우리가 아는 바와 반대로 보여 베아트리체가 설명하니, 하늘에선 무엇이든 크기(하늘에는 규모나 크기 없다고 함)가 없고, 조정하는 영의 힘만 있다고 한다(천국 28곡 13-78).

교회 밖에는 구원이 없다는 그들 주장에 문제를 제기한다. **천국**에서 결론이 없는 듯 보이는 두 반응을 제시한다. 첫째는 욥기에서 이르는 다양한 결정이다. "*거룩하심에 닿으려 하나 우리는 그분을 찾을 수 없다. 그분은 탁월하신 권능이시고, 심판이시며, 정의가 풍부하신 곳에 계시다. 그분은 아무 영향을 안 받으신다.*"(욥37:27) 둘째는 단테의 반증인 이방인들과 다른 죄수들이 구원받을 수 있다는 데다. 그래서 기생 라합이 금성 하늘에 있고(천국 9곡 115-117), 이방인 리페우스 – 아에네이드(II, 339, 394, 426)에서 "가장 의로운 자"라고 진술 – 가 목성 하늘의 독수리 눈썹에 있는 이방인 황제다. **연옥**의 처음 단계에서 겸손의 상징으로 묘사한 조각 안에도 그를 그 무리에 두었다.(연옥 10곡 73-78) 이렇듯 자세한 사항들의 추상 이유가 어느 가치들보다 높다.

독자에게 또 다른 어려움은 빈번한 천문학이다. 이는 독자들의 긴장을 끄는 요구로서 그런 집중력은 보상받기 마련이다. 모든 창조가 본질의 연합이란 사실에서 이를 암시한다. 하나님 영광이 하늘들의 사실이라 선언하며 창조물 전체 즉, 하나님의 범위가 아닌 듯 보이는 아래까지 그분과 연관해 이름붙일 가치가 없는 것까지 관련시킨다. 바로 1곡 처음에 단테가 시의 이방신 아폴로에게 기도하는 거다.

당신이 영의 숨결로 내 가슴에 들어오길
당신이 마르시아스의 육신을 관절 밖으로
칼집에서 끌어냈듯이 말입니다.

(천국 1곡 19-21)

허구의 고대 신화조차 하나님 창조의 한 부분으로 보며, 결코 어떤 것도 낭비하지 아니한다.

분명하게 도미니크 수사단이 프란시스코 수사단 창시자를, 이들 두 조직이 단테의 시간대에 함께 서로 찬양한다니, 이상하지 않은가? 다음 곡에서 프란시스코 신부 보나벤투라가 도미니크를 찬양하는 대목에서 분명해진다. 이는 하늘인데 더 무엇이 분명할 수 있는가? 단테가 **천국**에서, **지옥**과 **연옥**보다 독자들이 훨씬 더 깊게, 그의 모든 재치에 빠지길 청한다.

어려운 개념들이 단순히 나타나니 단테 조상이 하나님과 인간 의지의 사이에 분명한 상을 종합해 보인다.

"죽어야 하는 필멸의 인간이 알게끔
성서 위에 서서 충만히 명료하게
그 영원한 시선으로 묘사하다니!

필연성이란 그걸 부여하는 게 아니라
내려가는 물길을 항해하는 배처럼
이를 관찰하는 시선에 의지하는 거다."

(천국 17곡 37-42)

육신의 부활이란 매우 어렵게 잡히는 개념, 이를 어떻게 설명할 수 있나? 어떻든 단순한 또 다른 상에서 명백해진다(빛의 훨씬 다양한 지점에서 일어난다).

"바로 석탄처럼 화염이 타오르면
백열광을 발산하기까진 화염을 내지만
그 다음엔 스스로 타지 않듯이

그렇게 찬란한 이 빛이 사방을 밝힐 테니까
부활한 육신으로 우리를 무색케 하는 동안
지상에선 이 모든 게 숨겨진다.

또한 우리가 그 빛에 다치지 않고 우리 몸의
기관들이 강화되니 그런 기쁨을 주심은
우리 모두를 환영하시는 일이다."

(천국 14곡 52-60)

단테 자신이 *신곡*을 통하는 중요 인물이지만, 하늘의 영역들에서 그의 지상의 일생이 가장 세심한 윤곽으로 다가온다. **천국**의 가운데 곡들에서 많은 암시가 단테를 기다리는 어떤 재난에 암시를 *희극*을 통해서 주는데, 카치아구이다의 예언으로, 그의 추방과 그에 따른 궁지들이 풀린다.

너는 낯선 자의 빵을 먹는 쓰디씀
다른 사람의 집 계단을 오르내리기가
얼마나 힘든가를 느끼고 경험하리라

(천국 17곡 58-60)

거긴 거짓이 없으니! 너의 말을 확실히 해서
네가 본 전망 전체를 옮겨라. 그 후엔
그들이 느낀 갈망대로 긁도록 놔두어라.

(천국 17곡 127-29)

그 이상은 야고보가 단테를 만나는 곡에서 그의 신학의 이해와 소망의 덕성이 앞서 나온 12줄로서 설명이 된다. 요약하면 지상의 관심들이 하늘의 빛 속에서도 사실상 크다는 거다. 지상의 사건들이 **천국**에서도 크게 떠오른다. 가장 심각한 비난은 "그 모자를 항상 쓰는 자들, 나쁜 것을 알 만한 자들이 더 나쁘게 아래로 가는"(천국 21곡 125-26) 추기경들을 포함한 고위 성직자들의 타락에 관한 거다. 교황 자신들이 더욱 그들 고위직의 배신에 대해 심한 힐난을 한다. 베아트리체조차 지고천에서 단테에게 그녀의 마지막 언급이 교황 클레멘트 5세의 비난인, 이탈리아 평화를 수립하려 노력한 황제 헨리 7세에 대한 그의 배신과 탐욕과 부패에 관해서다.

그때 거룩한 교회를 관장한 한 사람이
절대로 공공연히 못하고 비밀리에
그저 한길만 걸은 헨리처럼 걸으리라.

하나님께선 거룩한 의자에 앉은 그에게
고통주진 않으시나 그가 처박히리니
시몬 마구스 아래로서 그가 벌 받을 만한 데니

아냐그니가 그를 떠민 데보다 더 깊은 데다.

(천국 30곡 142-48)

   천국의 강조점 하나가 이 시에 있는 **신곡**에 앞선 두 시집들에서 단테가 나타낸 걸 끌어 모아 기술적 결론을 내는 점이다. **천국**은 다른 두 책보다 독자들이 더 커가기를 요구한다. 벤 존슨의 항상 가치 있는 경고를 마음에 두면, - "귀한 시들이 귀한 친구를 요청한다." - 우리가 할 수 있는 모든 거로서 귀한 친구가 되고자 노력할 수 있다. **천국**에서 가장 휘어잡기 어려워 보이는 데가 하나님의 마지막 환영이다. 독자들에겐 강한 실체의 상으로 응답하던 시인의 최선책이니, 그리 많던 그가 그 순간 그 마음에서 벗어나 단테가 잊어버린 데서 독자들이 고통 받아서다, 단테가 하나님과 함께한 듯이.

한 즉흥이 내게 일어나는데 더 큰 기억은
넵튠이 아르고의 그림자가 지나매 벙어리가
된 이래 24세기가 지난 것보다 더 잃었다!

(천국 33곡 94-96)

신곡은 암흑을 압도하는 빛의 승리다. **지옥**에서 그러한 암울한 여행을 통한 단테와 버질이

다시 한 번 부상하는 별들을 바라본다.
(지옥 34곡 139)

그 후에 연옥의 산 정상에 올라선 단테가

그 별들로 날아가려고 순전한 준비를 했다.
(연옥 33곡 145)

지금 단테가 하나님의 장관을 본 소감을 그의 모든

…결단력과 갈망들이
부드럽게 공전하는 바퀴 하나처럼 해와
모든 별들을 움직이시는 그 사랑으로 돌아왔다.
(천국 33곡 143-45)